dead.end.com

Man schneidet sich die Seele raus
und schaut ihr zu, wie sie verblutet.
Greti

Für Greti und Mo

Stellvertretend für all die vielen Jugendlichen,
die mir ihre Namen für meine Bücher borgen. Danke.

Alice Gabathuler

dead. end. com

Thienemann

DANACH.

4. September. Free World TV.
19.50 Uhr. **Carlos**.

Mick Halder ist Kult. In einem anderen Leben, dem vor dead.end, habe ich mal gesagt, ich würde töten, um in seine Sendung *Real Talk* hineinzukommen.

Seither ist eine Menge passiert.

Ich habe getötet.

Und ich habe einen Blick für das Echte entwickelt.

Mick zum Beispiel. Der Typ ist ein Fake. Jede Wette, dass er für seine Bettfrisur tief in den Geltopf greift und die auf Penner gemachten Klamotten beim Designer kauft. Sogar sein Studio ist eine Täuschung. Es ist viel kleiner und schäbiger, als es im Fernsehen wirkt.

Wir sitzen in roten Ledersesseln, unter heißem Scheinwerferlicht, mit einer Ladung Schminke im Gesicht. Ich wollte nicht, aber die sagten, ohne geht nicht. Etwa vier Meter von uns weg steht der Kameramann. Einer dieser wirklich coolen Typen, die sich durch nichts aus der Ruhe bringen lassen, einer mit Cowboyboots und Pferdeschwanz und einem Ich-hab-schon-alles-gesehen-Gesichtsausdruck. Er bringt entspannt sein Gerät in Stellung, schiebt mit dem Fuß ein paar Kabel beiseite und hebt dann den Daumen.

Halder klopft mit dem Mittelfinger an den Kopfhörer im Ohr. »Test. Real Talk. Test. Test. Komme ich gut rüber?«

Der Joker in meinem Kopf glaubt immer noch nicht, dass es mir ernst ist. *Komm schon*, flüstert er. *Denk an den Schwur und halte dich an die Abmachung. Eine kleine Lüge mehr*. Er leckt mit seiner Zunge über den ausgefransten Mund. *Eine klitzekleine Perlenkugellüge. Wenn du die Kette voll hast, wird die Lüge endgültig zur Wahrheit.* Er gluckst und kriecht zurück in eine dunkle Ecke meines Kopfs.

Halder hat endlich fertig getestet. »Bist du bereit?«

»Kann losgehen.« Meine Stimme wackelt.

»Nur nicht so voreilig«, bremst mich Halder. »Wir müssen auch dein Mikro checken. Sag mal was.«

»Was?«, frage ich.

»Irgendwas.«

»Jimi Hendrix.«

»Nicht schlecht.« Halder lacht. »Aber das reicht nicht. Gib uns ein bisschen mehr.«

Also zitiere ich den Song vom *Watchtower*. »There must be some kind of way out of here, said the joker to the thief.«

Es gibt keinen way out of here, zischelt der Joker.

»Nicht viele Jungs in deinem Alter kennen Jimi Hendrix«, sagt Mick.

Es gibt auch nicht viele Jungs in meinem Alter, die schon mal jemanden umgebracht haben. Und es gibt nicht viele Jungs in meinem Alter, die wissen, was ich weiß.

»Dreißig Sekunden«, sagt Halder. »Dann geht's los.«

Noch kann ich die Sache abblasen. Micki-Boy genau die Geschichte auftischen, die ihm alle anderen auch aufgetischt haben, und sie damit endgültig zur Wahrheit werden zu lassen. Die letzte Perle zur Kette hinzufügen. Ich höre den Joker kichern. Fühl dich nicht zu sicher, mein Freund. Es ist Zeit für die Wahrheit.

Halder schaut direkt in die Kamera.

»Es sollte das Spiel aller Spiele werden. *Dead.end*. Tausende kämpften um einen der vierundzwanzig Startplätze für den abgefahrensten Zockertrip aller Zeiten. Wir alle wissen, wie diese Geschichte endete: in der absoluten Katastrophe. Was genau geschah, ist eines der bestgehüteten Geheimnisse der Branche. Heute könnte sich das ändern. Weil hier bei mir Carlos Valdez sitzt.«

Egal, wie Mick aussieht, er ist immer noch ein verdammt guter Journalist. Einer der besten. Und er will mich knacken, das sehe ich ihm an. Ich habe ihm nicht verraten, dass ich genau deshalb hier bin. Ich habe es niemandem verraten. Weil es diese Sendung sonst nicht gäbe.

Er dreht seinen Kopf zu mir. »Carlos war mit seinem Team *Black Lizzards* im dead.end. Herzlich willkommen. Carlos, stimmt es, dass ihr eine Warnung bekommen habt, ungefähr eine Woche, bevor es losging?«

Der Typ steigt gleich voll rein.

Ich zieh mit. »Ja.«

»Habt ihr sie ernst genommen?«

»Nein.«

»Warum nicht?«

Hättest du so was ernst genommen, Mick? Einen Zettel, der aussieht wie diese typischen Drohdinger in den Filmen. Aus Zeitungen und Zeitschriften geschnittene Buchstaben. **WENN IHR MITMACHT, WERDET IHR STERBEN**. Was für ein Schwachsinn!

Ich blicke direkt in die Kamera, in die Augen des Seelenklempners irgendwo auf der anderen Seite. Ich weiß, dass er zusieht, wenn nicht jetzt, dann später auf YouTube oder in irgendeiner Überwachungszentrale. »Wir dachten, es gehört zum Spiel.« Soll der Typ an seinen Schuldgefühlen ersticken.

Mick lehnt sich vor. »Ein tödlicher Irrtum.«

Ich antworte nicht. Weil das keine Frage war.

»Vier Menschen sind ums Leben gekommen.«

Ich schweige weiter. Wenn er etwas Bestimmtes wissen will, soll er mich FRAGEN.

»Wie kommt man mit so was klar?«

Scheiße. Falsche Frage.

»Carlos, wie kommt man mit so was klar?«

Man besäuft sich. Legt sich mit jedem an, der garantiert stärker ist. Bekommt ordentlich eins auf die Fresse und saugt den Schmerz auf wie eine Erlösung auf Zeit. Und man gibt sich die Maximalstrafe. Nie mehr zocken. Wobei ich immer noch darüber nachdenke, ob das wirklich eine Strafe ist.

»Man schneidet sich die Seele raus und schaut ihr zu, wie sie verblutet«, antworte ich. Ist nicht von mir, sondern von Greti.

VOR DEM SPIEL.

10. Juli. Zürich. Bahnhofgebäude.
11.15 Uhr. **Greti.**

Blitzlichter blenden mich. Ich bleibe stehen, aber der uniformierte Hüne hinter mir schiebt mich einfach weiter. Wären wir in einem Spiel, würde ich ihn mit ein paar gezielten Schlägen außer Gefecht setzen und verschwinden. Noch bin ich jedoch in der realen Welt, wo zivilisierte Menschen ihre Probleme mit Worten lösen. In dieser realen Welt habe ich alle meine Rechte freiwillig an *Cupid Arcade* abgegeben, um unter jenen Ersten zu sein, die heute in eine neue Dimension der virtuellen Welt vorstoßen. Auf mich wartet das Spielabenteuer meines Lebens. Leider führt der Weg dorthin über eine Pressekonferenz.

Die Blitzlichter sind von den Fotoapparaten der Medienleute und der Hüne, der mich in Richtung Podest drückt, tut das, weil ich vor der Presse etwas sagen soll. Ich. Ausgerechnet ich.

Es war nicht meine Entscheidung, sondern die von Rahel Huber, jener Frau, die uns nach der Ankunft am Bahnhof in Empfang genommen und in einem fensterlosen Raum versammelt hat.

»Für die von Ihnen, die sich keine Namen merken können, noch einmal: Ich bin Rahel Huber.« Ihre laute Stimme überraschte mich, sie passte nicht zu den hohen Absätzen ihrer Schuhe. »Ich leite dieses Projekt. Alles andere später. Erst einmal brauche ich drei von Ihnen für die Pressekonferenz.«

Ich sah mich um. Mir war klar, wen sie wählen würde: die außerirdisch schöne Kriegsgöttin und den geheimnisvollen Manga-Jungen mit den tiefdunklen Augen. Als Dritte kamen die Elfe oder ich infrage. Ich hoffte auf die Elfe, doch Rahel Huber wählte mich, wahrscheinlich, weil ich auf manche Leute wie eine Lara-Croft-Kopie wirke. Ich versuche nicht, dieses Vorurteil zu korrigieren, denn die Haut der unverwundbaren Heldin ist ein ideales Versteck für das, was meine Eltern *das Sprachproblem* nennen.

Rahel Huber habe ich, auf meine Weise, dieses Problem zu erklären versucht.

»Ich kann das nicht.«

»Das spielt keine Rolle«, antwortete sie. »Du musst nur gut aussehen.«

Natürlich fiel mir darauf eine Antwort ein. Es ist nicht so, dass ich nicht denken kann. Bei mir ist einfach der Teil im Hirn defekt, der die Gedanken zu gesprochenen Sätzen umwandelt, weshalb ich, wann immer möglich, in ganz kurzen Sätzen rede. Auch dann kommt noch vieles zu direkt oder zu unverständlich bei meinem Gegenüber an, oder besser gesagt, *nicht* an, vor allem bei Fremden. Weil Rahel Huber mein Aussehen wichtiger ist als mein

Sprachvermögen, bin ich nun auf dem Weg zu dieser Pressekonferenz, an der ich nicht teilnehmen will.

Ich weiß, dass ich damit rechnen musste. Wir haben alle einen Vertrag unterschrieben, zwölf dicht beschriebene Seiten mit einer Unmenge von Paragrafen und Unterparagrafen. Sebi ist das Schriftstück mit uns durchgegangen, Punkt für Punkt. Einer dieser Punkte regelt auch unseren Umgang mit der Presse.

Wir dürfen nur nach Absprache und mit Einwilligung der Firma *Cupid Arcade* mit Medienleuten reden. Die Firma kann uns zwingen, Interviews zu geben, und sie kann es uns verbieten. Dazu braucht sie keine Gründe. Sie darf sogar bestimmen, was wir sagen.

Die Regeln zum Umgang mit den Medien sind ein Spiegelbild für den gesamten Vertrag, der uns mehr oder weniger alle Freiheit auf eigenständige Entscheidungen nimmt, oder anders formuliert: Wer bei diesem Projekt mitmachen will, muss dafür seine Rechte aufgeben. Kein Mensch mit einer Faser Verstand hätte seinen Namen unter ein solches Regelwerk gesetzt. Wir haben es trotzdem getan, denn es geht um *dead.end*, das Spiel, von dem alle sprechen, weil es so unglaublich anders sein soll. Das Spiel, das alle testen wollen, aber nur ein paar wenige testen dürfen. Wir sind dabei, weil wir bei dem Wettbewerb um die Teilnahme unter den ersten sechs Teams waren. Ich glaube, wir hätten so ziemlich alles unterschrieben.

Der Hüne drückt mich auf einen Stuhl hinter einer Tischreihe, zwischen den Manga-Jungen und einen dieser Männer, die mein Vater sein könnten, sich aber als ewige

Jugendliche geben. Im Falle meines Sitznachbarn äußert sich das in einem rostroten Hemd mit offenem Kragen, unter dem ein schwarzes T-Shirt hervorschaut, ausgewaschenen Jeans und Bikerboots. Gelockte Haare fallen ihm in die Stirn, die affige Brille erinnert an Bono von U2. Das Namensschild vor ihm weist ihn als Dr. Samuel Hendriksson aus. Psychologe, tippe ich.

Ich frage mich, ob die Schilder verkehrt herum stehen, und drehe meines um, aber auch auf der anderen Seite steht mein Name. *Greti Berger, Black Lizzards.* Ich stelle das Namenstäfelchen zurück und werfe einen Blick auf das Schild des Manga-Jungen. *Mo Zanetti, Cargo44.*

Das Blitzlichtgewitter lässt nach. Rahel Huber nimmt auf dem für sie reservierten Stuhl in der Mitte des Podiums Platz, stellt sich als Mitarbeiterin der Firma *Cupid Arcade* und Projektleiterin der *Operation Countdown* vor und begrüßt die Anwesenden im Namen des Unternehmers Edgar Maurus Weymann, den Inhaber der Firma *Cupid Arcade,* »der, wie Ihnen sicher bekannt ist, die Öffentlichkeit meidet«. Mit einer eleganten Armbewegung deutet sie auf uns. »Jedes Spiel ist nur so gut, wie es bei der Zielgruppe ankommt. Im Fall von *dead.end* bei Jugendlichen ab sechzehn. Drei Vertreter dieser Altersgruppe, die eine Teilnahme bei unserem Spieltest gewonnen haben, werden Sie heute kennenlernen. Greti Berger, 17, Tessa Mayer, auch 17, und Mo Zanetti, 18.«

Ich fühle mich wie im Zoo und verkrieche mich hinter meine Lara-Croft-Maske, doch auch sie kann nicht verhindern, dass mein Gesicht rot anläuft. Der Mann neben mir ist tatsächlich Psychologe, so viel bekomme ich am Rande noch mit. Er hat ein paar Bücher geschrieben und wird die *Operation Countdown* begleiten.

Ein Journalist mit Dreitagebart, Vogelnestfrisur und Kleidern, die jene des Psychologen oberspießig aussehen lassen, hebt die Hand.

»Nicht jetzt, Herr Halder«, schmettert ihn Rahel Huber ab. »Sie können Ihre Fragen nach dem offiziellen Teil stellen.«

Halder? Ich schaue genauer hin und erkenne den Moderator von *Free World TV*, dem Online-Fernsehsender. Halder ist Carlos' Held. Carlos behauptet, keiner ist so cool wie er. Wie der TV-Star unbeeindruckt und entspannt seine Beine streckt und die Hände hinter dem Nacken verschränkt, ist tatsächlich ziemlich cool.

Rahel Huber lässt sich davon nicht beirren. »Ein Schweizer Unternehmen, das mit den globalen Playern mithalten kann?«, leitet sie ihre vorbereitete Rede ein. »Ja, mehr noch: ein Schweizer Unternehmen, das auf dem Gebiet der Computerspiele zu den tonangebenden Entwicklern gehören wird? Wenn man Ihnen das vor ein paar Jahren gesagt hätte, hätten Sie mitleidig gelächelt.« Stolz schaut sie in die Runde und verkündet das, was die Medienvertreter bestimmt schon in ihren Unterlagen gelesen haben. »Meine Damen und Herren: Mit *dead.end* wird *Cupid Arcade* ganz weit oben auf der Liste der einfluss- und erfolgreichsten Spieleentwickler stehen.«

Wenn Rahel Huber über die ausbleibende Reaktion auf ihren Paukenschlag enttäuscht ist, lässt sie es sich nicht anmerken. Sie setzt ihre Ansprache fort, benutzt dabei Wörter und Phrasen wie innovativ, noch nie dagewesen, den Markt entscheidend verändern; den ganzen PR-Kram eben, bevor sie endlich zu dem kommt, weswegen die Presse hier ist.

»Die Herausforderung beim Entwickeln von *dead.end* lag nicht nur in der einzigartigen Grafik. Es ging vor allem auch darum, ein Spiel zu erschaffen, das den Nerv der heutigen Jugend trifft – spannend, herausfordernd, ein Nervenkitzel, der seinen Ursprung in einer durchaus vorstellbaren Zukunft hat. Gleichzeitig soll es eine klare Absage an sinnlose Ballerspiele sein.«

Die Hände der Medienleute schnellen in die Höhe, doch Rahel Huber geht über diesen offensichtlichen Wunsch nach einer Fragerunde hinweg, indem sie einfach weiterredet.

»Ob uns das gelungen ist, wird sich in den nächsten Tagen zeigen. Vierundzwanzig Jugendliche zwischen sechzehn und zwanzig Jahren, darunter die drei Anwesenden, werden den Prototypen von *dead.end* testen. Aufgrund ihrer Rückmeldungen werden wir letzte Modifikationen vornehmen, bevor *dead.end* Anfang November auf den Markt kommt und parallel dazu die Webseite *dead.end.com* online geht. Deshalb der Name *Operation Countdown*. Wir leiten heute die letzte, entscheidende Phase der Planung ein.«

Diesen Unsinn wird ihr hoffentlich keiner abnehmen. Ich auf jeden Fall tue das nicht. Wir sind ein PR-Gag, mehr nicht.

Der Psychologe neben mir meint, der *Operation Countdown* etwas Tiefgang verpassen zu müssen, und spricht von Verantwortung und Medienkultur. Damit will er wohl die Eltern beruhigen und die Presse in eine Art Mitpflicht nehmen. Ich bin weder eine Mutter noch ein Journalist, zudem habe ich Aussagen wie die von Dr. Hendriksson schon von anderen Erwachsenen gehört, zum Beispiel von Politikern, die denken, sie wissen Bescheid, also klinke ich mich aus dem Geschehen aus und versuche herauszufinden, weshalb es ein Manga-Junge, den ich noch nie zuvor gesehen habe, schafft, mich nervös zu machen.

»... Ego-Shooter-Games, Mo?«

Den Anfang der Frage verpasse ich, doch das Wort Ego-Shooter reißt mich zurück in das aktuelle Geschehen. Ich warte auf die Antwort von Mo. Er beugt sich zum Mikrofon vor.

»Nichts Besonderes«, sagt er heiser.

Ich schiele zu Rahel Huber hinüber und bemerke, wie sie ihre Mundwinkel verkniffen nach unten zieht. Die Medienmeute ist bei dem Thema angekommen, aus dem sie die Schlagzeile basteln kann.

TESTSPIELER FINDEN
KILLERGAMES *NICHTS BESONDERES!*

»Und Sie, Tessa?«, meldet sich einer aus der zweiten Reihe.

»Ich spiele sie.« Die Kriegsgöttin klingt, als ob damit alles gesagt ist.

»Na, Lara Croft brauchen wir ja nicht zu fragen«, ruft Halder.

Ich fixiere ihn mit meinem Blick, während ich warte, bis sich die Wörter bei mir richtig eingeordnet haben. »Ich habe kein Sturmgewehr zu Hause. Und Sie?«, kommen sie aus meinem Mund, etwas langsam, aber in der genau richtigen Reihenfolge.

Ein paar Medienleute lachen. Halder auch.

In der hintersten Reihe steht ein Mann in einem schlecht sitzenden Anzug auf. »Frau Huber, Sie reden von einer einzigartigen Grafik und einem völlig neuen Konzept. Was ist so einzigartig und neu an diesem Spiel?«, fragt er.

»Das werden Ihnen unsere Jugendlichen nach der Testphase verraten.« Sie blickt auf die Uhr. »Es tut mir leid«, sagt sie. »Die Zeit ist leider abgelaufen. Unser Reisebus wartet. Haben Sie Verständnis dafür, dass wir die Teilnehmer während der *Operation Countdown* vor Ihnen abschirmen. Sie werden Ihnen nach der Testphase für Interviews zur Verfügung stehen. Wie Sie Ihren Medieninformationen entnehmen können, erhält dann auch jeder von Ihnen eine Filmdokumentation über *Operation Countdown.*« Sie übersieht bewusst die in die Höhe gestreckten Hände. »Während die Spieler im Einsatz sind, können Sie sich jederzeit an unsere Pressesprecherin Irene Manser wenden. Herzlichen Dank.«

Im Blitzlichtgewitter, das von Neuem losbricht, stoße ich mit Mo zusammen. Die Berührung fühlt sich an wie ein elektrischer Schlag.

10. Juli. Irgendwo an der Schweizer Grenze.
14.30 Uhr. Mo.

Ich glaub's nicht. Ich bin am Arsch der Schweiz. Dort, wo die Art Leute lebt, die Jugendlichen ein Ausgehverbot ab zehn Uhr abends aufdrückt.

Vor einer Viertelstunde sind wir von der Autobahn runter. Jetzt fahren wir in Richtung Berge, vorbei an einem Hügel mit einer Burgruine, durch ein kleines Kuhdorf mit einer weiß getünchten Kirche. Ein paar Hundert Meter weiter biegen wir von der Hauptstraße ab. Kommen an einem Schild vorbei, auf dem *Militär* steht.

Durch die Narbe über meiner Hüfte geht ein schmerzhaftes Ziehen. Meine Paranoia brennt mir ein Bild ins Hirn: das einer unterirdischen Anlage, die uns verschlingen und nie mehr ausspucken wird. Ich würde ja gerne glauben, dass die Panik mit mir durchgeht, aber in mir drin köchelt die Angst nicht grundlos. Unsere Notebooks und Handys wurden schon vor der Pressekonferenz eingesammelt. Ist also nichts mit Hilferufabsetzen, falls das hier zu etwas wird, das mir nicht gefällt. Und *Militär* gefällt mir gar nicht.

Mam würde zu solch irren Gedanken sagen: Du spielst zu viel. Schaust zu viele Filme. Geh mal raus. In die Natur.

Komm auf andere Gedanken. Und dann würde sie Steve diesen komischen Blick zuwerfen, diesen Sag-du-mal-was-Blick, doch Steve ist klug genug, sich aus der Sache herauszuhalten.

Unser Bus hält auf einem riesigen Platz in einer Waldlichtung. Rechts ein Felsabbruch, links die Berge, vor uns ein Gebäudekomplex wie aus einem Gruselfilm, um uns Wald. So viel zum Thema Natur. Nicht in die Natur, dafür zum Gebäude, passen die schwarz gekleideten Sicherheitsleute, von denen es beinahe so viele gibt wie Bäume.

Natürlich fällt mir genau jetzt diese kindische Warnung ein, die vor einer Woche im Briefkasten lag.

»Was ist?«, zischt Tessa. »Warum steigst du nicht aus?«

Ich will nicht aussteigen. Weil man uns dann verschwinden lassen wird.

Vielleicht stelle ich das am besten gleich klar: Ich hab einen an der Waffel. So wie Leute, die mit sich selbst reden, oder Leute, die sich einen imaginären Hund zulegen und ihn dann spazieren führen. Bei mir sind es keine Hunde oder sonstigen Haustiere, sondern irgendwelche kruden Ängste, die mich aus heiterem Himmel anfallen. Ich hab ihnen einen Namen gegeben. *Paranoia.* Das macht die Sache nicht einfacher, aber hey, wenigstens hat das Grauen jetzt einen Namen.

Tessa rammt mir ihren Ellbogen in die Seite.

»Die verarschen uns«, sage ich und bleibe sitzen. Dass ich Schiss habe, behalte ich für mich. Tessa kann mit so was Lachhaftem wie Angst nicht umgehen.

»Tun sie nicht.« Tessa argumentiert nicht. Nie. Sie sagt,

wie etwas ist. Oder wie sie denkt, dass es ist. Das macht das Streiten mit ihr mühsam. Im schlimmsten Fall hört sie sich einhundertundeins Punkte an, die man für eine Sache vorbringt, und antwortet dann: »Aber ich will es anders machen.« Kein »Weil …«. Sie hat so eine totale Sicherheit, die sie nicht zweifeln lässt. Auch beim Spielen. Weshalb sie meistens besser ist als ich. Sie gewinnt auch jetzt. Ich stehe auf und mache ihr Platz. Warte darauf, dass sie sich von ihrem Sitz am Fenster erhebt und an mir vorbeigeht.

»Du zuerst«, sagt sie.

Schon klar. Wenn nicht die Erste, die aussteigt, dann die Letzte. Ich tue ihr den Gefallen und klettere vor ihr aus dem Bus. Während ich zu den anderen hinübergehe, bemerke ich den spöttischen Blick, den mir Lara Croft zuwirft. Ich erwidere ihn, gleite an ihren Augen ab und bleibe an den Oberarmen hängen. Leicht gebräunt, kein Gramm Fett, auf eine gute Art muskulös. Ich zwinge meinen Blick wieder hoch, zurück zu den Augen, doch für Lara Croft bin ich offensichtlich uninteressant. Sie beobachtet die Sicherheitstypen.

Normalerweise fühle ich es, wenn Tessa sich anschleicht. Diesmal erwischt sie mich.

»Sie gefällt dir«, flüstert sie. Dann drückt sie ihre Zungenspitze an meinen Nacken. Nur schnell, eine Erinnerung daran, zu wem ich gehöre. Ich habe keine Lust auf die Wahrheit. Also sage ich: »Nein.«

Natürlich durchschaut Tessa mich. »Ihr Arsch ist wirklich beeindruckend.«

Sie will mich wütend machen. Es gelingt ihr und das macht mich noch wütender. Dass sie genau weiß, wo sie ihre Nadelstiche anbringen muss, und ich jedes Mal darauf reagiere, egal, wie sehr ich mir vornehme, es nicht zu tun. Mir wird grad ziemlich schmerzhaft klar, was mein Problem ist. Ich bin am falschen Ort, auf der falschen Mission, mit der falschen Frau und einer Paranoia in Hochform. Die einzig richtige Reaktion wäre die Flucht, aber ich fliehe nicht, sondern folge den anderen in eine Kantine.

Seit dem letzten Weltkrieg hat hier keiner mehr was verändert. Mit einer Ausnahme. Überall hängen modernste Überwachungskameras. Ich bin bei Big Brother gelandet.

10. Juli. Militärareal Praditsch. Trakt A. Kantine. 15.00 Uhr. **Greti.**

Yuki und Carlos steuern den Tisch ganz hinten beim Fenster an. Sebi und ich folgen ihnen, vorbei an den Teams, von denen jedes einen eigenen Look hat: Hip-Hopper, Möchtegern-Skins, Goths, Fantasygestalten, Großstadtnomaden.

»Ich habe sie gezählt«, flüstert Sebi. »Auf jeden von uns kommt einer von den Sicherheitsleuten.« Mit einer hastigen Handbewegung schiebt er seine Brille nach oben. »Hast du die Kameras gesehen? Und dann dieser Psychofreak ...«

Ich erfahre nicht, was Sebi über unseren Psychologen mit dem nordischen Nachnamen sagen will, denn er stolpert über den Stiefel eines unserer Bewacher. Seine rudernden Arme finden Halt an meinen Schultern. Einen Moment lang taumeln wir zwischen den Tischreihen wie zwei betrunkene Tanzbären. Wir fangen uns kurz vor dem Sturz auf, legen die letzten paar Schritte unfallfrei zurück und setzen uns zum Rest unseres Teams.

»Ruhe!«, schnarrt es durch den Raum.

Ich drehe mich um. Der Hüne, von dem ich inzwischen weiß, dass er Sven Frick heißt und der Sicherheitsverantwortliche für die *Operation Countdown* ist, steht bei der Tür. Sein prüfender Blick bleibt an mir hängen. Kalte graue Augen schauen mich an wie einen langweiligen Gegenstand. Ich bin sicher, dass diese scheinbare Interesselosigkeit antrainiert ist. Frick nimmt jedes Detail von mir wahr und speichert es auf einer inneren Festplatte. Was er nicht weiß: Ich kann das auch.

Knapp unter zwei Meter, Mitte dreißig, kurz geschnittene blonde Haare, durchtrainiert. Befehlsempfänger mit guter Bezahlung und dem Traum von Führerschaft. Ich will diesem Mann nicht den geringsten Anlass geben, sich intensiver mit mir zu beschäftigen, und senke meinen Blick. Frick wird das als Zeichen der Unterwerfung verstehen.

Die Gespräche verstummen. Nur zwei Hip-Hopper lassen sich in ihrer Diskussion Eminem versus Wu-Tang Clan nicht stören.

»Sind alle scheiße!«, brüllt Frick.

Die Hip-Hopper fahren herum, den Mund offen zum Widerspruch, doch bevor sie etwas antworten können, das ihnen Probleme einbrocken würde, tritt Rahel Huber neben Frick.

»Ich würde gerne anfangen.«

Fricks Kopf zuckt in einer Art militärischem Nicken auf und ab. Zackig geleitet er die Projektleiterin zu einem Podest am Ende des Raums. Während Rahel Huber die kleine Bühne betritt, stellt sich Frick mit verschränkten Armen daneben. Er überragt die Projektleiterin auch so immer noch um einen halben Kopf.

»Ich begrüße Sie recht herzlich in der Militäranlage Praditsch.« Rahel Huber versucht sich an einem Lächeln. »Ich kann mir vorstellen, wie gespannt Sie auf das sind, was Sie erwartet. Erst einmal ist das eine Art Registrierung in Form eines Eintrittschecks. Danach erhalten Sie weitere Informationen.«

»Können Sie uns erklären, wie dieser Check funktioniert?« Mos Stimme ist nicht mehr ganz so heiser wie bei der Pressekonferenz.

»Wir haben zwei Schleusen eingerichtet, eine für die weiblichen Projektteilnehmerinnen und die andere für die männlichen Projektteilnehmer.«

»Projektteilnehmerinnen sind immer weiblich«, sagt Yuki so leise, dass nur ich sie hören kann.

Ich habe andere Sorgen. Schleusen? Was für Schleusen? Wozu?

»Keine große Sache. Ein Arzt wird Sie kurz anschauen und Sie gegen FSME, oder einfacher gesagt, gegen Zeckenbisse impfen. Dann ziehen Sie die Kleider an, die wir für Sie bereitgelegt haben.«

»Zecken?«, fragt Mo. »Ich denke, wir sollen zocken. Nicht in einem Wald herumkriechen.«

Der Mund der Projektleiterin wird zum Strich.

»Und warum andere Klamotten? Mir gefallen meine.«

»Es gibt eine Ausstiegsklausel im Vertrag.« Rahel Hubers Stimme klirrt vor Kälte. »Möchten Sie davon Gebrauch machen?«

Das Lachen, das Mos Sprüche ausgelöst haben, bricht ab. Alle starren ihn an. Mal sehen, ob er Mut hat.

»Ja«, antwortet er.

»Wollen Sie so eine folgenschwere Entscheidung nicht lieber erst mit Ihrem Team besprechen?«, fragt Rahel Huber. »Wenn Sie jetzt aussteigen, ist Ihre ganze Gruppe aus dem Spiel.«

»Er bleibt«, verkündet Tessa, die lässig an der Wand lehnt und aussieht, als gehe sie all das nichts an.

Niemand bewegt sich. Ich höre den Atem der Leute um mich herum, warte mit den anderen auf Mos Antwort.

»Wenn sie es sagt.« Er zuckt mit den Schultern.

Wenn sie es sagt? Er ist also doch nicht so mutig, wie er mit seinen provokativen Fragen vorgibt.

Rahel Huber verschränkt die Arme und schaut in die Runde.

»Möchte sonst noch jemand etwas wissen?«

Ich schweige, wie alle anderen auch. Keiner fragt nach den Kameras. Keiner erkundigt sich, warum wir von einer halben Armee bewacht werden. Keiner will Näheres über die Schleusen wissen. Zu lange haben wir diesem Moment entgegengefiebert, um jetzt einfach aufzugeben.

REGISTRIERUNG.

10. Juli. Militärareal Praditsch. Trakt C.
15.30 Uhr. Mo.

Ich fühle mich wie in einer Klapsmühle aus dem letzten Jahrhundert. Kahle Flure. Die Farbe irgendwas zwischen Weiß und Grau. Verputz, der sich von den Wänden löst, auf den Boden bröckelt. Vergitterte Fenster, zu weit oben, um nach draußen sehen zu können. Das einzige Moderne sind die Überwachungskameras.

Vielleicht liege ich nicht ganz falsch. Vielleicht stecke ich im Trakt für durchgeknallte Soldaten und gleich wird ein Vergessener aus einer der Türen auf der linken Seite schießen, Sabber im Gesicht, die Augen so verdreht, dass man nur noch das Weiße sieht. Vorsichtshalber behalte ich die Türen im Auge, während ich hinter den anderen den Gang entlanggehe.

Links. Rechts. Links. Rechts. Ich merke, wie ich meinen Schrittrhythmus meinen Vorgängern angleiche, und wechsle ihn. Ein paar Kindsköpfe reißen doofe Witze, einige winken in die Kameras, einer ruft: »Hallo, Mutti!«

Blödmänner. Wobei es auch sein kann, dass ich der Blödmann bin. Es wäre nicht das erste Mal.

Wie eine aufgeregte Herde Schafe laufen wir hinter Frick her, diesem Söldnertypen, der sich aufführt wie der Oberboss. Gleich hinter ihm gehen die Skins, fast so breitbeinig und zackig wie er, bereit, diesem Führer wohin auch immer zu folgen.

Vor der Tür am Ende des Flurs bleibt Frick stehen. Klaubt eine Liste aus der Brusttasche seines schwarzen Hemdes. Kneift die Augen zusammen. Liest den ersten Namen.

»Marco Anghern. Team *StanGang*.«

Ein Hopper löst sich aus der Herde. Alles an ihm hängt. Die Hose, das T-Shirt, die Schultern, das strähnige Haar, die Augenlider. Ich denke schon, der latscht dem Söldner geradewegs gegen den Brustkasten, da hält er an, hebt die Hand und salutiert.

»Zur Stelle, Sir.«

Neben Fricks linkem Augenwinkel zuckt ein Muskel. Wortlos deutet er mit dem Kopf in Richtung Tür.

»Aye, aye, Sir!« Der Hopper dreht sich zu uns um, hebt den Arm und reckt die Faust in die Luft. »See you in hell, brothers.« Sein Gesicht verzieht sich zu einer dämonischen Fratze.

Darauf kannst du wetten, Kumpel! Ich schaue ihm nach, wie er verschwindet. Dann checke ich meine Uhr. Ziemlich genau drei Minuten später ruft der Söldner den nächsten Kandidaten auf. Und dann den nächsten.

Ich verfluche meine Paranoia, die mir den Hals zuschnürt und den Gaumen austrocknet. Rede mir ein, dass alles im grünen Bereich ist. Ich kann mein Team nicht hängen lassen, nur weil mir mal wieder der innere Sicherungskasten explodiert.

Der Söldner ackert die Liste alphabetisch ab. Zanetti. Ich werde der Letzte sein. Also lehne ich mich gegen die Wand. Stecke meine zitternden Hände in die Hosentaschen und schaue mich um. Suche nach Notausgängen und Winkeln, die nicht von den Kameras erfasst werden. Frage mich, was hinter den Türen ist und ob sie verschlossen sind. Beobachte den Rest der Herde, der immer kleiner wird. Der Skin mit der Narbe über der Augenbraue hat mich im Visier. Um seinen Mund liegt ein verächtlicher Zug. Ich weiß, was er denkt. *Feige Nuss.*

»Oliver Kleinmann. Team *Cargo44.*«

Oli schlendert locker zur Tür. Kein Witz, kein Grinsen, kein letztes Umdrehen. Er ist Mr Cool. Cooler als die Hopper, cooler als die düsteren Goths. Er kopiert keine Styles, er macht sie. Weshalb er mal von einem In-Magazin porträtiert wurde. Seither ist er so was wie ein Star und deshalb war er gewaltig angepisst, dass ich zur Pressekonferenz durfte und er nicht. Dabei wollte ich da gar nicht hin.

Am Ende bleiben ich und ein Kerl aus der Gruppe von Greti. Nicht der übergewichtige Nerd mit der Brille, sondern die toughe Ausgabe von Enrique Iglesias. Etwas härter im Gesicht, gleich viel Pomade im Haar.

Ich habe gesehen, wie Tessa ihn gemustert und für tauglich befunden hat. Womit es eigentlich unentschieden steht zwischen uns. Ich habe mir Greti angeschaut, Tessa sich den Latin Lover. Trotzdem habe ich die Nummer zwei auf dem Rücken. Mit Tessa ist das einfach so.

»Mo Zanetti! Team *Cargo44!*«, bellt Frick.

Ich merke, dass ich allein bin. Muss mal wieder gedanklich weggetreten sein. Das passiert mir in letzter Zeit häufiger.

Der Söldner steht zwischen mir und der Tür. Ich warte. Schau ihm direkt in die Augen. Ohne zu blinzeln. Wenn ich klug wäre, würde ich den Kopf senken, aber ich bin nicht gerade supergut drauf. Das lässt mich Dinge tun, die ich nicht tun sollte. Zum Beispiel Frick zu einem Blickduell herausfordern. Wir starren uns gegenseitig an. Bis eine Frauenstimme ruft: »Fehlt da nicht noch einer?«

Wortlos macht mir Frick Platz. Sein Gesicht sagt mir, dass wir eine offene Rechnung haben. Eine, die ich bezahlen werde. Ich zucke mit den Schultern, als wäre mir das egal. Trete über die Schwelle in den nächsten Raum. Seh mich um.

Auch hier hängen überall Kameras an der Wand. Die Rothaarige am Schreibtisch scheint sich daran gewöhnt zu haben. Sie geht mit mir meine Personalien durch. Plus ein paar allgemeine Fragen zu meiner Gesundheit.

»Angstzustände?«, fragt sie.

Ich schüttle den Kopf. Meine Paranoia lacht sich einen ab.

Die Rothaarige zögert, bevor sie ihr Kreuzchen beim Nein macht. Dann fragt sie weiter, alles Dinge, bei denen ich nicht lügen muss. Als wir durch sind, möchte sie wissen, ob ich noch was ändern will. Will ich nicht. Sie wünscht mir alles Gute und zeigt auf den Durchgang zum nächsten Raum.

Dort warten zwei Sicherheitsleute der Sorte Kampfhund auf mich.

»Ausziehen!«, befiehlt der bulligere der beiden.

Ich bewege mich keinen Millimeter.

»Unterwäsche kannst du anbehalten«, schiebt sein drahtiger Kumpel mit einem dreckigen Grinsen nach.

»Nein.«

Die Bulldogge lacht. Ich nicht. Ich überlege, ob ich umkehren soll.

»Dort geht's raus.« Der Drahtige zeigt auf die Tür, durch die ich gerade gekommen bin.

Versager, flüstert meine Paranoia. Wenn ich jetzt aufgebe, hat sie gewonnen. Dann werde ich sie nie mehr los.

Ich suche nach so was wie einer Umkleidekabine oder wenigstens einem Vorhang, doch das scheint es nicht zu geben. Also ziehe ich mich aus. Tue so, als sei es mir scheißegal, mich vor zwei Arschlöchern zum Deppen zu machen. Werfe die Klamotten mit einem »Ich hätte sie gerne gewaschen zurück« auf einen Haufen. Meine Stimme krächzt.

»Hab dir doch gesagt, der ist kein Mädchen.« Die Bulldogge lacht schon wieder.

»Vielleicht 'n Zwitter«, grölt der Drahtige.

Wirklich lustig. Ha, ha. Ich verzieh keine Miene.

»'ne verfluchte Transe.«

»Ja, aber eine mit ordentlich Muckis.«

»Und einer ganz schönen Narbe.« Die Hand der Bulldogge nähert sich meinem Oberkörper. Ich weiche zurück.

»Was haben sie dir denn da rausgeschnitten? Vielleicht eine Titte, die am falschen Ort gewachsen ist?«

Die beiden kriegen sich beinahe nicht wieder ein. Ich warte, bis mir einer der Idioten sagt, wie's weitergeht.

»Hier durch, Transe!«, befiehlt die Bulldogge.

Ich reagiere nicht. So weit runter lasse ich mich nicht mal, wenn ich aggressiv drauf bin.

Dann macht der Typ einen Fehler. Er greift mir an den Hintern. »Na, wie wär's, B…«

Weiter kommt er nicht. Zwei Sekunden später liegt er mit einer blutigen Nase auf dem Boden.

»Du bist mir zu wenig sexy.« Ich spucke knapp neben seinen Kopf.

Das Gesicht des Drahtigen läuft rot an. Er kommt auf mich zu, stoppt aber auf halbem Weg. Seine rechte Hand fährt zum Ohr. Ich habe die Bewegung in Filmen gesehen. Das kann nicht sein. Ich schaue genauer hin. Doch. Die haben Kopfhörer. Sind verbunden mit irgendeiner Kommandozentrale, in der alles beobachtet wird. Scheint ganz so, als hätte jemand in dieser Zentrale beschlossen, mich mit meiner Attacke davonkommen zu lassen, denn die beiden hören auf, mich zu piesacken.

Ich will raus. Weg von hier. Aber dazu müsste ich an den zwei Söldnern vorbei. Diese Genugtuung gebe ich ihnen nicht. Ich geh durch die nächste Tür.

Gleich hinter ihr befindet sich eine Schleuse, ähnlich wie die Dinger am Flughafen, nur größer. So richtig Hightech. Neben dem Wunderding steht ein Kerl der Sorte verschrobener Professor.

»Lauf einmal kurz durch«, bittet er.

Weil er mich dabei freundlich ansieht, tu ich ihm den Gefallen.

»Und nun stell dich mitten hinein, mit dem Gesicht gegen die linke Wand. Bleib so lange stehen, bis ich sage, dass es reicht.«

Ich frage nicht, weshalb. Langsam setzt das Schlottern ein. Der Angriff auf die Bulldogge war eine instinktive Reaktion. Ich hatte keine Kontrolle über mich. Das ist mein Problem: Etwas passiert und ich ticke aus, entwickle eine ungeheure Kraft und sehe erst wieder klar, wenn der andere am Boden liegt. Oder ich. Ich kann das nicht steuern oder kontrollieren, weshalb sie mich letztes Jahr aus dem Karate-Training geworfen haben.

»Und jetzt umdrehen und gegen die andere Wand schauen.«

Ich gehorche der Stimme. Kämpfe um Kontrolle über mich und gegen das Schlottern.

»Ist gut. Du kannst herauskommen.«

»Darf ich mich jetzt endlich anziehen?«, frage ich.

»Nur noch der medizinische Kurzcheck und die Impfung.« Der Professor klingt wie eine Beruhigungspille, aber anschauen tut er mich nicht. Stattdessen glotzt er auf den leeren Zettel auf seinem Klemmbrett. Ziemlich unheimlich, das Ganze.

Ich flüchte in den nächsten Raum, den letzten auf diesem abgespacten Rundgang. Gedankenfetzen flippern durch meine Gehirnwindungen, prallen gegen Angstnerven.

Keine Ahnung, was ich nach dem ganzen Zirkus von vorhin erwartet habe. Ganz sicher nicht das hier. Es sieht aus wie in der Umkleidekabine eines Sportklubs. Auf der linken Seite die Duschen. Rechts die Spinde für die Kleider. Mittendrin ein Schreibtisch. Dahinter einer wie ein TV-Doc. Er öffnet den Mund und legt glänzend weiße Zähne frei.

»Wir sind gleich durch. Noch schnell wiegen und impfen, dann kannst du dein Kostüm anziehen.«

Er sagt tatsächlich Kostüm, als wären wir beide auf irgendeinem schrägen Trip. Ich stelle mich auf die Waage, eines dieser Dinger, das nicht nur das Gewicht angibt, sondern auch den Fettgehalt und anderen Schrott. Der Doc sieht sich erst die Werte an und dann mich. Er sagt nichts. Guckt nur beeindruckt. Das bin ich eine halbe Minute später auch, aber nicht wegen meiner Werte. Die sind mir egal. Sondern wegen der Spritze, die er aus einer Schale nimmt, in der ziemlich viel gruseliges Zeugs liegt. Alles, was Ärzte so auffahren, wenn sie ihre Patienten einschüchtern wollen. Messer, Tupfer, Spritzen, irgendwelche Fläschchen und Stäbchen.

Ich versuche, mir den Heidenschiss nicht anmerken zu lassen, den dieses Instrumentenarsenal mir einjagt. Halte gespielt locker den Arm hin, als der Doc eine der Spritzen rauspickt, doch er befiehlt mir, mich umzudrehen. Keine Ahnung, warum. Ich komme auch nicht dazu, darüber nachzudenken. Im Nacken piekst es und der Doc erklärt fröhlich: »Schon fertig. Deine Kleider sind in Spind 25.«

Es sind nicht meine Klamotten. Es sind Klamotten

der Firma. Alles in Schwarz. Turnschuhe, Socken, Hose, T-Shirt, Sweater. Ich begreif jetzt auch, warum der blonde Schönling von einem Kostüm geredet hat. Die Dinger sehen aus wie für einen Science-Fiction-Film gemacht. Echt klasse.

Mit den Fingern meiner rechten Hand fahre ich über die Haut an meinem Nacken, dort, wo ich immer noch die Einstichstelle der Spritze fühlen kann. Es hat angefangen. Das ist *dead.end*.

INTRO.

10. Juli. Militärareal Praditsch. Trakt C.
Aufenthaltsraum. 17.00 Uhr. **Greti.**

Um mich herum ist schrille, kreischende Aufgeregtheit. Ich klicke mich aus dem Lärm in die Geborgenheit meiner T-Zone, eine Matrix aus wirklichen und erdachten Bildern, die ich mir als kleines Kind geschaffen habe. Damals hieß sie noch nicht T-Zone, das kam erst, als ich mit den Computerspielen anfing und Trinity aus *Matrix* für mich die coolste aller Frauen war. T für Trinity. Die Zone war der Ort, in der meine Fantasien real wurden. Ich konnte stundenlang in dieser von mir geschaffenen Welt untertauchen. Meinen Eltern war das nicht geheuer. Sie lasen stapelweise Fachliteratur, erst Erziehungsratgeber, später Bücher über alle Arten von Störungen, von A wie Autismus über P wie Persönlichkeitsstörung bis zu Z wie Zwangsneurose. Sie schleppten mich zu Psychiatern, die mich analysierten und mir ein paar Stempel aufdrückten, jeder einen anderen, bis meine Eltern zwar nicht wussten, was mir genau fehlte, aber immerhin bestätigt bekamen, dass mit mir etwas nicht stimmt. Das machte es leichter für sie. Für mich ist es nie schwierig gewesen.

Ich halte das Bild an und schalte den Ton aus. An einem der Fenster steht die Elfe aus dem Fantasyteam *Galadriel.* Sie wirkt fremd und hart in den uniformähnlichen Kleidern, als stecke sie in einer falschen Haut. In dem Bus hat sie in ein Notizbuch geschrieben, das sie erfolgreich durch die erste Kontrolle schmuggeln konnte. Ob sie es ihr gelassen haben? Ich bezweifle es.

Sandy, das Mädchen aus der Skin-Gruppe *Hades,* hat die körperliche Haltung der Sicherheitskräfte übernommen. Sie ist offensichtlich begeistert von dem Verlauf, den *Operation Countdown* nimmt.

Yuki lehnt an der Wand und sammelt Eindrücke. Sie kann, im Gegensatz zu mir, die Resultate ihrer Beobachtungen und Analysen in verständlichen Sätzen auf den Punkt bringen. Manchmal denke ich, sie hat einen Spezialprozessor im Kopf, einen mit einer Kapazität, die erst geschaffen werden muss. Ich glaube, das ist der Grund, weshalb Yuki zockt. Sie stößt damit in Welten vor, die die Wirklichkeit erst noch schaffen muss.

Die Kriegsgöttin tritt in mein Blickfeld und kommt auf mich zu. Mit Augen wie ihren braucht man keine Waffen. *Wenn Blicke töten könnten* ist ein Ausdruck, der für die Tessas dieser Welt geschaffen wurde.

Ich zucke zusammen und blinzle. Die Matrix löst sich auf, der Raum ist wieder real. Tessa auch. Sie schaut mich direkt an. Ohne ein Wort zu sagen, gibt sie mir zu verstehen, dass sie hier die Chefin ist. Als sie an mir vorbeigeht, stößt ihr Ellbogen gegen meinen.

»Kannst du nicht aufpassen?«, faucht sie.

Sprachlos wende ich mich ab und entdecke Rahel Huber. Ich habe keine Ahnung, wie lange sie schon hier ist, was sie beobachtet und welche Schlüsse sie daraus gezogen hat.

»Ich hoffe, Sie haben den Eintrittscheck gut überstanden«, sagt sie in das leise Getuschel hinein, das nach Tessas gehässigen Worten den Lärm ablöste.

»Der Scanner war ganz schön krass!«, ruft Sandy.

»Ich finde die Klamotten so richtig geil!« Das schwarzhaarige Mädchen aus der Goth-Gruppe *Ajataa* dreht sich einmal um die eigene Achse. »Super sexy. Können wir die hinterher behalten?«

Die Frage löst einen Schwall »Oh-ja-bitte-bitte«-Rufe aus, die Rahel Huber mit einem trockenen, leicht spöttischen »Vielleicht« beantwortet.

»Mich interessiert etwas anderes«, meldet sich die Elfe.

»Ja, Aline?«

»Weshalb darf ich mein Notizbuch nicht behalten? Und wesh...«

»Ich nehme an, Sie haben den Vertrag gelesen«, unterbricht die Projektleiterin sie. »Da steht ...«

»... dass wir Neuland betreten und es deshalb zu ungewohnten Situationen kommen kann, in denen alles rechtens ist und nichts geschieht, das irgendwie zu unserem Nachteil sein könnte«, beendet Aline jenen Satz aus dem Vertrag, der unserem Team am meisten Kopfschmerzen bereitet hat, um gleich die nächste Frage anzuhängen. »Und die Impfung? Was war in der Spritze? Zeckenimpfungen wirken erst nach ...«

Wieder kommt sie nicht dazu, auszureden.

»Nach einigen Wochen«, beendet Rahel Huber ihren Satz. Und fügt hinzu: »Normalerweise.«

Ich warte auf das ABER.

»Aber es gibt einen ganz neuen Impfstoff, der sofort wirkt, wenn man ihn an der richtigen Stelle verabreicht.«

»Ist er zugelassen?« Alines Hartnäckigkeit passt nicht ganz zu ihrer sanften Stimme.

»Selbstverständlich«, antwortet Rahel Huber.

»Und wozu …«

Die Projektleiterin löst sich vom Tisch, gegen den sie sich gelehnt hat. »Ich muss Sie leider auf später vertrösten. Das Abendessen wartet auf uns. Ich hoffe, niemand von Ihnen ist auf Diät. Unser Koch hat eine köstliche Mahlzeit für Sie vorbereitet.«

10. Juli. Militärareal Praditsch. Trakt A. Kantine. 17.30 Uhr. Mo.

Greti steht in der Schlange bei der Essensausgabe. Sie sieht total scharf aus in diesen Klamotten. Besser als Lara Croft. Natürlich dreht sie sich genau in meine Richtung, natürlich genau in dem Moment, in dem ich auf ihre Brüste starre und mir vorstelle, wie sie sich anfühlen, und natürlich sind mir meine Gedanken deutlich ins Gesicht geschrieben. Ich handle mir einen vernichtenden Blick ein. Irgendein Gott ist mir gnädig und schiebt Tessa und Marilisa zwischen Greti und mich.

»Mann, sehen die geil aus«, stöhnt Oli.

Okay, ich denk genau dasselbe wie er über Greti. Aber ich behalte so was für mich. Spielen mit Oli geht in Ordnung, er ist ein guter Stratege und ein geschickter Zocker. Damit hat es sich dann schon. Der Rest von ihm ist in den letzten paar Monaten zum Arsch mutiert. Ich habe das blöderweise Tessa gesagt. Sie meint, es sei andersrum. Oli sei immer noch genau der Gleiche wie immer, ein harmloser Angeber mit einer viel zu großen Klappe und ein bisschen zu wenig Hirn, aber sonst in Ordnung. Ich sei derjenige, der sich geändert habe. Ich grüble zu viel über die Sache mit Sascha nach.

Tessa und Marilisa setzen sich. Der Blick auf Gretis Tisch ist wieder frei. Ich kann nicht anders. Ich schau hin. Beobachte, wie Greti mit dem Nerd redet. Ist ein ziemlicher Freak, der Typ. Bestimmt über hundert Kilo, blass, rote Haare, runde Brille mit Nickelrand, schiefes Gestell. Vielleicht hat ihn jemand vermöbelt und dabei hat sich was verbogen. Ich stelle mir vor, wie der arme Kerl in Unterhosen vor den zwei Security-Typen gestanden hat. Wahrscheinlich kennt er sämtliche doofen Sprüche über Dicke, die solche Idioten von sich geben. Vielleicht hat er gelernt, seine Ohren auf Durchzug zu schalten und gar nicht hinzuhören. Damit wäre er mir einen großen Schritt voraus.

»Könntest du mal kurz den Blick von Lara Croft nehmen?« Tessa legt ihre Hand auf meine.

Greti. Lara Croft heißt Greti. Und ich habe sie die letzten zehn Sekunden nicht angeschaut.

»Eifersüchtig?«, fragt Oli.

Tessa zieht ihre Augenbrauen in die Höhe.

Wie immer weiß Oli nicht, wann er besser die Klappe hält. Er redet Vollgas weiter.

»Was meint ihr, mit welchem der beiden Typen es Lara Croft treibt?«

»Sicher nicht mit dem Dicken.« Marilisa verzieht das Gesicht. »Oder denkt ihr, etwa doch?«

Es ist der falsche Zeitpunkt für die Erkenntnis, dass ich nichts gemeinsam habe mit den Leuten, mit denen ich die letzten paar Jahre einen großen Teil meiner Zeit verbracht habe. Andererseits gibt es für so was nie einen richtigen Zeitpunkt. Ich stehe auf.

Oli grinst mich an. »Du willst doch nicht etwa den Freak fragen, ob er Lara vögelt.«

Ich stoße an mein Glas. Es kippt um und sein Inhalt ergießt sich über Olis Hose. Ich spar mir die Entschuldigung. Lass den Idioten stehen. Hör ihn hinter mir herfluchen.

An der Tür hält mich der drahtige Söldner aus dem *Eintrittscheck* auf.

»Wohin willst du?«, fragt er.

Mir fällt auf, dass die Sicherheitsleute uns duzen. Ist alles eine Frage des Respekts. Ich teste mal, ob er das auch so sieht: »Was denkst du denn?«

Die Ader an seiner Schläfe schwillt an.

»Du gehst nirgendwohin. Kapiert?«

Wir sind hier nicht in der Armee. Weshalb ich mit einem Nein antworte.

Eine Hand legt sich auf meine Schulter. Ich fahre herum. Ist eine neue Angewohnheit von mir. Mich berührt man nicht mehr einfach so. Den geschniegelten Lackaffen, der vor mir steht, habe ich schon einmal gesehen. Meine Erinnerung lässt mich im Stich. Funkstille im Hirn. Ich kann ihn nicht einordnen.

»Nein, keine Probleme«, sagt der Drahtige. In einem Ton, in dem man mit seinem Chef spricht. Nicht irgendeinem, sondern einem wirklich hohen Tier.

Die Funkverbindung ist wieder da. Edgar M. Weymann, der Oberboss. Der Typ, dem *Cupid Arcade* gehört. Ich habe ihn durch die Suchmaschinen gejagt. Viel ist dabei nicht herausgekommen. Schweizer. Schwerreich. Ein

Phantom, das sich selten in der Öffentlichkeit zeigt. Informationen über sein Privatleben gibt es nur, wenn er will, dass es sie gibt. Seine Leute streuen sie gezielt, basteln ein Image von ihm. Ich kenne seine Schwachstelle, die keine Suchmaschine je finden wird.

Mittlerweile wiegt seine Hand auf meiner Schulter gefühlte zweihundertfünfzig Kilo. Ich überlege, ob ich es mir leisten kann, ihm zu sagen, er soll sie wegnehmen. Wahrscheinlich wäre es eine schlechte Idee. Ein Mann wie er nimmt keine Befehle entgegen. Er gibt nur welche.

»Keine Probleme«, wiederhole ich die Worte des Drahtigen.

Weymann drückt noch einmal kräftig zu und klopft mir auf die Schulter. »Gut«, sagt er. »Darf ich Sie dann bitten, hierzubleiben und meinen Ausführungen zuzuhören?«

Es ist so: Sicherheitsleute kommandieren dich rum. Bosse reden irgendwie geschraubter, meistens jedenfalls. Aber eigentlich ist auch eine höfliche Frage ein Befehl, von dem erwartet wird, dass man ihn widerspruchslos annimmt. So viel habe ich im Leben gelernt. Ich habe auch gelernt zu wissen, wann man besser die Schnauze hält und gehorcht. Dass ich mich nicht immer daran halte, ist eine andere Geschichte. Dieser Fall hier ist klar.

»Ja«, antworte ich. Weil das ein bisschen mager ist für den Mann, dessen Spiel ich testen will, hänge ich noch ein »Wird bestimmt sehr interessant« an. Nicht gerade der Brüller, aber was soll's?

»Na, das wollen wir doch hoffen«, sagt er und lässt mich stehen.

Ich schaue ihm nach. Leute wie er gehen sogar anders. Paps ist auch mal so gegangen. In einem anderen Leben. Damals, als er noch einen Job hatte.

Ich merke, dass ich meine Hände zu einer Faust geballt habe. Solche Dinge passieren bei mir automatisch. Der Psychodoc, zu dem ich nach der Geschichte mit Sascha musste, hat erhöhte Aggressivität festgestellt. Ha! Dazu hätte ich keinen Studierten gebraucht. Wer einem Lehrer, gegen den er eigentlich gar nichts hat, beinahe die Zähne rausschlägt, weiß selbst, was mit ihm los ist.

Diese Sache hier ist nicht gut für mich. All die Dinge, die wieder hochkommen. Ich will sie nicht. Es hat zu lange gedauert, sie wegzusperren. Wobei es dem Psychodoc lieber gewesen wäre, wenn ich sie *verarbeitet* hätte, statt sie in einem Kerkerloch tief in mir drin anzuketten. Man kann eben nicht alles haben.

Ich löse meine verkrampften Hände und stecke sie in die Hosentaschen. Schlendere zurück zum Tisch, an dem mein Team sitzt. Fremde. Sogar Tessa. Schöne Scheiße. Ich hab gedacht, wenn wir es schaffen, in die Endrunde von *dead.end* zu kommen, wird es wieder wie früher. Vielleicht sollte ich langsam damit klarkommen, dass es nie wieder so wird, wie es war. Auch nicht mit Tessa. Sie verachtet mich für meine Schwäche. Ich komme mit ihrer Stärke nicht mehr klar.

Kurz vor unserem Tisch bremse ich ab. Guck mir den Nerd an. Greti scheint ihn zu mögen. Sie unterhält sich mit ihm wie mit einem besten Freund. Was er wahrscheinlich auch ist.

»Mo!«, zischt Tessa.

Ich denke erst, dass das wieder eins ihrer Frauendinger ist. So eine Du-gehörst-mir-Geschichte. Ist es aber nicht. Als ich mich neben Tessa setze, schaut sie Greti nicht mal an. Ihr Blick ist nach vorn gerichtet, wo Weymann auf die Bühne tritt, die bis jetzt Rahel Huber gehört hat. Ich beschließe, mir anzuhören, was der Mann zu sagen hat.

Erst mal lässt er den üblichen Schwurbel vom Stapel. »Herzlich willkommen im Basiscamp der *Operation Countdown*. Ich bin Edgar Maurus Weymann von *Cupid Arcade*. Mehr zu mir tut nichts zur Sache, denn Sie sind nicht meinetwegen hier, sondern wegen des Spiels.« Jetzt kommt die Pause für die Lacher. In Live-TV-Shows gibt es Leute, die Schilder hochhalten. *Applaudieren. Laut lachen.* Hier gibt's keine Pappschilder. Da lachen tatsächlich welche, ohne dazu aufgefordert zu werden. Mit dem Witzchen hat Weymann die Leute im Griff. Ich kann richtig sehen, wie er zu Topform aufläuft. »Sie haben sich heute bestimmt ein paar Mal gefragt, ob Sie im falschen Film sind.« Wieder eine Pause für die Lacher. »Oder im falschen Spiel. Ich verstehe Sie. Man hat Ihnen eine Menge zugemutet. Ich kann Ihnen jedoch versichern, dass alles seine Gründe hatte. Sie werden in Kürze herausfinden, warum man Sie gegen Zecken geimpft, durch einen Scanner geschleust und neu eingekleidet hat. Wie ich sehe, steht Ihnen unsere Kleidung wirklich gut.« Er setzt ein Lächeln auf. Eins der Art: Seht her, ich bin euer Kumpel, ich lächle, wie könnte ich gefährlich sein. Vielleicht ist der Gesichtsausdruck von Weymann auch echt und er freut sich wirklich darauf, das Projekt seines Lebens endlich zu testen. Am lebenden Objekt sozusagen.

Ich blicke bei solchen Dingen nicht mehr durch.

Beim Spielen ist es einfach. Wenn ein zur Tötungsmaschine mutierter Wahnsinniger auf dich zukommt, ist alles klar: Es geht um dich oder ihn. Im richtigen Leben ist es anstrengender. Fast alle machen dir was vor und am Ende kannst du nichts mehr unterscheiden und glaubst den Falschen.

Tessa hat ein Gespür für Echtheit, wahrscheinlich, weil sie mit den falschen Tönen des Lebens aufgewachsen ist. Wenn ich dieses Gespür jemals hatte, habe ich es nach der Sache mit Sascha verloren. Vielleicht schon vorher. Ich glaube, es fing an, als sie Paps gefeuert haben und er kurz danach weg war. Nicht, dass er tot ist. Meine Mutter sagt, er bezahlt seine Alimente immer pünktlich. Er hat sich einfach aus unserem Leben verdrückt. Keine Ahnung, wo er ist. Eine Weile lang wollte ich es unbedingt herausfinden. Jetzt nicht mehr.

»Morgen beginnt das Spiel«, erklärt Weymann. »Mit einer ersten Mission, die nicht so sein wird, wie Sie es erwarten, doch lassen Sie sich davon nicht irritieren.« Er räuspert sich. »Lassen Sie es auf sich zukommen. Lassen Sie es wirken. Vor allem: Wenn Sie *dead.end* gewinnen wollen, nehmen Sie es ernst. Sehr ernst.«

Bis jetzt kapier ich vor allem eines. Der Mann spricht in Rätseln. Nichts von dem, was er sagt, erklärt wirklich etwas. Weder das mit dem Check, noch was uns morgen erwartet.

DANACH.

4. September. Free World TV.
20.03 Uhr. **Carlos.**

Halder starrt mich an wie einen Zombie. Gretis Seelensatz hat ihn echt geschockt.

»Ich … ähm …« Er sortiert seine Notizzettel, während ich hier sitze, mit meiner unter die Haut gebrannten Wahrheit, und nur eines will: dass Halder der furchtlose Typ ist, der ihn für mich zum Helden gemacht hat. Und nicht einer dieser Blender, die nur Schein sind.

So einer, wie ich einmal war. Mann, ich war der beste Blender überhaupt. Habe sogar mich selbst geblendet. Jetzt ist da nur noch diese rohe Masse Fleisch. Als hätte mich ein Metzger ausgeweidet und dann alles irgendwie wieder reingestopft. Von außen merkt man nichts. Ich funktioniere. Aber die Leute fühlen, dass mit mir was nicht stimmt. Mama weint deswegen. Papa schaut weg. Oder wie er sagt: *Vorwärts.*

Halder fährt sich durch seine Bettfrisur. Anders als vorher. Keine Show mehr.

»In den letzten Wochen ist viel über euren Fall berichtet worden.« Er klingt wie einer, der vor einer Nebelwand steht und entschlossen ist, sie zu durchschreiten. »Was feststeht … festzustehen scheint: Während der Testphase von *dead.end* ist es zu einem schrecklichen Unfall gekommen. Das Spiel wurde zurückgezogen, wird vielleicht nie erscheinen, weil es nach übereinstimmenden Aussagen zu wenig attraktiv ist.« Sein Blick bohrt sich in meine Pupillen wie ein Röntgenstrahl. »Ich habe den Eindruck, dass die Beteiligten sich abgesprochen haben, und ich frage mich, bei allem Respekt vor den Opfern, ob wir wirklich die Wahrheit gehört haben.«

Die Opfer. Ich träume von ihnen. Jede Nacht.

»Carlos?«

Hier. Ich bin hier. Samt wunden Innenteilen, die brennen wie Feuer.

Mama schlägt das Kreuz. *Was hast du getan?*

Scheiße, ich dreh durch. Die Lichter im Studio sind heiß wie die Hölle.

»Stimmt die Geschichte, die wir gehört haben?«, fragt Halder.

Neben ihm tanzt der Joker. *Du weißt doch, worauf du dich einlässt, DUMMERCHEN? Tu es nicht. Reih die Perle auf die Kette. Schließ ab. Lass es hinter dir.*

Halder wiederholt seine Frage.

Mein Mund ist staubtrocken. Ich versuche, Spucke zu produzieren, damit man meine Antwort hören kann. Das ist der *Point of no Return*. Ich breche meinen Schwur. Den Schwur, nichts zu sagen, das nicht mit der Geschichte übereinstimmt, auf die wir uns geeinigt haben. Den Schwur, an dem ich ersticke und an dem Mo zugrunde geht.

»Nein.«

Böser Junge, flüstert der Joker.

Mit dieser Antwort werde ich nicht davonkommen. Gleich werden die Lichter im Studio ausgehen.

MISSION EINS.
DAS DEAD.END.

11. Juli. Militärareal Praditsch. Trakt A. Kantine. 7.30 Uhr. **Greti.**

»Greti?«

Sebi schaut mich über den Rand seiner Brille an. In seinem Mundwinkel klebt rote Konfitüre. Ich tippe mit dem Zeigefinger gegen meinen Mundwinkel. Verlegen wischt er sich den roten Fleck weg.

»Besser?«, fragt er.

Ich nicke und warte. Es kommt nichts mehr nach. Sebi hat mich nur aus meinen Gedankengängen holen wollen. Er weiß, dass ich kurz vor dem Durchdrehen bin, weil ich mein Zimmer mit Leuten teilen muss, die mir nichts bedeuten und deren Geschwätz mir auf die Nerven geht. Seit gestern Abend war ich nur allein, wenn ich mich ins Klo zurückzog, doch selbst da hallten Satzfetzen von den Wänden, frustrierte, wütende Ausrufe von Mädchen, die sich über dieses Loch von Unterkunft aufregen; da kommt auch die sexy Kleidung nicht dagegen an.

Als um Punkt zehn Uhr die Lichter ausgingen, heizte sich die Stimmung bis zum Siedepunkt auf. Irgendwann hatte ich nur noch schrille Stimmen im Kopf, die zum

Pfeifen eines Dampfkochtopfes wurden. Kurz vor der Explosion gelang es mir, mich in meine T-Zone zu flüchten. Sebi brauche ich das nicht zu erzählen.

Er versucht, für etwas bessere Stimmung zu sorgen. »Kennt ihr den Film *Der Tag der toten Ente?*«, fragt er.

Yuki kichert. »Du meinst, weil die Brötchen hier genauso hart sind?«

Sebi prustet los. Carlos sitzt da wie einer, den es in eine Runde Irre verschlagen hat. Ich kläre ihn auf, aber entweder rede ich wieder einmal zu wirr oder er findet die Filmszene mit dem harten Brot, das der Junge aus Versehen auf den Kopf einer Ente im Teich wirft, weil er sie füttern will, sie dummerweise damit jedoch umbringt, überhaupt nicht witzig.

»Tag der toten Ente!« Carlos knallt seine Faust auf den Tisch. »Bin ich verdammt noch mal im Kindergarten gelandet? Ich will nicht über Enten reden, ich will zocken!«

»Halt deine Klappe!«, brüllt einer der Skins.

Doch wenn Carlos sich in Fahrt redet, ist er nur schwer zu bremsen. »Woher wissen wir, dass es dieses Spiel überhaupt gibt?«, ruft er. »Ich meine, habt ihr schon irgendwelche Computer gesehen? Oder irgendwas, das nach Technik aussieht, die nicht schon unsere Großväter kannten, mal abgesehen von den Kameras?«

»*Dead.end* existiert.«

Carlos wirbelt herum und findet sich Auge in Auge mit Rahel Huber.

»Schön!« Er verschränkt die Arme. »Und wann beginnen wir endlich mit dem Spielen?«

»Sie sind schon mittendrin.«

»Das ist ein Witz, oder?«

»Sehen Sie mich lachen?«

»Sieh an, sie hat Humor«, flüstert mir Yuki zu.

Und mehr Durchsetzungsvermögen, als ich bei der ersten Begegnung gedacht habe. Mit einem leichten Kopfnicken gibt sie jemandem in der Überwachungszentrale das Startzeichen. Hinter ihr erscheint auf einem riesigen Bildschirm eine Luftaufnahme des Militärareals.

»Ich werde Ihnen Ihre heutige Mission genau ein Mal erklären.« Während Rahel Huber zum Podest geht, erscheinen auf der Landschaft Linien, die das Gebiet eingrenzen. »Das ist das dead.end. Erforschen Sie es. Je gründlicher, desto besser. Es gibt drei Regeln. Erstens: Überschreiten Sie auf keinen Fall die Grenzlinien. Zweitens: Sprechen Sie mit niemandem außer den Spielteilnehmern. Drittens: Spätestens um 18.00 Uhr melden Sie sich beim Posten am Haupteingang.«

»Erforschen? Sie meinen, auf Computern?«, fragt Stan aus der *StanGang*.

»Nein. Ganz real.«

In der Kantine ist es still wie in einem Kloster mit Schweigegelübde.

»Ich erwarte Sie in genau einer Viertelstunde auf dem Platz vor der Kaserne«, sagt Rahel Huber. »Dort erhält jedes Team vier Kopien der Aufnahme.«

Kaum hat sie die Kantine verlassen, reden alle durcheinander.

»Was soll denn der Scheiß?« Carlos verpasst dem Stuhl

neben ihm einen solch heftigen Stoß, dass er kippt und polternd auf dem Boden aufschlägt. »Ich bin ein Gamer, kein Waldschrat. Kommt, wir gehen!«

»Willst du die Kohle gewinnen oder nicht?«, fragt Sebi.

Geld ist ein Argument, das Carlos meistens überzeugt, doch im Moment ist er dafür völlig unempfänglich; zu groß ist sein Frust. Mir geht es ähnlich. Nur für Yuki scheint *dead.end* ein interessantes Rätsel zu sein, das sie unbedingt lösen will, nicht des Geldes wegen, sondern weil sie es noch nicht durchschaut.

»Wir brauchen eine Strategie«, erklärt sie, als sei völlig klar, dass wir Mission eins spielen werden. »Greti und Sebi, ihr nehmt den östlichen Teil. Carlos und ich kümmern uns um das Gebiet im Westen.«

»Die Aufgabe wird Sinn ergeben«, wiederholt Sebi Weymanns Worte von gestern.

»Fragt sich nur, welchen.« Carlos hebt den Stuhl auf und stellt ihn heftig hin. Widerwillig folgt er uns nach draußen.

Es ist noch kühl, einer dieser Morgen mit dem Versprechen auf einen perfekten Tag. Ich verdränge die Nacht und mit ihr all die negativen Gedanken und Vorahnungen und beschließe, mich auf Mission eins zu freuen.

Yuki schlüpft in ihren Sweater. »Bereit?«, fragt sie. »Sicher doch«, murmelt Carlos ohne jegliche Motivation.

»Dann gibt es nur eins.« Yuki stellt sich vor Carlos hin wie ein Offizier, was bei ihr sehr komisch wirkt. »Vollen Einsatz, Herr Valdez. Als Belohnung winken Ihnen Siegesprämie und Heldenstatus.«

»Schon gut, Frau Chef«, murmelt er.

Carlos ist Carlos. Yuki weiß genau, wie sie ihn nehmen muss. Auch wenn sie es mit ihrer Showeinlage noch nicht geschafft hat: Bis heute Abend hat sie ihm seinen Frust ausgetrieben.

11. Juli. Militärareal Praditsch, Zone Ost. 14.50 Uhr. Mo.

Tessa will gewinnen. Jedes Spiel. Auch dieses. Egal, wie gut oder schlecht es ist. Deshalb nimmt sie sogar diese Pfadfindermission verdammt ernst. Weil Oli das nicht tut und sie ihm deshalb nicht traut, ist sie mit ihm los. Mir blieb Marilisa. Nach zehn Minuten im Gelände hatte sie die Übung satt. Jammerte mich voll. Quengelte wie ein Baby. Dann trafen wir den Aye-aye-Sir-Hopper mit seinem Kollegen und Marilisa quengelte nicht mehr. Sie machte diesen kindischen Schmollmund, klimperte mit den Augen und ging mit den Hoppern weiter. Mir war's recht. Ich hatte endlich meine Ruhe.

Am Anfang lief ich noch Leuten aus anderen Teams über den Weg, ab und zu ein paar Söldnern. Die letzten zwei Stunden ist das Gelände unwegsamer geworden, das Gebüsch dichter. Vor allem bin ich keiner Menschenseele mehr begegnet. Das Irre ist, mir geht's total gut. Viel besser als die letzten paar Monate. Ich bin mitten im Nirgendwo und meine Paranoia schläft.

Eine Weile lang habe ich versucht herauszufinden, warum sie ausgerechnet jetzt auf Tauchstation gegangen ist. Hat nichts gebracht. Also habe ich mir überlegt, wie ich Tessa die Sache mit Marilisa erklären soll. Gar nicht, habe ich beschlossen.

Irgendwann habe ich mit dem Denken aufgehört. Na ja, irgendwas denkt man ja immer, aber ich hab das gar nicht mitbekommen und bin einfach durch die Gegend gelatscht.

Ich kenne das, was man den Betondschungel nennt. Die Häuserschluchten. Die dunklen Seitengassen der Stadt. Die zappendusteren Ecken, wo sich keiner hintraut. Der richtige Dschungel ist mir fremd. Das hier ist keiner, kommt aber dicht ran. Zuerst gab es noch Wege, seit ein paar Stunden nur noch Trampelpfade. Manche von ihnen ziemlich ausgetreten, andere kaum erkennbar. Jetzt gerade gehe ich auf einem, den ich mehr ahne als sehe. Er verläuft im Abstand von ein paar Metern parallel zu einer ziemlich mächtigen Felswand.

Wenn ich nicht aufpasse, schlagen mir Zweige ins Gesicht oder zerkratzen mir die Arme. Meine Beine sind durch die Hosen geschützt. Am dichten schwarzen Stoff rutscht das Dickicht ab, und wenn doch mal was hängen bleibt, reicht eine heftige Ziehbewegung.

Das Schräge an der Sache sind die Flashs, in denen ich die Umgebung virtuell sehe, zum Spieler werde, der mögliche Verstecke ausmacht und die Stellen erkennt, an denen er überfallen werden könnte. Es ist, als bewege ich mich in der perfekten Grafik. Und als Bonus bekomme ich den ganzen Rest mitgeliefert. Zum Beispiel die Gerüche. Ich hatte ganz vergessen, wie intensiv so ein Wald riecht. *Moos,* höre ich Paps sagen. *Mo, das ist Moos.* Und dann lachten wir. Ich versuche, die Erinnerung festzuhalten. Sie entwischt mir. Wie immer, wenn ich einen Fetzen Vergangenheit einfangen will.

Über die Felswand poltern Steine. Die Paranoia schnellt aus ihrem Versteck direkt in meinen Nacken. Ich hechte ins Gebüsch, kratz mir dabei die Hände auf und liege verkrümmt in irgendwelchen Zweigen. Wenn mir einer zugesehen hat, denkt er, ich hab sie nicht alle. Also rolle ich mich auf den Waldboden und tu so, als hätte ich irgendein Kleingetier erwischt, das ich wieder laufen lasse. Ich schau dem Tierchen, das es nicht gibt, nach und entdecke eine Tür. In der Felswand, keine fünf Meter von mir entfernt. Oh, Mann. Eine Tür im Wald. Ich bin hinüber.

Ich blinzle. Die Tür geht nicht weg. Dann schaue ich so lange hin, bis ich sicher bin, dass sie wirklich da ist. Sie ist aus rauem Zement, in der gleichen Farbe wie das Gestein. Ich suche nach einem Griff und finde auch einen. Keinen normalen, sondern einen aus dem Material, aus dem Brecheisen sind. Mir dämmert langsam, was ich vor mir habe. Ein geheimer Eingang im Fels. Ein Zugang zu einem Stollen, der mit anderen Stollen verbunden ist. Mich packt das irre Verlangen, *Alice im Wunderland* zu spielen und in dieses Maulwurfsreich abzutauchen. Gerade als ich den Eingang in die verborgene Welt öffnen will, knallt mir ein ziemlich schwerer Gesteinsbrocken vor die Füße.

Diesmal hechte ich nicht, sondern verzieh mich geduckt zurück hinter mein Gebüsch. Hör meinen keuchenden Atem, seh den Waldboden unter mir, die Schnecke, die sich in ihrem Haus verkrochen hat, reiß meinen

Blick von ihr los, zoome hinauf in die schroffe Wand. Ungefähr fünf Meter über mir verläuft ein schmales Felsband. Auf ihm bewegt sich schnell, sicher und sexy wie eine Raubkatze eine schwarz gekleidete Figur. Eine Lara Croft in real. Das da oben ist Greti!

Ich folge ihr hier unten, auf einigermaßen sicherem Boden. Bleibe dicht am Fels, damit sie mich nicht sieht. Ein Rauschen lenkt mich ab. Erst denke ich, es ist ein heftiger Windstoß, der durch die Bäume fährt, dann entdecke ich weiter vorne einen Wasserfall. Er schießt hoch oben aus einem riesigen Loch über die Felskante, klatscht ab und zu gegen einen Vorsprung und fällt als Gischtwolke zu Boden.

Hinter mir prallen Steine auf. Ich bleibe stehen. Konzentriere mich auf die Geräusche über mir. Ist Greti umgekehrt, weil sie gemerkt hat, dass sie auf ein unüberwindbares Hindernis zusteuert? Oder ist da noch jemand? Einer aus einer anderen Gruppe? Einer der Söldner? Ich kann niemanden ausmachen. Nur Greti, die geradewegs auf den Wasserfall zusteuert. Mindestens zwanzig Meter vor mir. Die Steine sind aber hinter mir heruntergedonnert.

Ich gehe näher an die Felswand ran. Falls da oben jemand ist, will ich nicht gesehen werden. Dummerweise verschwindet damit auch Greti aus meinem Blickfeld. Keine Ahnung, was sie vorhat. Ich muss mich entscheiden. Verstecken oder Greti im Auge behalten.

Verkriech dich, zischt die Paranoia. Tue ich aber nicht. Ich renne los. Weil ich dabei gleichzeitig nach oben schaue, stolpere ich über einen Stein. Das Letzte, das ich sehe, ist Greti, die hinter einem Vorhang aus Wasser verschwindet. Als ich mich wieder aufgerappelt habe, ist sie nicht mehr zu sehen. Sie taucht auch nicht mehr auf.

In meinem Brustkorb trommelt die Angst. Mein Herzmuskel tut verrückte Dinge, die sich nicht gut anfühlen. Trotzdem gehe ich langsam auf die Stelle zu, an der das Wasser auf dem Talboden aufschlägt. Zwischen moosüberwachsenen Felsbrocken und abgestorbenen Baumästen suche ich Greti, voller Angst vor dem Anblick, der mich erwartet.

11. Juli. Militärareal Praditsch. Zone Ost.
15.15 Uhr. **Greti.**

Hinter dem Wasserstrahl wölbt sich der Fels nach innen. Ich taste mich an der feuchten Wand entlang, hinein in die Dunkelheit, und finde eine Nische, in die ich mich drücken kann. Obwohl ich außer Wasserrauschen nichts hören kann, bin ich sicher, dass ich nicht allein in der Höhle bin. Wäre ich eine Spielfigur, würde ich mich blitzschnell umdrehen, dem Feind entgegentreten, doch ich bin ich; ich habe Schiss und ich reagiere zu langsam.

Starke Arme umschlingen meinen Oberkörper von hinten, ziehen mich an einen Körper, an nassen Stoff über harten Muskeln. Ich rieche Schweiß, spüre den Atem in meinem Genick.

»Steig aus!«, flüstert eine heisere Stimme. »So lange du noch kannst.«

Ein heftiger Schlag gegen meine linke Kniekehle zwingt mich zu Boden. Bewegungslos warte ich auf das Schreckliche, das gleich passieren wird, und begreife nur sehr langsam, dass mein Angreifer mich losgelassen hat und weg ist.

Vorsichtig rapple ich mich hoch und wische meine glitschigen Hände an den Hosenbeinen ab. Als ich mit dem angeschlagenen Bein auftrete, fährt ein Stich durch mein Knie. Ich hinke zum Ausgang der Höhle, drücke mich hinter dem Wasservorhang ins Freie und hoffe, schnell einen Weg zurück auf den sicheren Boden zu finden.

Das Felsband ist auf dieser Seite des Wasserfalls schmaler und verengt sich weiter vorn noch mehr. Es gibt nur wenige Büsche, an denen ich mich festhalten kann. Umkehren will ich nicht, denn das würde bedeuten, noch mal in die Höhle zu müssen.

Ich suche den Fels nach einer Abstiegsmöglichkeit ab und entdecke ein Stück weiter eine Rinne, die senkrecht nach unten führt. Sie ist nicht wirklich eine ernsthafte Option: zu steil, zu viel loses Geröll, das jederzeit unter mir wegrutschen kann. Es bleibt nur der Rückzug.

Ein lautes Rumpeln übertönt das Rauschen des Wassers. Mein Angreifer ist noch da, der Weg durch die Höhle ist zu gefährlich.

Ich hangle mich zur Rinne durch. Schon beim ersten Schritt in den Abstiegsschacht bricht unter meinem schmerzenden Bein ein Stück Gestein weg. Reflexartig klammere ich mich an einen kleinen Felsvorsprung. Meine Hände sind schweißnass. Ich rutsche ab. Mein Körper hängt in der Luft, nur von den Armen gehalten. Mit meinen Füßen suche ich sicheren Stand. In den Spielen ist das immer ganz einfach. Ich stelle mir vor, ich sei eine virtuelle Figur, und finde tatsächlich festen Grund. Jetzt kann ich mit der einen Hand loslassen, taste nach Griffmöglichkeiten und werde weiter unten fündig. So gesichert, kann ich den nächsten Tritt erspüren.

»Greti!«

Über mir löst sich Geröll, ein Stein trifft die Finger meiner linken Hand. Ich schreie auf, lasse in meinem Schmerz los. Mit der rechten Hand klammere ich mich an eine scharfe Kante.

»Halt dich fest!«, ruft die Stimme über mir. Ich erkenne sie, sie gehört Mo.

Meine Füße gleiten ab. Tränenblind überlege ich, mich fallen zu lassen. Wieder lösen sich über mir kleine Steine, prasseln auf meinen Körper. Ich schaue hoch und sehe Mo Kopf voran und in Zeitlupe auf mich zurutschen.

»Nicht loslassen!«, beschwört er mich.

Ich gehorche, halte den Schmerz aus, der mittlerweile meinen ganzen Arm erfasst hat.

»Gib mir deine Hand.«

Es geht nicht, mir fehlt die Kraft.

»Du kannst das«, sagt Mo ruhig.

Ich sehe die Spielfiguren: oben ein Verrückter, der kopfüber in der Rinne hängt, unten ich, nur noch mit der rechten Hand mit dem Fels verbunden. Der linke Arm baumelt nutzlos an meiner Seite.

Aktiviere ihn, denke ich.

Schwinge ihn hoch.

Nur ein Mal.

Komm schon!

Spielfiguren tun so etwas mühelos. Man muss sie nur richtig steuern. Aber ich funktioniere nicht. Mein Körper reagiert nicht auf die verzweifelten Befehle aus meinem Gehirn.

»Greti!«, schreit mich Mo aus meiner Panik heraus.

Ich fühle schmieriges Blut.

Rutsche ab.

Adrenalin schießt durch mich hindurch, verleiht mir Kraft für den einen Schwung. Mein linker Arm schnellt hoch. Mo packt mich am Handgelenk, hält mich fest und zieht mich nach oben. Mein rechter Fuß findet Halt, dann auch der linke.

Aus Mos Haaren tropft Wasser auf mein Gesicht. »Kannst du hochklettern?«, fragt er mich.

Ich presse die Lippen zusammen und nicke.

»Du … Du wirst mich raufziehen müssen, wenn du oben bist«, keucht Mo.

Ich nicke wieder. Als wäre alles klar. Dabei ist gar nichts klar. Ich verstehe nicht, warum Mo wie eine Fledermaus in der Wand hängen kann.

Dann beginne ich zu klettern. Zum Felsband ist es gar nicht so weit, nur etwas mehr als eine Körperlänge. Ich schiebe mich über die Kante, zurück auf den schmalen ebenen Streifen. Und endlich begreife ich, was Mo getan hat. Er hat sich mit den Füßen in dem Geäst eines Strauches verkeilt, der aus dem Fels wächst. Stark verdreht klemmen sie zwischen den Zweigen. So baumelt Mo über dem Abgrund, genau weit genug, dass er mich zu fassen bekam. Seine Kleider kleben nass an ihm. Unter ihnen zeichnen sich harte Muskeln ab. Muskeln, wie ich sie vorher in der Höhle gefühlt habe. Ich erinnere mich an den Schweißgeruch, der mir in die Nase gestochen ist, als ich an ihm vorbeigeklettert bin.

»Ich sollte dich hier hängen lassen«, sage ich.

»Was?«

»Für den Tritt gegen mein Knie.«

»Wovon redest du?«

»Du warst in der Höhle.«

»Ja, verdammt! Ich … Ich habe dich gesucht.«

So kann man das auch nennen. *Gesucht*. Gefunden. Bedroht. Ins Knie gerammt. Wozu? Weil er mich und mein Team aus dem Spiel haben will? Ich spüre die Wut in mir explodieren. Seinetwegen wäre ich beinahe abgestürzt.

Unter lautem Stöhnen dreht sich Mo in die Seitenlage und versucht, sich hochzuschwingen. Es ist ein chancenloser Versuch. Er erreicht damit nur, dass sich seine Füße noch mehr verdrehen.

Na, tut's weh? So wie mir mein Knie?

»Ich … Hilf mir!«

Mo klingt ziemlich weit weg. Als ob er gleich das Bewusstsein verlieren würde. Wenn das passiert, gleitet er ab!

»Schwingen!«, rufe ich.

Er antwortet nicht.

»Du kannst das«, wiederhole ich, was er mir gesagt hat.

Ein Ruck geht durch ihn. Sein Körper kommt mir entgegen. Mit einer Hand halte ich mich an dem Strauch fest, mit der anderen greife ich nach Mos ausgestrecktem Arm. Ich schaffe es, ihn auf das Felsband zu ziehen und helfe ihm, seine Füße freizubekommen. Sein T-Shirt verrutscht und gibt eine schreckliche Narbe frei. Ich fühle, wie mich das Mitleid packt, und schiebe es beiseite, auch dann als Mo leichenblass und zitternd gegen den Fels lehnt.

»Warum … Warum hast du das getan?«, frage ich ihn.

»Du wärst abgestürzt.«

»Das meine ich nicht.«

»Was dann?«

»Das in der Höhle.«

Endlich schaut er mich an. Seine Augen sind dunkel vor Schmerz. Oder Angst. Ich bin nicht sicher. Wenn er Angst hat, wovor? Dass ich ihn gleich in die Tiefe stoßen werde? Ich bin nicht er. Ich schlage nicht einfach zu.

»Was ist passiert?«, fragt er. »Was ist da drin passiert?«

»Das weißt du ganz genau!«

Ich drehe mich um und gehe den Weg, den ich gekommen bin, zurück, durch die Höhle, in der keine Gefahr mehr lauert. Vor mir sehe ich Mos Gesicht. Ich drücke die Löschtaste. Etwas blockiert den Befehl. Und so flimmert die ganze Zeit das Bild von Mo vor mir, wie er mich ansieht. Wenn ich genau hinschaue, erkenne ich Tränen in seinen Augen.

11. Juli. Militärareal Praditsch. Zone Ost.
16.00 Uhr. **Mo.**

Keine Ahnung, wie lange ich hier schon sitze. Die Füße schmerzen höllisch, aber ich könnte aufstehen, wenn ich wollte. Ich will nicht. Ich versuche, diesen ganzen Scheiß mit Greti zu kapieren.

Erst denk ich, ich habe ihr wehgetan, als ich sie abgefangen habe. Aber das kann es nicht sein. Sie hat von etwas geredet, das in der Höhle passiert ist. Gibt es diesen Verfolger wirklich, den ich vorher gesehen habe? Wenn es ihn gibt, den Typen auf dem Felsband, was hat er ihr getan? Nur ins Knie getreten? Oder noch andere Dinge? Sie hat geblutet. An der Hand. Vom scharfen Gestein, dachte ich. Ich kapier's nicht. Wenn Greti bedroht wurde: warum nur sie und ich nicht? Ich war auch in der Höhle.

Ich halt mich an einem Felsvorsprung fest, zieh mich hoch, trete vorsichtig auf. Es geht. Die ersten paar Schritte sind hart. Danach wird es besser. Vor mir fällt der Wasserfall in die Tiefe. Ich beschließe, mich noch einmal in der Höhle umzusehen und gehe zurück.

Es ist wie beim letzten Mal. Viel zu dunkel, um wirklich etwas erkennen zu können. Meine Paranoia tanzt Rock'n'Roll. Treibt meinen Herzschlag bis ans Limit. Ich bin plötzlich ganz sicher, dass mich jemand im Auge hat. Das Gehirn stellt die Luftzufuhr ab. Ich kann nicht mehr atmen. Raus hier, raus!

Ich stolpere den Weg zurück, den ich gerade gekommen bin. Stehe oben an der Rinne, während mir mein Verfolger mit seinen Blicken ein Loch in den Rücken brennt. Ich überleg nicht lange. Steig in die fast senkrechte Schneise, deren oberen Teil ich auswendig kenne, nachdem ich so lange darin gehangen habe. Automatisch greifen meine Hände nach den richtigen Punkten, treten meine Füße auf sicheren Stellen auf.

Über mir kracht es. Mit einem Satz rette ich mich zur Seite, klammere mich an ein Büschel dürres Gras, das aus dem Fels ragt. Neben mir poltert Gestein in die Tiefe. Kurz danach falle ich. Ich weiß nicht, ob ich den Aufprall in meinem Schrecken nicht fühle, oder ob ich vorher wegtrete. Auf jeden Fall verliere ich das Bewusstsein, bevor etwas wehtun kann.

11. Juli. Militärareal Praditsch. Kasernenplatz. Haupteingang. 17.55 Uhr. **Greti.**

Der letzte Zeitpunkt für die Rückkehr vom Gelände ist in fünf Minuten. Außer Mo sind alle hier. Wir haben uns in den Schatten der Bäume zurückgezogen, sitzen oder liegen am Boden. Niemand redet mehr darüber, wie der Tag gewesen ist. Alle warten auf Mo. Ein paar der Spieler haben Wetten auf ihn abgeschlossen, ein paar gegen ihn. Die meisten Wetten laufen auf *dead.end*. Es steht vierzehn zu zehn, dass alles nur ein Riesenschwindel ist.

Noch drei Minuten. Mo ist nirgends zu sehen. Was, wenn er versucht hat, durch die Rinne abzusteigen, und dabei abgestürzt ist? Ich hätte das Ergebnis am Wasserfall melden müssen. Stattdessen habe ich es verschwiegen, auch den anderen gegenüber.

Als ich zum Treffpunkt zurückkam, den ich mit Sebi vereinbart hatte, machte ihn das Blut fertig. Ihn zu beruhigen dauerte ewig. Dann wollte er unbedingt mit mir zu einem Arzt, damit sich der meine Hand und mein Knie ansieht. Bei Sebi kann ich es zulassen, dass er um mich besorgt ist, aber er erwischte mich in einem schwachen Moment. Ich hätte beinahe losgeheult. Also zog ich die Schutzwand hoch. »Es ist nichts«, sagte ich hart. »Hast du etwas gefunden in der Zwischenzeit oder hast du einfach nur im Gras gelegen?«

Sebi zog den Kopf zwischen die Schultern und erzählte mir etwas von einer Kanone in einem Stall. Ich bat ihn, sie mir zu zeigen. Wortlos lief er los und blieb nach zehn Minuten vor einer Scheune stehen. Er machte keine Anstalten, die Tür zu öffnen, sondern stand einfach da, verschwitzt, die feuchten Haare an die Stirn geklebt und darunter Augen wie die eines verletzten Tieres. Ich wollte nicht über Mo reden. Deshalb schaute ich durch die Ritze zwischen zwei uralten Brettern, tat so, als merkte ich nicht, wie Sebi zumute war, und entdeckte die Kanone.

»Hast du sonst noch was gefunden?«, fragte ich.

»Einen Bunker. Mitten in einer dichten Baumgruppe«, antwortete Sebi knapp.

Danach schwiegen wir. Auf dem Weg zurück zur Kaserne kamen wir an einem Trainingsdorf vorbei; an zerfallenden Bauten und Häuserattrappen, in denen die Soldaten den Nahkampf geübt hatten. Sebi stolperte durch die Ruinen. Ich kletterte auf das Dach des höchsten Gebäudes. Die Schmerzen im Knie empfand ich als gerechte Strafe für meine Kälte gegenüber Sebi.

»Der Typ macht es spannend«, brummt Carlos neben mir.

Nun, Mo kennt die Regeln. Wer die Mission nicht schafft, endet im dead.end und scheidet aus. Wenn Mo so scharf darauf ist, das Spiel zu gewinnen, dass er mir dafür seinen Fuß mit aller Wucht in die Kniekehle rammt, sollte er sich endlich zeigen.

Jetzt schaut auch Yuki auf die Uhr. »Eine Minute noch«, sagt sie. »Wenn er nicht gleich kommt, bringt Tessa ihn um.«

Oder er ist schon tot, denke ich.

Ein paar Wettteilnehmer, die gegen Mo gesetzt haben, zählen die Sekunden rückwärts. Bei achtundzwanzig taumelt Mo aus einer Baumgruppe neben dem Hauptgebäude. Die Wetten sind vergessen. Wir starren auf die schmutzige Gestalt mit dem blutverschmierten Gesicht. Ein Sicherheitsmann fängt Mo ab und führt ihn durch einen Seiteneingang in die Kaserne. Kurz danach hallt eine verzerrte Stimme über unsere Köpfe. Sie kommt aus den Lautsprechern in den Ecken des Platzes. Rahel Huber befiehlt uns, in fünf Minuten in der Kantine zu sein.

IM INNERN VON DEAD.END.

11. Juli. Militärareal Praditsch. Trakt B.
Überwachungszentrale. 18.05 Uhr.

»Der Scheißkerl hat es tatsächlich geschafft.«

»Können wir ihm was anhängen?«

»Nein. Er hat keine Regel gebrochen.«

»Was ist mit dem Rest seines Teams?«

»Die sexy Blonde hat sich mit dem Anführer der *Stan-Gang* vergnügt.«

»Ist nicht gegen die Regeln. Wir könnten …«

»Achtung, Chefin im Anmarsch!«

»Guten Abend, Frau Huber.«

»Und?«

»Unverändert seit 16.00 Uhr. Zwei Verstöße der *Stan-Gang*. Die Girls haben mit einem unserer Verdeckten geflirtet, Marco Anghern hat die Zone verlassen. Und Stanislav Wolczek hat's mit Marilisa Sanders von *Cargo44* getrieben. Ist zwar kein Regelbruch, aber wir haben gedacht, wir melden es trotzdem.«

»Was ist mit Mo Zanetti?«

»Knapp rechtzeitig zurück.«

»Das meine ich nicht.«

»…?«

»Haben Sie irgendetwas Besonderes beobachtet? Einen Unfall? Eine Schlägerei?«

»Er befand sich außerhalb der Reichweite der Kameras und zu weit von unseren Leuten entfernt.«

»Und die Signale?«

»Nun, er war eine Weile lang sehr dicht an Lara Croft.«

»Sie meinen Greti Berger.«

»Ja.«

»Läuft da was?«

»Keine Ahnung. Sie haben sich nachher wieder getrennt.«

»Sonst etwas Auffälliges?«

»Nein.«

»Wir zeichnen das doch alles auf?«

»Ja, warum?«

»Ich will mir die Bewegungen von Mo Zanetti heute Abend genauer anschauen.«

»Geht in Ordnung.«

»Scheiße, das war knapp.«

»Ich hab dir ja gesagt, du sollst die Stelle löschen.«

»Mach ich gleich.«

»Nächstes Mal müssen wir so was melden. Der Kerl hätte ernsthaft verletzt sein können. Oder tot.«

»Ist er aber nicht.«

»Trotzdem.«

»Nun mach mal keinen auf Panik, der Typ hat den Dämpfer doch verdient, oder nicht?«

ZWISCHEN DEN MISSIONEN.

11. Juli. Militärareal Praditsch. Trakt A. Kantine.
18.10 Uhr. **Greti.**

»*StanGang,* Sie sind ausgeschieden«, verkündet Rahel Huber so emotionslos wie die Dame von der Zeitansage. »Wir bringen Sie jetzt in Ihre Unterkunft, in der Sie bis zum Ende der *Operation Countdown* bleiben werden.«

»Ey, wir haben noch nicht eine Sekunde gezockt«, reklamiert der Gangboss. »Wie können wir da ausscheiden? Ich kapier das nicht.«

»Genau deshalb sind Sie und Ihr Team geradewegs ins dead.end gelaufen, Stanislav«, antwortet Rahel Huber. »Weil Sie nicht begreifen, worum es geht.«

»Worum denn?«

»Darum, dass das Spiel längst begonnen hat.«

Stanislav lacht. »Wenn Sie es sagen.«

»Ja, ich sage es. Ich verrate Ihnen auch, weshalb Sie ausscheiden. Marco hat die Zone verlassen, Ivana und Ann-Sophie haben mit einem unserer verdeckt arbeitenden Sicherheitsleute geredet. Was Sie getan haben, verstößt zwar gegen keine der Regeln, ist jedoch ein deutliches Zeichen für Ihr Desinteresse.«

»Macht es Ihnen Spaß, hinter uns herzuschnüffeln?« Stanislav legt in einer eindeutigen Geste seine Hand auf den Schritt. »Bekommen Ihre Leute einen Stei…«

»Es reicht«, unterbricht ihn Rahel Huber. »Sie sind draußen. Herzlichen Dank für Ihre Teilnahme.«

»Scheißspiel.« Stanislav spuckt auf den Boden.

»Ich bleibe hier!«, ruft Ivana.

Ann-Sophie hängt sich bei ihr ein. »Ich auch! Wir haben einen Vertrag unterschrieben. Sie müssen uns spielen lassen.«

Ivana richtet ihren Zeigefinger auf Rahel Huber. »Genau!«

Leila aus der Goth-Gruppe *Ajataa* geht auf die beiden zu. »Dann hättet ihr genau das tun sollen!«

»Was, du blöde Kuh?«

»Spielen. Die Regeln waren klar.«

Ivana will sich auf Leila stürzen, doch Cedric, der einzige Junge aus dem Goth-Team, hält sie zurück.

»Gute Verlierer sehen anders aus«, sagt er ruhig.

Ivana wirft ihm Schimpfwörter an den Kopf und hört auch dann nicht auf, als Sven Frick sie nach draußen befördert. Marco schnappt sich Ann-Sophie und verlässt mit ihr zusammen den Raum. Als Letzter geht Stanislav. Unter der Tür bleibt er stehen, hebt den Kopf und beugt den Arm mit der geballten Faust zu einer eindeutigen Geste. Einen Moment ist es totenstill, dann setzt aufgeregtes Gemurmel ein.

Ich beobachte, wie alle in ihren Teams zusammenrücken, jede Gruppe eine Insel, so weit wie möglich von der nächsten entfernt. Wir sitzen an unserem Tisch in der Ecke, Carlos mit einem zufriedenen Grinsen im Gesicht.

»Ich hab's euch ja gesagt! Wenn wir gewinnen wollen, müssen wir uns reinhängen.«

Yuki verdreht die Augen.

»Ja, echt«, doppelt Carlos nach. »Und wir dürfen niemandem trauen. Niemandem, hört ihr? Jemand hat die Leute der *StanGang* verpfiffen. Das wird uns nicht passieren. Klar?«

Sebi hat die ganze Zeit noch nichts gesagt, doch sein Gesicht ist ein offenes Buch. Er macht sich Sorgen um mich.

»Ist Mo schuld an deinen Verletzungen?«, fragt er.

Yuki schaut mich entsetzt an. »Mo hat dir das angetan?«

Der Gruppe kann ich nicht ausweichen wie heute Nachmittag Sebi, nicht, nachdem Mo blutend und schmutzig wie ich aus dem Gelände zurückgekommen ist. »Jemand hat mir befohlen, aus *dead.end* auszusteigen«, sage ich.

»Jemand?«, flüstert Carlos. »Komm schon, es ist doch allen klar, von wem wir hier reden.«

Ich erzähle meinen Freunden, was in der Höhle geschehen ist und wie mich Mo aus der Rinne gerettet hat, wobei mir in meiner Anspannung ein paar Mal die Wörter durcheinandergeraten.

»Er war also dort!«, ruft Sebi und zieht damit die Aufmerksamkeit der anderen auf uns. Keiner im Raum, der uns nicht neugierig anstarrt.

»Ich weiß es nicht«, antworte ich leise.

Du willst es nicht wissen, sagt der Blick, den Sebi mir zuwirft.

11. Juli. Militärareal Praditsch. Trakt C. Krankenstation. 19.30 Uhr. Mo.

Tessa ist stinksauer. Als ob ich was dafür kann, dass mir eine halbe Felswand um die Ohren fliegt.

»Wir hätten ausscheiden können«, schleudert sie mir ihren Ärger an meinen lädierten Kopf.

»Hätten wir. Sind wir aber nicht.«

»Kannst du spielen?«

Nun, wenn sie meine Birne meint, die ist hart im Nehmen. Die Hände sind nur ein bisschen zerkratzt. Und mit den Füßen hat noch keiner gezockt.

»Ja.«

»Gut.«

Mehr nicht. Sie geht zur Tür, mit diesem Hüftschwung, der mich total aus dem Tritt gebracht hat, als ich sie zum ersten Mal gesehen habe. Ich wollte sie. Sie mich auch. Damals. Da war ich noch nicht so wie jetzt. Manchmal frage ich mich, ob sie mir ähnlich ist. Mit einer Fassade, hinter der sie ihre Geheimnisse verbirgt, solche wie das, das uns zu *dead.end* gebracht hat. Ich glaube, ich denke wirklich zu viel nach.

Oli sagt, es sei ganz einfach. In seinem Kopf gäbe es nur Platz für Style, Sex, Zocken und Partys ohne Ende. Behauptet, das sei normal, nur Schwule machen sich so viele Gedanken wie ich.

»Die *StanGang* ist übrigens raus.«

Ich dachte, Tessa wär weg. Aber sie ist immer noch da. Schaut mich an, wie sie Sascha angeschaut hat beim ersten Besuch in der Klinik.

»Haben die Regeln gebrochen«, sagt sie und ihr Blick macht klar, was sie von meinem Verhalten in Sachen Tessa-Regeln denkt. Dann geht sie. Endlich.

Später besucht mich Oli. Er redet eine Weile über Sex. Behauptet, Stan hätte jemanden gevögelt. Er klingt neidisch. Ich habe so eine Ahnung, mit wem Stan sich vergnügt hat, und schweige. Oli wechselt zu einem weiteren seiner Lieblingsthemas, dem Zocken. Kriegt sich kaum ein über das Herumkriechen im Gelände.

»Mission eins. So ein Schwachsinn. Weißt du, was ich mich frage?«

Ich will es nicht wissen. Oli verrät es mir trotzdem. »Ich frage mich, ob die nicht mehr auf Lager haben.« Er sitzt auf dem uralten Holzstuhl neben meinem Bett und trommelt mit den Fingern auf seine Oberschenkel.

»Die nehmen ihren Slogan wörtlich. *Ein Spiel, in dem ihr glaubt, in der Realität gelandet zu sein.* Ha! GLAUBT! Für wie bescheuert halten die uns denn? Das IST real. Und so was von out. Nur Pfadfinder tun sich das noch an.«

»Tessa sagt, die *StanGang* ist ausgeschieden.«

Endlich hört Oli mit dem Trommeln auf. »Idioten.« Das ist sein ganzer Kommentar dazu. »Wann kommst du hier raus?«

»Morgen. Die gehen auf Nummer sicher.«

Oli trommelt wieder. »Das ist schlecht. Tessa will heute Abend so was wie eine Lagebesprechung abhalten.«

Hätte sie haben können. Vorhin. Statt mir sämtliche Schuldgefühle der Welt einimpfen zu wollen. Ich frage mich, was ich verbockt habe. Oli liefert mir die Antwort.

»Sie ist stocksauer, weil du allein los bist.«

Bin ich nicht. Ich hatte Marilisa dabei. Tessa weiß genau, dass man mit ihr nicht weit kommt.

»Und sie kann beobachten.« Oli grinst. »Ich auch. Du und Lara Croft, ihr seid beide ziemlich abgefuckt zurückgekommen.« Er setzt noch einen drauf. »Habt ihr irgendwelche abartigen Spielchen getrieben?«

Darauf zu antworten, ist mir zu blöd.

»Oh, Mann, ihr habt.« In seinen Augen steht geile Neugier.

Ich schau weg. Atme ein und aus und zähle langsam. So, wie Rickenbacher von der Gewaltprävention es mir beigebracht hat. Eins. Zwei. Drei. *Ich sollte dich hängen lassen.* Vier. Fünf. Sechs. *Für den Tritt ins Knie.* Sieben. Acht. *Warum hast du das getan?* Neun. Zehn. Elf …

»Ist sie scharf? Sag schon! Macht sie …?«

Ich schwing mich aus dem Bett und knall Oli eine rein. Nicht ins Gesicht. In den Magen. Wichtige Grundregel: keine Spuren hinterlassen.

Oli sinkt auf den Boden. Krümmt sich wie ein Wurm. Winselt. Wimmert. Feige Sau.

»Frag doch Marilisa mal, was sie heute Nachmittag getan hat«, keuche ich.

Olis Tritt trifft mich an meinem gequetschten Knöchel. Das Zimmer schaltet auf Schleudergang und wirbelt mich herum. Ich klammere mich ans Bett. Will mich reinziehen, aber Oli packt mich an den Füßen und reißt mich auf den Boden. Wir liegen Seite an Seite. Ich warte darauf, dass er mich anspuckt. Oli sagt etwas, das schlimmer ist als Spucken.

»Du bist so was von krank im Kopf.«

Er stemmt sich hoch und torkelt aus dem Zimmer. Ich bleibe liegen und stehe erst auf, als der Boden nicht mehr wackelt.

Oli hat recht. Ich BIN krank im Kopf. Sonst hätte ich nicht zwei Mal an zwei Tagen zugeschlagen. Ich war mehr als zwei Monate lang clean. Oder wie immer das Wort für Schläger ist, die nicht mehr schlagen. Ich verliere die Kontrolle. Genau jetzt, wo ich sie dringend brauche.

DANACH.

4. September. Free World TV.
20.08 Uhr. **Carlos.**

Die Lichter bleiben an. Ich habe keine Ahnung, wieso, aber sie bleiben an. Halder hat den Nebel durchbrochen, sein Jagdrevier betreten.

»Träumst du manchmal von den Toten?«

Ich habe eine andere Frage erwartet, eine nach der wahren Geschichte, aber Mick tickt anders.

Du hast wieder geschrien im Schlaf. Rede mit mir, Carlos, ich bin deine Mutter.

»Vielleicht«, antworte ich.

Ich gehe fast drauf, aber ich lass mir nichts anmerken. Das ist jetzt wichtig. Wenn ich versage, bleiben unsere Seelen mit dem Spiel zusammen im Berg. Denn die Wahrheit ist: Wir haben das Spiel im Berg gelassen. In der Höhle der Sieben Weisen. Bei den Leichen. Und dann haben wir den Schwur geleistet. Wir dachten, das sei die einzig mögliche Lösung. Aber es gibt einen Unterschied zwischen Toten in einem Spiel und richtigen Toten. Die echten Toten jagen dich. Verfolgen dich in deine Träume. Geistern als Zombies durch dein Leben, bis du selbst einer bist.

»Woran denkst du gerade?«

»Dass du am falschen Ende anfängst.«

»Die Toten sind das falsche Ende?«

»Ja.«

»Dann lass uns bei den Lebenden beginnen.«

Ich bin hergekommen, weil ich gehofft habe, dass … Ja, was denn? Dass Mick Halder für mich die Welt zurück in ihre Umlaufbahn schiebt? Ich dachte, ich hätte eine Strategie. Lasse Mick die richtigen Fragen stellen und behaupte nachher, dass ich einfach antworten MUSSTE. Aber so läuft das nicht. Die Verantwortung liegt bei mir. Ich bin es, der den Drecksjob erledigen und dafür bezahlen muss. Ich bin es, der seine Eingeweide auf den Tisch zwischen mir und Mick legen muss, Stück für Stück, bis alles raus ist. Und wenn Mick die falschen Fragen stellt, muss ich ihm die richtigen geben.

»Beginn beim Spiel«, sage ich.

»Es gibt kein Spiel.«

»Es gab eins.«

»Das streitet niemand ab. Aber es war nicht gut, weshalb *Cupid Arcade* den Veröffentlichungstermin verschoben hat.«

DER FLOP DES JAHRES.
GAME OVER FÜR *CUPID ARCADE*.
AUSFLUG IN DIE SPIELEWELT ENDET
FÜR SCHWEIZER UNTERNEHMER
IN DER SACKGASSE.

Das waren die Schlagzeilen gewesen nach der Geistershow.

Ich schweige.

Mick kapiert. »*Dead.end* war gut, nicht wahr?«

»Ja.« Auf seine eigene, wahnwitzige, abgefahrene, gefährliche Art.

»Warum behauptet die Firma dann …«

Ich lass ihn nicht ausreden. Für diese Frage ist es zu früh. Ich muss es langsamer angehen lassen. Mich vortasten. Ich beginne bei den Figuren. Vielleicht lassen sie mich damit durchkommen. Danach sehe ich weiter.

ZWISCHEN DEN MISSIONEN.

12. Juli. Militärareal Praditsch. Trakt A. Kantine.
7.50 Uhr. **Greti.**

Sebi schaufelt seine zweite Ladung Cornflakes in sich hinein. Carlos ist noch nicht einmal zur Hälfte durch seine erste Portion, ein Zeichen dafür, dass er in Gedanken woanders ist. Ich folge seinem Blick. Tessa! Das hätte ich mir denken können. Sie ist genau der Typ Frau, der Carlos gefällt.

Mit Tessa rückt auch Mo in mein Blickfeld. Ich habe von ihm geträumt, ein wirrer Traum, in dem eine Narbe und ein leidenschaftlicher Kuss vorkamen. Um mich davon abzulenken, versuchte ich, die ganze Geschichte in der Höhle und auf dem Felsband zu begreifen, aber mein Verstand funktionierte mitten in der Nacht nicht richtig. Und deshalb bin ich heute Morgen kein bisschen klüger als gestern Abend, nur müder.

»Isst du das noch?«, drängt sich Sebis Stimme in meine Gedanken.

»Was?«

»Das Brötchen.«

Wortlos schiebe ich es zu ihm rüber. Ich habe keinen

Hunger. Aus den Augenwinkeln beobachte ich den Nachbartisch. Mo isst auch nichts.

»Sie sieht einfach verdammt gut aus«, flüstert Carlos.

Sebi hört für einen Augenblick auf zu kauen. »Wer?«, fragt er.

»Na, Tessa.«

»Vergiss sie.« Sebi schluckt den Bissen hinunter. »Die ist schon vergeben. An den Verräter.«

Den letzten Satz spricht er laut und deutlich aus. Das Wort *Verräter* hängt im Raum wie ein Luftballon, schwebt von einer Gruppe zur anderen, gibt den Gerüchten neuen Auftrieb.

Rahel Huber macht dem wilden Rätseln ein Ende. Sie geht auf direktem Weg zu ihrem Podest, begrüßt uns mit einem »Guten Morgen, ich hoffe, Sie haben gut geschlafen« und kommt, ohne auf die Aufregung im Raum einzugehen, zur Sache.

»Mission eins spielte aus Gründen, die sich Ihnen bald erschließen werden, in der realen Welt. Heute steigen Sie in die virtuelle ein. Sie erhalten keine Erklärungen oder Anleitungen, weder für das Spiel noch für das, was Sie parallel dazu real erleben. Wir werden jedoch eingreifen, wenn wir denken, dass es nötig ist.«

Ich habe keine Zeit, mir Gedanken zu machen, was sie damit meint, denn sie redet unbeirrt von der aufkommenden Unruhe weiter.

»Wir werden Sie jetzt einsperren. Treffpunkt ist der Kasernenplatz. In exakt einer Viertelstunde.«

Der Geräuschpegel im Raum steigt an, nervöse Aufregung erfasst uns und löst eine Welle an neuen Spekulationen aus. In mir nagt eine ungute Vorahnung, die ich zu verdrängen versuche.

»Immerhin scheinen wir heute Computer zu Gesicht zu bekommen«, mache ich mir selbst Mut, denn wenn wir erst einmal vor den Bildschirmen sitzen, kann mich weder jemand angreifen, noch kann ich von einem Felsband in die Tiefe stürzen.

»Ja, mit Rechnern aus der Steinzeit«, blödelt Carlos.

Er irrt sich. Keine Stunde später sitzt er mit offenem Mund da und kriegt ihn eine ganze Weile nicht mehr zu.

12. Juli. Militärareal Praditsch. Kasernenplatz / Unterirdisches Stollensystem. 8.15 Uhr. **Mo.**

Einsperren ist ein niedliches Wort für das, was Frick und seine Leute mit uns durchziehen. Erst geht's über den Kasernenplatz zur Felswand. Dort öffnen vier Söldner eine beeindruckende Stahltür. Ich starre in den Schlund, der mich gleich schlucken wird. Hör die aufgeregten Stimmen der anderen, die Witze, die sie reißen, die Sprüche, die sie klopfen. Seh die Teams in den Berg gehen und frag mich, wie ich mich davor drücken kann. Gar nicht, ist die Antwort.

Zuerst marschiert *Hades* an mir vorbei, die verkappte Skin-Truppe. So aufrecht, ernst und im Gleichschritt, dass in meinem Aggressionszentrum die rote Lampe blinkt. Gleich hinter ihnen, feierlich wie eine Vampirhorde auf dem Weg zu einer blutigen Zeremonie, *Ajataa,* die Goths. Klar doch, denen wird's gefallen bei den Fledermäusen und anderem Schattengetier. Den Elfen von *Galadriel* bestimmt nicht. Elfen halten Gefangenschaft nicht aus. Wieso sie ihrer Anführerin in das unterirdische Labyrinth folgen, ist mir schleierhaft. Bei den *Black Lizzards* schaue ich weg. Ich will nicht wieder mit meinen Blicken an Greti hängen bleiben und mich zum Idioten machen. Außerdem bin ich sicher, dass der *Verräter* beim Frühstück an mich adressiert gewesen ist.

Wir sind dran. Tessa durchquert als Erste unseres Teams die Grenze zwischen drinnen und draußen. Kein Blick zu mir, kein Wort. Ich betrete das dunkle Loch als Letzter. Hinter mir schließen die Söldner das Tor. Meine Paranoia zerrt an meinen Nervensträngen, aber ich will nicht der Spielverderber sein, nicht schon wieder. Also folge ich den anderen wie ein Lemming auf dem Weg zur Klippe. Stolpere einen breiten, hell beleuchteten Stollen entlang. Nach ungefähr zwanzig Metern kommen wir zu einem Gitter, einer zweiten Barriere nach dem Eingangstor. Schlüssel klirren. Ich zucke zusammen, als die Tür hinter uns einrastet.

Gleich hinter dem Gitter weitet sich der Stollen zu einem Raum aus. Auf der rechten Seite entdecke ich WC- und Waschanlagen.

»Muss noch jemand für ein Angst-Pipi?«, fragt Frick. Er schaut dabei mich an und lacht dreckig.

Auch wenn ich mir tatsächlich beinahe in die Hosen pisse vor Angst, melde ich mich nicht. Ich ergebe mich in mein Schicksal und trotte der Gruppe nach.

Wir durchqueren den Raum und betreten einen Stollen, der nach wenigen Metern schmaler wird, aber immer noch gut ausgeleuchtet ist. Auf beiden Seiten zweigen halbdunkle Nebengänge ab, jeder mit einer Nummer versehen.

Ich hab ein Problem mit dem Atmen. Konzentrier mich darauf, genug Sauerstoff in die Lunge zu bekommen, und verpasse, dass die Herde anhält. Pralle gegen Greti, was den Nerd und den Latin Lover auf den Plan ruft, die mich verbal zusammenstauchen. Aber nur, bis Frick sie anbellt. Dann ist Ruhe. Besser atmen kann ich trotzdem nicht.

Jedes Team bekommt einen Leithammel. Wir natürlich Frick. Er führt uns in den Nebenstollen mit der Nummer 4, vor eine Zellentür, die bestimmt speziell für diese Operation aus einem Knast für ganz schwere Jungs hierher verfrachtet wurde.

»Rein mit euch«, knurrt er.

Oli wirft sich mit der Begeisterung eines TV-Show-Kandidaten in den Raum. Tessa und Marilisa folgen ihm. Ich bleibe stehen, mit noch weniger Sauerstoff in der Lunge als vorher schon. Meine Paranoia redet laut und deutlich mit mir. Geh da nicht rein, warnt sie. Geh da bloß nicht rein.

Ein heftiger Stoß in meinen Rücken fegt mich ins Innere. Ich höre Eisen über den Steinboden schleifen, dann ein lautes Klicken. Wir sind eingesperrt. Mittendrin in einem Berg. In einem Verlies ohne Fenster, mit ein paar Möbeln, die es in jedes Militärmuseum schaffen würden. Von der Decke baumelt eine Glühbirne – genau über den vier Computern der allerneuesten Generation.

»Geil!«, ruft Oli. »Leute, das ist voll geil!«

Marilisas Augen kullern beinahe aus den Höhlen. »Hier drin bleibe ich nicht!«, piepst sie.

Oli lacht total aufgedreht. »Bei so was bleibe ich eine Ewigkeit lang und länger.« Das Lachen kippt in lautes

Fluchen, als er einen der Computer hochfahren will. »Scheiße, sind die kaputt?«

»Mir ist kalt.« Marilisa geht zum Gitter. »Hallo?« Sie rüttelt an den Stäben. Beginnt zu kreischen. »Die geht nicht auf, die geht nicht auf, die geht nicht auf, die geht nicht auf …«

Tessa packt sie am Arm. »Gegen die Kälte hast du deinen Sweater und für den Rest gibt's bestimmt gleich eine Erklärung, nicht wahr?« Sie schaut direkt in eine der Kameras, die über uns hängen.

In den Lautsprechern, die in allen vier Raumecken an der Decke befestigt sind, beginnt es zu rauschen.

»Herzlich willkommen auf der nächsten Stufe von *dead.end*«, hallt die Stimme vom Big Boss durch die Zelle. »Ich hoffe, wir haben Sie mit der Wahl unserer Spiellokalität nicht zu sehr verängstigt. Da beim medizinischen Check niemand Klaustrophobie angegeben hat, sollte sich keiner von Ihnen unwohl fühlen.«

Der Kerl scheint dämliche Witze zu lieben. »Ich versichere Ihnen, dass wir jederzeit alles unter Kontrolle haben. Wir werden Sie sofort herausholen, wenn es die Situation erforderlich macht.«

Das hat schon die Huber gesagt. Glauben tu ich's trotzdem nicht.

»Wir haben die Türen zu Ihren Zellen verriegelt. Es ist Ihre Aufgabe, einen Weg in die Freiheit zu finden und das Spiel für Ihre Gruppe zu entscheiden. Nun zu den Regeln. Sie sind einfach: Ein Team, das eine Mission nicht innerhalb der vorgegebenen Zeit schafft, scheidet aus. Ein

Team, das eine Figur verliert, muss ohne diese Figur weiterspielen. Der Spieler ohne Figur kann den verbleibenden Spielern helfen, in welcher Form auch immer. In genau sechzig Sekunden schalten wir die Computer an. Viel Glück.«

Es knistert noch kurz in den Lautsprechern, dann ist er weg, der Herr über das dead.end. Gleich wird es mich in neues Universum schleudern. Ich spüre es. Ich weiß es.

Rammstein dröhnt durch die Zelle. Auf den Bildschirmen erscheint das Logo von *Cupid Arcade*. Der Sound bringt die Magenwände zum Vibrieren, rüttelt am ganzen Körper. Und dann, päng, wird der Bildschirm schwarz, die Musik mittendrin abgeschnitten.

2055

Die Stimme klingt, als käme sie direkt aus der Hölle.

Das Jahr 10 nach der Schlacht aller Schlachten.
Dem Krieg aller Kriege.
Ihr seid Überlebende
in einer Welt ohne Regeln,
in der das Recht des Stärkeren gilt.

Die Musik setzt wieder ein. Nicht mehr Rammstein, sondern ein harter Gitarrenriff, der sich wie eine lange Nadel mitten in den harten Teil meiner abgeschotteten Erinnerungen bohrt. Die Nadelspitze trifft auf eine eitrige Beule. Ich spüre, wie sie aufplatzt. Giftige Gefühle rinnen raus, dringen in die ersten feinen Verästelungen meiner Blutbahnen. Ich schließe die Augen, will die Flüssigkeit zurückzwingen, aber sie ist draußen, wird sich ausbreiten und mich zu jemandem machen, der ich nicht sein will.

»Shit«, flüstert Oli. »Wie finde ich denn das?«

Ich öffne meine Augen. Sieht aus, als hätte irgendein Witzbold die Aufnahmen der Überwachungskameras auf unsere Bildschirme geschaltet. Ich schaue genauer hin und mir dämmert was. Das sind nicht wir. Das sind unsere Avatare. Virtuelle Klone von uns. Marilisa und Oli liegen auf den zwei Feldbetten, Tessa und ich sitzen auf dem Boden, mit dem Rücken an die Wand gelehnt.

Ihr seid der Widerstand.
Die letzten zwanzig Kämpfer
der Operation Springwater.
Euer Antrieb ist die Mission.
Euer Ziel die Befreiung des
Rats der Sieben Weisen.

Die Figuren auf dem Bildschirm erwachen. Sehen sich um, stehen auf.

GEFANGEN.
Ihr seid gefangen in Intrigen,
versteckt vor dem Feind
in den unterirdischen Gängen von Sektor 35a.
Eingekerkert im dead.end,
der tödlichen Sackgasse.

Eure Zeit ist knapp.
Die verlorene Stadt ist eingenommen.
Euer einziger Informant kurz vor der Enttarnung.
Findet ihn.
Er, nur er, kennt den Weg.
Stirbt er, stirbt alle Hoffnung.

Auf meinem Bildschirm kommt Tessa auf mich zu. Hebt den Arm und fährt mir durch die Haare. Ich weiche zurück, nein, nicht ich, meine Figur. Einen Moment lang glaube ich, Tessas Berührung in echt zu fühlen. Oli hat seine Überraschungsstarre überwunden. Er testet, was seine Figur so alles draufhat. Lässt sie gegen die Wand losrennen. Sie prallt voll dagegen, knallt auf dem Boden auf und bleibt liegen.

»Na, toll«, zischt Oli. »Ich hab gedacht, sie hat diese ganzen Action-Tricks drauf, Wände hoch, Saltos von den Decken und so.«

»Probier's mal mit der Symbolleiste«, fährt ihn Marilisa an.

»Dann such mal schön«, gibt er zurück. »Ich finde keine.«

Ich auch nicht. Nur eine digitale Zeitanzeige, die rückwärts läuft. Ein Countdown, auf dem etwas mehr als sechsundzwanzig Minuten verbleiben. Daneben steht: *AUFBRUCH.*

MISSION ZWEI.
DER AUFBRUCH.

12. Juli. Militärareal Praditsch. Stollen 5.
8.31 Uhr. **Greti.**

»Ich bin eine Spielfigur«, krächzt Sebi.

»Geht so was überhaupt?«, fragt Carlos.

»Das siehst du doch!«

Carlos starrt auf den Bildschirm. »Klar, sehe ich das. Bin ja nicht blind. Trotzdem.«

Yuki presst ihre Handfläche gegen die Stirn, ein Zeichen dafür, dass es in ihrem Hirn auf Hochtouren arbeitet. »Wir wurden beim Eintrittscheck gescannt. Das bedeutet, sie haben das in etwas mehr als 24 Stunden hinbekommen.«

Carlos lässt das völlig unbeeindruckt. »Ist ja eine coole Sache, aber wo ist da der Spaß? Ich meine, ich bin zwar wirklich ein toller Typ, aber im Spiel will ich jemand anderes sein.« Er drückt ein paar Tastenkombinationen. »Na, immerhin kann meine Figur Karate.«

»Schön für dich«, murmelt Sebi, dessen Avatar sich schwerfällig durch die Zelle bewegt. »Wenn das ein Action-Spiel wird, hab ich dann wohl die Arschkarte gezogen.«

»Muskeln sind nicht alles«, lenke ich Sebi von seinem Frust ab. »Um hier hinauszukommen, brauchen wir unseren Verstand. Vielleicht benötigen wir einen Code, um die Zellentür zu öffnen.«

»Oder wir können einfach nur einen Knopf drücken und ein Butler macht sie uns auf.« Carlos grinst, während er weiterhin die körperlichen Fähigkeiten seiner Spielfigur testet. »Ich glaube, es ist Kung-Fu«, korrigiert er seine erste Einschätzung. »Schaut mal.«

Sein virtueller Klon vollführt ein paar elegante Bewegungen und tritt dann kräftig mit dem Fuß gegen das Gitter. Carlos entfährt ein leises »Autsch«, als sein Avatar taumelt und mit meinem zusammenprallt.

Ich stoße ihn zurück. Er fliegt ungebremst gegen die Wand. »Sieht ganz so aus, als hätte ich Superkräfte«, sage ich.

Yuki, die ihre Figur die Zelle absuchen lässt, unterbricht ihren Rundgang, zerrt die Carlos-Figur von der Wand und schubst sie auf die Pritsche in der Ecke.

»Ich auch.« Sie zwinkert Carlos zu.

»Was?«, fragt er abwesend.

»Greti und ich verfügen über Superkräfte.«

»Mmmm.« Carlos starrt auf den Bildschirm. »Mir fällt da grad was auf. Euch auch?«

»Das Spiel ist keine Eins-zu-eins-Nachbildung der Wirklichkeit.« Sebi schiebt seine auf die Nasenspitze gerutschte Brille zurück, wo sie hingehört. »Es gibt Unterschiede. Im Spiel fehlen die Computer.« Er lehnt sich zurück und verschränkt die Hände im Nacken. »Die gibt's im Jahr 2055 vielleicht gar nicht mehr, weil wir uns mit dieser Schlacht der Schlachten in die Vergangenheit zurückgebombt haben.«

»Endzeit!« Carlos' Stimme vibriert vor Begeisterung. »Ich wette, die Welt ist kontaminiert und unsere Feinde sind irre Mutanten mit richtigen Killerwaffen.« Er stutzt. »Oh, Mann. Und wir? Was haben wir?«

»Gefangene haben keine Waffen«, klärt ihn Sebi auf.

»Sind wir denn Gefangene?«, fragt Yuki.

Carlos rollt mit den Augen. »Hat sie doch gesagt, die Stimme.«

»*Gefangen in Intrigen, versteckt vor dem Feind*«, zitiert Yuki.

»Streberin!«, grummelt Carlos.

»Sie hat recht!« Aufgeregt bewegt Sebi seinen Klon auf die schäbigen Möbel zu. »*Versteckt vor dem Feind*. In einem unterirdischen Stollensystem. Wir haben uns hier selbst eingebunkert.«

Wenn es so ist, stecken wir nicht hilflos hinter Gittern fest, sondern es gibt einen Weg nach draußen!

»Wir suchen gleichzeitig«, sage ich. »Ihr am Bildschirm, ich hier in der Zelle.«

In einem halb zerfallenen Schrank finden wir jede Menge Dosen mit Lebensmitteln. Einen Dosenöffner. Einen uralten Baseballschläger. Alles identisch, real und virtuell. Und dann noch ein paar Dinge, die denselben Zweck haben, sich aber unterscheiden. Ich stöbere Taschenlampen und ein paar Batterien im Schrank in der Zelle auf, Yuki und Sebi entdecken im Spiel vier Fackeln, eine kleine Blechdose mit Streichhölzern und einen zerbeulten Kanister voller Brennsprit.

Sebi begutachtet etwas ratlos seinen Fund. »Nicht mal zu Taschenlampen reicht's im Jahr 2055.«

»Sehr originell!«, murmelt Carlos. »Ein paar Dosen und ein Baseballschläger? Nach der Schlacht aller Schlachten? Bei einem übermächtigen Feind? Das kann's ja nicht sein. Sollen wir den Mutanten vielleicht die Dosen an den Kopf werfen?«

»Es müsste doch eine Symbolleiste oder etwas Ähnliches geben.« Sebi beugt sich vor, als könne er mehr sehen, wenn er mit der Nase am Bildschirm klebt. Wir anderen suchen auch, finden jedoch nur ein Fenster mit der Luftbildaufnahme des Areals und eine Karte vom Stollensystem, auf der jedoch erst der Hauptgang, der Raum mit den sanitären Anlagen und die fünf Nebenstollen erkennbar sind, in der sich die Zellen der einzelnen Teams befinden. Der Rest ist noch dunkel.

Carlos gibt als Erster auf. Lustlos hängt er in seinem Stuhl. »Also, der große Wurf ist das nicht gerade, auch wenn die Figuren genial gut gemacht sind.«

Yuki hat mehr Ausdauer als Carlos. Ihr virtuelles Abbild kriecht unter die Pritschen, findet nichts, und beginnt, die Möbel herumzuschieben. Als sie den alten Klapperschrank wegrückt, kommt eine Öffnung in der Wand zum Vorschein. Was Yuki im Spiel allein schafft, bringe ich in der Realität nicht ohne Hilfe zustande. Gemeinsam mit Sebi stoße ich den Schrank in unserer Zelle zur Seite. Da ist nichts.

»Und jetzt?«, fragt Sebi.

»Na, was schon!« Carlos zuckt mit den Schultern. »Im Spiel gibt's einen Durchgang in der Wand. Mir reicht das. Ich bin hier, um zu zocken. Nicht, um durch muffige Gänge zu kriechen. Die Pfadfinderscheiße von gestern hat mir gereicht.« In einer theatralischen Bewegung schlägt er die Faust gegen seinen Brustkorb. »So ziehe ich denn los, einer der letzten 20 Widerstandskämpfer. Bewaffnet mit einem Dosenöffner und einem Baseballschläger. Freunde, Verbündete, so habet die Hoffnung, dass die Schlacht aller Schlachten aus den Hirnen unserer Feinde Matsch und aus den Muskeln Pudding gemacht hat.« Seine Faust ruht immer noch auf seiner Brust. »Echt, Leute. Das ist ein Spiel für Kindergartenkinder. Lasst uns wenigstens ein bisschen Spaß haben und Dosenwerfen gehen.«

»Amen!«, sagt Sebi feierlich. Sein Avatar holt sich eine der Fackeln, taucht sie in den Kanister und zündet sie an. »Ich bin bereit.«

»Wartet!«, hält Yuki ihn zurück. »Was tun wir, wenn wir auf die anderen Teams treffen.«

»Na, was schon? Plattmachen«, antwortet Carlos. »Ist doch klar. Hey, Leute, ich will dieses Spiel gewinnen! Egal, wie. Wenn ich mich schon mit so was abgebe, dann muss wenigstens Kohle drinliegen.«

Ich erinnere ihn daran, dass die anderen Spieler Widerstandskämpfer sind wie wir.

»Intrigen.« Carlos schaut uns an. »Hat Yuki gerade so schlau zitiert. Jeder von denen könnte uns aus dem Weg räumen.«

»Schon.« Sebi zögert. »Aber vielleicht brauchen wir Unterstützung. Unsere Gegner werden übermächtig sein. Vielleicht haben die anderen Teams herausgefunden, wie man zu Erfahrungspunkten kommt, zu besseren Fähigkeiten, zu richtigen Waffen.«

»Ja, ja, ist ja gut. Hab's kapiert.« Carlos lässt seine Figur den Schläger durch die Luft wirbeln. »Leider vergisst du da was. Es kann nur ein Team gewinnen. Und das wird mein Team sein.«

»Hast du dir schon mal überlegt, dass *dead.end* ein Strategiespiel für Gruppen sein könnte und kein Ego-Shooter für Draufgänger?«, fragt ihn Yuki.

»Jetzt, wo du es sagst …«, spottet Carlos.

»Können wir endlich, endlich anfangen?«, ruft Sebi genervt. »Bevor der Countdown bei null ist?«

Während sich Carlos in Fahrt geredet hat, habe ich den Rest der Zelle durchsucht. Unter einer Steinplatte im Boden liegen gut verpackt ein paar Kleinstteile. Mini-Kopfhörer, Mini-Mikrofone und Sendegeräte, die an einen iPod shuffle erinnern; eine Art Funksystem, alles *wireless.*

»Wie funktioniert eigentlich die Kommunikation in diesem Spiel?«, frage ich.

»Na, wie schon?« Carlos zuckt mit den Schultern. »Wir reden miteinander.«

»Ja, wir. Und unsere Figuren mit den Figuren der anderen?«

»Chat«, meint Sebi.

»Viel Glück«, brummt Carlos. »Vielleicht findest du ja, was wir bis jetzt übersehen haben.« Er reißt Sebis Figur die Fackel aus der Hand. »Wenn wir noch lange warten, fliegen wir raus.«

Sein Avatar verschwindet durch die Öffnung. Ich lege das Funksystem auf den Tisch und folge als Letzte den anderen. Genau in dem Moment, in dem sich meine Figur durch die Öffnung schwingt, klickt es erneut. Unsere Zellentür ist entriegelt.

Die Zeit bleibt bei 12 Minuten und 48 Sekunden stehen. Mission erfüllt. In etwas mehr als der Hälfte der Zeit. Es war alles viel zu einfach.

MISSION DREI. DER AUSGANG.

12. Juli. Militärareal Praditsch. Stollen 4.
8.42 Uhr. **Mo.**

»Worauf wartest du?«, fragt Tessa.

Vor ein paar Sekunden ist ihr Avatar durch das Loch in der Wand verschwunden, gefolgt von Olis und Marilisas Figuren.

Wir sind alle noch da. In dieser Zelle, von Big Brother beobachtet und gefilmt. Ganz in unserer Nähe flimmern in irgendeiner Überwachungszentrale die Aufnahmen aus unserem Verlies über eine Wand aus Wiedergabegeräten, während wir auf unseren Bildschirmen unsere Figuren durch eine Parallelwelt lenken. Ein Film im Film. Wie in *Matrix*. Nur haben wir keine Pillen geschluckt, weder rote noch blaue.

In der Wunde auf meiner Stirn pocht es. Mir ist kalt und heiß gleichzeitig. Meine Hände zittern. Ich habe das Gefühl, gleich kotzen zu müssen. Sehe Sascha vor mir. Auf der Kante. Und dann ist er darüber hinausgerast. Wenn ich jetzt zu spielen beginne, wird mir das auch passieren. Ich werde nicht mehr unterscheiden können, was virtuell und was real ist, welches das richtige Leben und welches das künstlich geschaffene. Keine Ahnung, warum ich das weiß, aber ich weiß es mit einer Gewissheit, die mich beinahe durchdrehen lässt.

»Mo!«, schreit Marilisa.

Auf dem Bildschirm unten rechts läuft ein neuer Countdown. Vier Stunden für die nächste Mission.

DER AUSGANG.

Mein Mittelfinger drückt die W-Taste. Mein Avatar setzt sich in Bewegung, den anderen hinterher.

Unsere Figuren kriechen durch einen aus dem Gestein geschlagenen Gang. Das Licht der Fackeln flattert und wirft unheimliche Schatten. Der Bass in der Musik aus den vier Boxen ist so stark, dass sogar die Bildschirme leicht vibrieren, den Gitarrenriff drückt gegen einen Nerv im Erinnerungszentrum. Es ist wie beim Zahnarzt, nur weiß ich dort, warum es wehtut.

Unsere Avatare erreichen das Ende des Schachts. Grünes, angerostetes Metall versperrt den Ausgang.

»Sieht aus wie die Rückfläche eines der Spinde im Hauptstollen«, flüstert Marilisa.

»Klar doch.« Oli lacht. »Und da draußen wartet Sven, der Schreckliche, auf uns.« Seine Figur umklammert den Baseballschläger, klopft damit gegen den Spind.

»Kindskopf«, zischt Tessa.

»Könnte doch sein.«

»*Könnte* reicht mir nicht«, knallt Tessa Oli ihre Meinung hin. Ohne Begründung. »Was hast du dazu zu sagen, Mo?« Ihr Blick spießt mich auf. Das ist deine Chance, sagt er, vermassle sie nicht.

Ich habe keine Lust auf Tessas Spielchen. »Nichts«, antworte ich.

Ein hässliches Kratzgeräusch aus den Lautsprechern legt meine blanken Nerven noch blanker. Olis Figur hat den Spind zur Seite geschoben. Sein blödes Lachen hallt durch die Zelle. Meine nackten Nerven gehen mit mir durch. Ich drücke Olis Avatar gegen die Wand, nehme ihm die Fackel aus der Hand und dränge mich an ihm vorbei durch die entstandene Öffnung.

Meine Figur ist im Hauptstollen. Der ist nicht mehr leer und hell ausgeleuchtet, sondern vollgestellt mit Lazarettbetten und medizinischen Geräten aus einer fernen Vergangenheit. Dazwischen liegt jede Menge Unrat, in dem sich etwas bewegt. Ich halte die Fackel tiefer und scheuche Ratten auf. Verdammt große Ratten, die mich aus roten Augen anstarren. Warum verschwinden die nicht? Haben die keine Angst?

Marilisa schreit beim Anblick der Nager los.

Mann, das ist ein Spiel! Auch wenn die Ratten verdammt echt aussehen, ist das kein Grund, wie eine Kreissäge zu kreischen. Ich bin nahe dran, ihr eine reinzuhauen. Ich tu was anderes. Renne los, hetze meine Figur durch den Stollen, und weil ich der mit dem Licht bin, folgen mir die anderen.

Wir laufen dem Gegner direkt in die Arme.

Er schießt aus der Deckung eines Spinds. Kommt als Feuerball auf uns zu. Der Reflex steuert meine Finger. Ich haue sie in hoher Frequenz in die Tasten. Mein Avatar hechtet auf den Angreifer rechts vom Feuerball zu. Im letzten Moment erkenne ich Greti. Ich fliege an ihr vorbei, knalle auf den Boden und rutsche über Müll.

Carlos reißt seine Fackel hoch und deutet mir, liegen zu bleiben. Obwohl ich nicht verstehe, warum, bin ich froh, dass ich Greti nicht erledigt habe.

Sebi und Oli kümmern sich keinen Deut um uns. Sie rasen aufeinander zu, Oli mit erhobenem Schläger, Sebi mit gesenktem Kopf wie ein Bulle beim Stierkampf. Er knallt in Oli rein, rollt über ihn weg, begräbt ihn unter sich. Der echte Sebi ist vielleicht ein Weichei, seine Figur ist es nicht. Sie liegt auf Oli und drückt ihn in den Boden.

»Tut was!«, brüllt Oli. »Der Fettsack erdrückt mich.«

»Ergib dich!«, befiehlt Tessa.

»Nein!« Oli bearbeitet seine Tastatur. »Greift den Verrückten endlich an.«

»Ergib dich, wenn du gegen diesen übergewichtigen Freak nicht ankommst.«

Oli spuckt ein paar Beleidigungen aus, die der richtige Sebi zum Glück nicht hören kann. Dann gibt er seinen Widerstand auf. Sebis Avatar steht auf und tritt einen Schritt zurück. Carlos' Figur gibt das Zeichen zum Aufbruch. Sein Team setzt sich in Bewegung.

»Ich mach sie fertig!«, tobt Oli. »Verdammt noch mal, warum haben wir sie nicht erledigt?«

»Weil wir sie vielleicht noch brauchen.« Tessa klopft sich mit dem Zeigefinger an die Schläfe. »Wäre nicht schlecht, wenn du mal nachdenken würdest.«

Oli schnappt ein. Wirft sich in eine Macht-doch-was-ihr-wollt-Pose.

»Wenn du nicht von Ratten gefressen werden willst, kommst du besser wieder von deinem Planeten der Beleidigten und spielst mit.«

Wortlos folgt Oli Tessas Befehl.

Wir kämpfen uns durch ein geisterhaftes System von Gängen und Zwischenräumen ohne jegliches menschliche Leben, dafür allerlei mutiertem Getier, immer auf der Hut vor den anderen Teams. Irgendwo zwischen Nebenstollen 14a und 14c begegnen wir den ziemlich lädierten Figuren von *Ajataa* und wenig später denen von *Hades,* auch sie gezeichnet von einem Kampf, jedoch wesentlich weniger als die Goths. Wahrscheinlich könnten wir sie erledigen. Ich hätte keine Skrupel, auch wenn ich die Figuren kenne. Ich kann die Typen von *Hades* nicht ab. Wäre nicht schade um sie. Aber bei gerade mal zwanzig Widerstandskämpfern ist es eine schlechte Idee, vier davon auszuschalten, bevor man weiß, wie der Feind da draußen aussieht.

»Was suchen wir eigentlich?«, fragt Marilisa.

»Einen rosa Elefanten«, fährt Oli sie an. »Und die, die nachdenken können, den Ausgang aus dem verfluchten Berg.«

Nachdenken. Das sagt der Richtige!

»Ich frag ja nur«, giftet Marilisa zurück.

Wir enden in Sackgassen. Kommen an Stellen vorbei, an denen wir schon waren. Jeder Stollen, in den wir eindringen, erscheint auf unserer Karte. Der Hauptstollen ist H. Die Räume haben Namen, die Nebenstollen Nummern und die Nebenstollen von Nebenstollen Nummern und Buchstaben. Irgendwo müssen die geheimen Ausgänge aus diesem Labyrinth sein.

»Ich muss aufs Klo«, sagt Marilisa.

Oli nimmt seinen Blick nicht vom Bildschirm. Um seinen Mund liegt ein verächtlicher Zug. »Pass auf, da gibt's Riesenratten.«

»Idiot«, zischt sie. Und dann fragt sie mich. Nicht ihn. »Mo, kannst du meine Figur übernehmen?«

Sie schiebt ihre Tastatur und ihre Maus zu mir rüber. »Bin gleich zurück.«

Ich seh die Tränen in ihren Augen, denk an die Sache mit dem Hopper gestern und spar mir mein Mitleid.

Ich funktioniere meinen Tisch zu einer Station für zwei Spieler um. Geht ganz schnell. Trotzdem haben Marilisa und ich den Anschluss schon fast verloren, als ich endlich wieder in die Tasten haue. Wäre nett von den beiden anderen gewesen, wenn sie gewartet hätten. Ich bin schnell, aber zwei Figuren zu manövrieren, macht mich langsam. Das Licht der Fackeln entfernt sich.

Irgendwie läuft hier grade eine Strafaktion gegen mich und Marilisa. Ich muss mich entscheiden. Entweder lasse ich Marilisas Figur zurück oder wir stecken zusammen in der Dunkelheit fest. Beides ist mir zu blöd. Ich steure Marilisa und mich in den Nebenstollen eines Nebenstollens, 16b oder so, stehe auf und mach mich vom Acker, raus aus der Zelle, irgendwohin. Mein bisschen Restverstand organisiert sich. Läuft auf Hochtouren und spuckt Analysen aus wie eine Wahlkampfmaschine.

Wir sind noch nicht mal eine Stunde im Spiel und

schon läuft hier der Psychoterror. Ich habe von Experimenten gelesen, in denen Leute getestet wurden. Was, wenn wir schlicht und einfach Datenfutter für irgendeine Studie sind? Studien kann man zurechtbiegen oder fälschen. Damit genau das herauskommt, was herauskommen soll. Es ist so: Wenn am Ende einer Studie feststehen soll, dass Computerspiele aus Jugendlichen Amokläufer machen, dann wird die Studie das beweisen. Und wenn der Auftraggeber will, dass Computerspiele völlig unbedenklich sind, wird die genau gleiche Studie auch das beweisen. Darum geht es doch, oder? Der mit der Kohle bestimmt das Resultat. Und je nachdem, was man selbst glauben will, hält man sich an diese oder jene Studie. Es gibt nur einen Weg, herauszufinden, wie es wirklich ist. Man muss als Spieler darüber nachdenken. Nachdem es Sascha erwischt hat, habe ich genau das gemacht und ich denke, ich habe eine Antwort gefunden.

Was Computerspiele mit einem machen, ist bei jedem anders. Wenn es einem schon ziemlich schlecht geht, weil die Eltern ihn gar nicht sehen oder ihn zu was machen wollen, das er nicht ist, oder weil er in der Schule ein Außenseiter ist, ein Loser, einer von denen, die auf dem Schulhof fertiggemacht werden, oder einer, der keine Lehrstelle hat, was auch immer, also, wenn einer schon ziemlich kaputt ist, dann können ihn Killergames über die Kante treiben. Wenn einer aber mehr oder weniger problemlos durchs Leben kommt, öfter gut als schlecht drauf ist, dann denke ich, dass diese Spiele keine Chance haben, ihm die Birne aufzuweichen. Das ist der theoretische Teil, den ich mir so zusammengereimt habe. Der ist gar nicht so schwierig.

Schwieriger wird's beim praktischen Teil. Der, bei dem man mit sich selbst ehrlich sein muss, um zu wissen, wie es um einen steht. Das ist ganz schön hart. Wer sich in die Tasche lügt, verzerrt sozusagen das Resultat. Kommt zu falschen Schlüssen und schätzt sich falsch ein. Vielleicht hat Sascha das gemacht.

Deshalb versuche ich, mir nichts vorzumachen. Bei mir ist das so: Ich war mal ziemlich in Ordnung. Recht gut in der Schule, normale Familie, keine schlechten Freunde, keine Drogen, ab und zu Scheiße gebaut, einmal sogar richtig heftig, aber nie abgestürzt. Damals hätte mich auch das stärkste Ego-Shooter-Game nicht aus der Bahn geworfen. Da bin ich ganz sicher.

Heute ist alles anders. Ich spiele nicht nur zum Vergnügen oder für den Kick, sondern um mich abzureagieren, die Wut aus mir herauszuballern. Ich rede mir ein, ich habe alles im Griff. Und dann raste ich wegen jedem kleinen Scheiß aus. Leg mich mit meinem Lehrer an, mit Typen wie Frick oder hau Oli eins rein. Ich bin eine Cruise-Missile außer Kontrolle. Um das zu wissen, brauch ich keinen Psychodoc.

Ich bieg von Nebenstollen 4 in den Hauptstollen H ein. Er ist grell ausgeleuchtet. Keine Betten, keine medizinischen Geräte, kein Unrat. Die Toiletten sind vorn beim Gitter. Ich schlendere darauf zu, zieh für die Söldner die Alles-im-grünen-Bereich-Tour ab. Halte Ausschau nach Marilisa. Sie hätte mir längst entgegenkommen müssen.

Im Männerklo ist keiner. Ich geh pinkeln und wasch mir die Hände. Aus dem Spiegel schaut mir ein Zombie entgegen. Blass. Gerötete Augen. Auf der Stirn schwarze Fäden auf einer blaugrünen Ausbuchtung. Ich fahre mit meinen nassen Händen über das Gesicht. Stürze nochmals über eine Felswand. Oben steht Greti und sieht zu.

Nein! Ich will Greti nicht in meinem Kopf! Blocke die Gedanken an sie ab. Ungefähr so erfolgreich wie ein Typ auf der *Titanic,* der das Wasser mit bloßen Händen am Eindringen hindern will. Ich glaub, ich hab eine ziemliche Menge Probleme am Hals. Abhauen wäre eine Lösung. Aber das geht nicht. Die Söldner beim Gitter sehen nicht so aus, als würden sie mich durchlassen. Mir bleibt nur die Zelle.

Kaum bin ich wieder da, schreit mich Marilisa an wie eine Furie. »Was hast du mit meiner Figur gemacht?«

Mein erster Gedanke: Wie kommt die denn hierher? Mein zweiter: Der Feind hat uns erwischt. Wir sind ausgeschieden. Ich kann gehen. Die Erleichterung dauert genau eine Sekunde. Bis ich merke, dass wir noch drin sind im Spiel.

Aber wir haben Zeit verloren, weil ich Marilisa und mich in einem Stollen zurückließ, der knöchelhoch unter Wasser steht. Die Ratten hatten schon begonnen, uns anzuknabbern. Die Bildschirme verdunkelten sich, das Leben unserer Figuren stand auf der Kippe. In letzter Minute haben uns Oli und Tessa gerettet.

»Ist doch gut«, sage ich.

»Ist es nicht.« Tessas Stimme hat die Schärfe einer Rasierklinge. »Wir sind weit hinter den anderen zurück.«

»Noch drei Stunden.« Oli spuckt mir seinen Frust ins Gesicht. »Du kannst die Zeit ja gerne auf dem Klo vertrödeln wie ein Schwuli. Aber dann sag uns Bescheid, dass du raus bist. Damit wir ohne dich weiterspielen können.«

Ich bleibe stehen. Seh Sascha vor mir, den irren Blick ohne jegliches Erkennen, bevor er das Messer in mich rammte. Ich will nicht so werden. Ich steige aus. Jetzt. Spiel denen am Gitter was vor, damit die mich durchlassen.

Harte Gitarrenriffs dröhnen aus den Boxen.

»Mo! Du bleibst.«

Tessas Rasiermesserstimme ritzt meine Haut. Es tut nicht weh. Weil sich alles in mir auf die Musik konzentriert. Ich weiß jetzt, wo ich sie schon gehört habe. Wie ein Schlafwandler setze ich mich wieder hin. Nicht für Tessa. Nicht für das Team, zu dem ich mal gehörte. Für mich. Und die Ahnung, die neben der Paranoia Platz genommen hat.

IM INNERN VON DEAD.END.

12. Juli. Militärareal Praditsch. Trakt B. Überwachungszentrale. 9.50 Uhr.

»Na, Rahel, wie läuft es?«

»Alle Teams haben den Fluchtschacht gefunden und ihre Zelle rechtzeitig verlassen.«

»Das war zu erwarten. Diese Kids sind leidenschaftliche Spieler. Wie haben sie auf die Grafik reagiert, Samuel?«

»Von beeindruckt über neugierig bis zu eingeschüchtert. Wobei sich das eingeschüchtert wohl eher auf das Eingesperrtsein in der Zelle bezog.«

»Und das Spiel?«

»Nun … Wie soll ich sagen …«

»Am besten direkt.«

»Einige finden es zu kindisch, andere zu langweilig. Aber das wird sich geben. Je länger sie eingesperrt sind, desto intensiver werden die Gefühle.«

»Auseinandersetzungen?«

»Noch bestehen bei den meisten Teams Hemmungen, die anderen anzugreifen. Sie wissen nicht, ob sie es mit Verbündeten oder Feinden zu tun haben. Bisher zeigt nur die Gruppe *Hades* ein ziemlich aggressives Spielverhalten.«

»Verluste?«

»Keine.«

»Irgendwelche Auffälligkeiten?«

»Mo Zanetti und Aline Singer.«

»Aline Singer?«

»Sie hinterfragt die Legitimität einer Vollzeitüberwachung und stellt die Frage nach dem Daten- und Persönlichkeitsschutz.«

»Behalten wir sie im Auge. Wenn sich im Team Widerstand gegen die Überwachung bildet, manövrieren wir Team *Galadriel* ins dead.end. Und Mo Zanetti? Hat er sich wieder geprügelt?«

»Nein, das nicht, aber sein Verhalten zeigt deutlich, dass er sich am Limit bewegt. Ich glaube, er wollte aus dem Spiel aussteigen, hat es aber nicht getan. Ich habe die Szene für Sie vorbereitet, weil sie mir seltsam vorkommt.«

»Seltsam? Warum?«

»Sie werden es gleich sehen. Jetzt. Achten Sie auf Zanetti. Er betritt die Zelle nicht, sondern bleibt unter der Tür stehen. Körperhaltung und Mimik zeigen deutlich, dass er in diesem Moment bereit ist, mit dem Spielen aufzuhören, doch dann macht ihn etwas stutzig. Sein Gesichtsausdruck ändert sich.«

»Kein Wunder. So, wie Tessa mit ihm umgeht.«

»Nein, das ist es nicht. Er hört ihr gar nicht zu. Beobachten Sie seinen Blick. Er ist völlig abwesend.«

»Nun, sein Team ist seinetwegen beinahe ausgeschieden.«

»Ich glaube nicht …«

»Danke, Samuel. Rahel, es gibt da ein paar Probleme mit der *StanGang*. Unser Rechtsanwalt redet gerade mit ihnen, doch sie machen sich einen Spaß daraus, ihn auflaufen zu lassen. Ich brauche Sie als Vermittlerin. Wären Sie bitte so nett, sich mit ihm zu treffen? Am besten so schnell wie möglich? Wir sehen uns später.«

»Besprechen Sie so etwas nie wieder in der Gegenwart von Rahel, Samuel.«

»Sie ist die Projektleiterin. Auch ohne in alles eingeweiht zu sein, muss sie wissen, dass Mo Zanetti gefährdet ist. Wir können nicht riskieren …«

»Das ist meine Entscheidung.«

»Ich bin Psychologe. Deswegen haben Sie mich engagiert. Es ist meine Pflicht, Sie auf Gefahren hinzuweisen.«

»Und es ist mein Job, Entscheidungen zu treffen. Es könnte die Musik sein.«

»Die Musik? Wie meinen Sie das?«

»Möglicherweise erkennt er sie.«

»Hat das eine Bedeutung?«

»Ich fürchte, ja.«

MISSION DREI.
DER AUSGANG.

12. Juli. Militärareal Praditsch. Stollen 5.
10.15 Uhr. **Greti.**

Seit rund eineinhalb Stunden steuern wir unsere Figuren durch ein endlos scheinendes dunkles Stollensystem voller aggressiver Tiere, Fallen und Sackgassen. Einzige Orientierungspunkte sind in Fels geritzte Zahlen und Buchstaben. Dazwischen immer wieder die Jahreszahl 2055, wie eine Verheißung. Als würden die Menschen auf einen Erlöser warten. Nur, wo sind sie, diese Menschen? Verhungert? Verdurstet? An Krankheiten gestorben? Im großen Krieg gefallen, in den Wirren danach umgekommen?

2055. Ich bin jung genug, dieses Jahr ganz real zu erleben. Was, wenn wir irgendwann in den 40er-Jahren tatsächlich den letzten globalen Krieg führen? Einen Krieg um ein neues Machtgefüge nach dem totalen Wirtschaftskollaps, einen Krieg um knapp gewordene Rohstoffe?

Yuki holt mich aus der Zukunft zurück in die Realität. »Die unterirdische Karte nimmt Gestalt an«, sagt sie. »Wir sollten langsam in der Lage sein, sie mit der oberirdischen in Einklang zu bringen. Was meinst du, Sebi?«

Sebi antwortet nicht, wie immer, wenn er sich bis zum Äußersten konzentriert.

2055 drängt zurück in meine Gedanken. Wie würden wir nach diesem Krieg leben? In einer Diktatur? Einem Militärstaat? Einer Anarchie, in der das Recht des Stärkeren herrscht? Würden wir uns wie unsere Figuren unter einem Berg einbunkern, ohne Hoffnung auf ein lebenswertes Leben?

»Ich glaube, ich hab's.«

Genau in dem Moment, in dem Sebi die Lösung gefunden hat, flackert das Licht auf unseren Bildschirmen, dann wird es dunkel. Die Fackel ist heruntergebrannt.

»Fuck«, murmelt Carlos.

»*Cupid Arcade* muss Sponsoren haben«, sage ich.

»Vielleicht eine Streichholzfirma«, verspottet mich Carlos.

»Streichhölzer!« Sebi schlägt sich gegen die Stirn. »Wie viele haben wir noch?«

»Genug«, antwortet Carlos.

Während er eine neue Fackel anzündet, versuche ich, den Faden meiner Überlegungen nicht zu verlieren. »Keine Streichholzfirma. Das Militär.«

»Willst du es etwa anfordern?« Carlos' Geduld mit mir neigt sich zu Ende. Ich höre es seiner Stimme an. Trotzdem muss der Rest raus.

»Nein. Aber vielleicht gehört das Militär zu den Sponsoren von *Cupid Arcade.* Hast du dich schon einmal gefragt, woher die all das Geld für diese Aktion nehmen? Warum wir diese Übung hier auf einem Militärgelände durchführen? Und warum hier unten Dinge technisch möglich sind, die wir nicht für möglich gehalten hätten?«

»Nein. Das ist Weymanns Problem, nicht meins.«

Yuki ist diplomatischer in ihrer Wortwahl als Carlos. »Können wir das später diskutieren?«, fragt sie.

Es ist nicht so wichtig. Ich habe keine Ahnung, wie ich auf diese Gedankengänge gekommen bin. Normalerweise tauche ich nicht in meine T-Zone ab, wenn ich spiele, weil Spiele selbst eine T-Zone sind.

Carlos drängt Sebi zu einer Lösung. »Dir ist schon klar, dass es langsam knapp wird.«

»Jaaaa …« Sebi dehnt das Wort wie Kaugummi.

Die Uhr auf dem Bildschirm rast der Null entgegen. Eine geschlagene Minute lang schaut Sebi uns einfach an, dann feuert er los. Seine Ausführungen klingen wie die meines Mathelehrers: genauso kompliziert und genauso unverständlich, aber ich weiß, dass Sebi, genau wie mein Mathelehrer, keinen Zweifel an der Logik und Schlüssigkeit seiner Berechnungen hat. »Irgendwo in Stollen 17 muss es einen Nebenstollen geben«, schließt er seinen Vortrag. »Dort ist ein Ausgang nach draußen.«

»Und wenn nicht?«, brummt Carlos.

»Es gibt kein *Wenn nicht*. Es ist …« Sebi zögert und schaut mich an, als überlege er, wie er mir die schlechten Nachrichten überbringen soll. »Es ist der Ausgang beim Wasserfall.«

Ich frage nicht, ob er sicher ist. Das wäre sinnlos. Auch nicht, ob er einen anderen suchen kann. Dazu fehlt uns die Zeit.

12. Juli. Militärareal Praditsch. Stollen 4.
10.51 Uhr. **Mo.**

Ich schnappe mir eine neue Fackel aus dem versteckten Vorrat, den wir in Stollen 12 gefunden haben, und zünde sie an. Der Countdown steht bei einer Stunde und fünfzig Minuten. Die Karte des unterirdischen Systems sieht aus wie ein Schnittmuster und macht für mich auch gleich viel Sinn wie ein Schnittmuster. Keinen. Stollen 12 ist so gut wie jeder andere, den wir noch nicht vergeblich nach einem Ausgang abgesucht haben.

Ich folge seinen Windungen. Tue so, als höre ich Tessas Anweisungen nicht. Der Gang endet im Nirgendwo. Ist einfach fertig, wieder eine Sackgasse. Ich kehre um, renne zurück, hinein in den nächsten Gang, den mit der Nummer 13. Merke, dass der Rest der Gruppe mir nicht folgt. Stürme weiter, bis an eine Abzweigung. Entscheide mich für den kleineren Gang, 13a. Wo ich direkt in die Leute von *Hades* reinrenne.

Ich reagiere zu langsam und bin umstellt, bevor ich fliehen kann. Die drei Jungs halten Fackeln in den Händen. Schwingen sie. Kreisen mich ein. Immer dichter. Ein erster Feuerschwall trifft mich am Arm. Ich werfe mich auf den Angreifer, bringe ihn zu Fall und stürme durch die entstandene Lücke, hinein in 13a. Der Boden unter meinen Füßen bricht weg, ich rutsche ab. Verlier die Fackel.

Mein Bildschirm flackert. Ich suche Halt und finde ihn. Hänge an irgendwas, das ich nicht sehe. Schwinge mich hoch, dem schwachen Licht entgegen. Befreie mich aus der Falle und treffe auf meine Leute, die sich einen Kampf mit *Hades* liefern. Ich greife nach einem Stein, der vor mir auf dem Boden liegt, und stürze mich in die Schlacht. Ich erwisch einen der Typen am Hinterkopf. Er geht zu Boden.

Ich schaue mich um. Oli kämpft in einer Art Karate gegen den großen Hageren. Tessa hat Armin, den Anführer, im Griff. Sie drückt ihn gegen die Wand, die Arme hart gegen seinen Hals gepresst. Marilisa hat im Hauptstollen eine verdreckte Spritze mitgehen lassen. Die rammt sie Armin in den Hals. Tessa lässt ihn los und er kippt zu Boden. Der Rest von *Hades* sucht das Weite.

»Gehen wir«, sagt Tessa.

Ich schnappe mir die Fackel, die einer unserer Gegner fallen gelassen hat. Diesmal steige ich vorsichtiger in 13a ein. Warne die anderen vor der Fallgrube und übernehme die Führung. Der Nebenstollen ist eng und führt steil nach oben. Nach einer Weile erscheint vor mir ein heller Kreis auf dem steinigen Boden. Ich bremse ab. Schaue an die Decke. Durch ein kleines Loch bricht ein Sonnenstrahl.

Ich beleuchte die Wände, geh mit der Fackel dicht an Ritzen und Rillen heran. Da! Ein loser Stein. Ich rüttle daran, zerre ihn heraus. Dahinter ist nichts als Fels.

»Was machst du, du Idiot?«, fragt Oli.

Ich antworte nicht. Suche weiter.

»Hier gibt es keinen Ausgang!«, bestimmt Tessa. »Wir müssen es in einem anderen Stollen versuchen.«

Die beste Tarnung ist die, die man nicht sieht, meldet sich die Stimme meines Vaters aus der Vergangenheit. Dann hast du dich ja bestens getarnt, gebe ich zurück.

Ich schau mir das Gestein genauer an. Und endlich sehe ich es. Der Fels auf der linken Stollenseite hat eine andere Farbe. Ich klopfe daran. Es klingt irgendwie hohl. Zum zweiten Mal gehe ich mit der Fackel dicht ran. Nun sehe ich sie, die Bolzen. Ich entriegle die fast unsichtbare Tür und öffne sie einen Spaltbreit. Tageslicht fällt in den Stollen, aber es ist sehr schwach. Vielleicht, weil irgendwas im Jahr 2055 den Himmel verdüstert. Doch das ist es nicht. Der Ausgang führt in eine Höhle ein Stück über der Ebene. Deshalb dieses Halbdunkel. Ich höre kein Wasser. Wir sind nicht in der Höhle von gestern. Dafür in einer, die Oli zu kennen scheint.

»Hier waren wir schon einmal«, sagt er.

»Ja.« Tessa schafft es, sogar dieses eine Wort wie einen Vorwurf klingen zu lassen. »Warum hast du diesen Eingang übersehen?«

Sie waren zu zweit da. Tessa hat den Eingang auch nicht entdeckt. Aber Oli wehrt sich nicht. Feigling. Oli halt. Er wird es später an mir auslassen. Es ist nicht wichtig. Wichtig ist, dass auf dem Bildschirm ein neuer Countdown läuft. Wir haben die Mission geschafft und sind in der nächsten. *DIE VERLORENE STADT.*

Diesmal haben wir acht Stunden Zeit. Das ist höllisch viel für eine Mission. Es wird also schwieriger.

Ich führe meine Figur aus dem Stollen, zum Höhleneingang. Dort verstecke ich mich hinter einem Felsbrocken und schaue auf die Landschaft unter mir.

Verkohlte Bäume ragen wie Skelette aus einer Steinlandschaft ohne sichtbares Leben. Die Sonne brennt vom Himmel. Die Luft flimmert. Was auch immer in dieser Schlacht der Schlachten passiert ist: Es hat die Welt verändert.

»Hat jemand eine Ahnung, wo diese verlorene Stadt sein könnte?«, fragt Tessa.

Endlich mal eine Frage, die ich beantworten kann, ohne darüber nachdenken zu müssen, was ich damit vermassle. »Bis jetzt sind alle Orte, die im Spiel vorkommen, auch in der Wirklichkeit vorhanden. Wenn das auch bei dieser Mission so ist, liegt die Stadt im Osten. Auf der überirdischen Karte sollte sie als Siedlung eingezeichnet sein, die der Armee als Trainingsstadt diente. Ich bin gestern daran vorbeigekommen.«

Wir öffnen die Karte in einem Fenster. Finden die Position unserer Höhle und stellen fest, dass wir eine ziemliche Ecke von der Übungssiedlung entfernt sind.

»Über die freien Felder ist zu gefährlich«, sagt Oli. »Am besten schlagen wir uns durch den Wald, an dem Bach entlang.«

Das würde in der Gegenwart funktionieren. Nicht aber im Jahr 2055. Der blattlose Wald bietet keinen Schutz. Einen Bach gibt es nicht mehr. Das begreift sogar Marilisa.

Sie klärt Oli über seinen Denkfehler auf. Etwas giftig und etwas von oben herab.

Ich konzentriere mich auf das Spiel. Beobachte, wie Höhenfeuer auflodern, eins nach dem anderen. »Keine Chance«, sage ich. »Wir müssen uns zurückziehen.«

»Du hast hier gar nichts zu bestimmen«, pflaumt mich Oli an.

»Warum Rückzug?«, fragt mich Tessa.

»Sie wissen, dass wir da sind.«

»Rauchzeichen.« Marilisa schaut fassungslos auf ihren Bildschirm. »Sie verständigen sich mit Rauchzeichen. Im Jahr 2055.«

»Und ihre Waffen sind Pfeil und Bogen, oder was?« Oli schiebt seinen Stuhl zurück. »Wisst ihr was? *Dead.end* ist *Indiana Jones* für Arme. Spielt dieses Witzspiel ohne mich weiter. Ich zieh Leine.« Er steht auf und geht in Richtung Zellentür.

Eisen schrammt über Stein. Oli kommt zu spät. Das metallische Klicken, mit dem sich das Gitter in die Verankerung schiebt, ist gar nicht so laut. Trotzdem dröhnt es in meinem Schädel.

Oli rüttelt an der Tür. Tritt gegen sie. Brüllt direkt in die Kamera über der Tür. »Ihr verdammten Wichser, lasst mich raus.«

Die Tür bleibt zu.

»Okay, okay!«, sagt Oli. »Ich hab's kapiert.« Er kommt zurück zu den Tischen. Haut in die Tastatur. Sein Avatar sprintet los, raus aus der Höhle.

»Nicht!«, ruft Tessa. »Du hast keine Chance.«

Der Zorn treibt Oli an. Keiner von uns kann ihn aufhalten. Nur mit einer Fackel bewaffnet rennt er den Hügel hinunter. Eine einsame Gestalt in einer gespenstischen Umgebung.

Der Feind lässt sich Zeit. Er zeigt sich erst, als Oli am Fuß des Hangs angelangt ist. Dann aber schießt wie aus dem Nichts ein Heer von Gestalten aus dem Boden. Es sind ausgemergelte, schmutzige Menschen mit wirren Haaren und Augen, die tief in den Höhlen liegen. Wie eine Wand stehen sie da. In ihren Händen halten sie Waffen. Schwerter. Morgensterne. Schlagstöcke. Äxte. Gewehre. Eine Ansammlung Kriegsmaterial der letzten paar Jahrhunderte.

Einer, der aus allen herausragt, reckt seinen Speer in die Höhe. Es ist totenstill. Oli steuert seine Figur geradewegs auf diese lebenden Toten zu.

»Komm zurück«, flüstert Tessa. »Das ist eine Falle.«

Mit seinem nächsten Schritt tritt Oli ins Bodenlose. Die Geröllhalde verschluckt ihn, gibt ihn nicht wieder her.

»Mach schon!« Oli beackert seine Tasten. »Gib mir das nächste Leben.«

»Was ist?«, fragt Marilisa.

»Mein Bild ist weg. Alles schwarz.« Oli schlägt mit der Hand gegen das Gehäuse. »Was soll das?«, brüllt er. »Bin ich tot? Soll das heißen, wir haben nicht mehr als ein einziges beschissenes Leben?« Er kickt seinen Fuß gegen das Tischbein. »Das darf doch nicht wahr sein!«

Wir anderen ziehen unsere Figuren in den Stollen zurück. Verriegeln den getarnten Eingang. Fürs Erste sind wir in Sicherheit.

»Vier Leben«, sagt Marilisa. »Es waren vier Leben. Jeder von uns hat eins. Bleiben drei.«

»Klugscheißerin«, zischt Oli.

»Selber Klugscheißer.«

Oli beginnt herumzuschreien. »So was sagst du nicht noch mal zu mir, du blöde Ziege.«

»Klugscheißer«, wiederholt sie. »Es ist ganz allein deine Schuld, wenn du raus bist.«

»Wir sind alle raus.« Oli verschränkt die Arme.

Sind wir nicht. Wir sind immer noch zu viert in der Zelle. Aber nur noch drei Spielfiguren. Jemand muss das Oli erklären, weil er die Regeln nicht kapiert hat oder nicht kapieren will, dass sie auch für ihn gelten.

Ich werde nicht dieser Jemand sein. Soll der Idiot seinen Frust auslassen, an wem er will, aber nicht an mir. Ich zieh mich zurück. Lass mich auf die Pritsche fallen und schließe die Augen. Für eine Weile kann ich mich so wegblocken. Leider nur für eine Weile.

»Alles klar?«, höre ich Tessa fragen. Ich schaue mich um. Sie steht mit Oli in einer Ecke.

»Nein. Ich steige aus.«

»Wir können immer noch gewinnen. Aber dazu müssen wir ein Team bleiben.«

Ich reiß mich zusammen und lache nicht.

»Dann tut das mal.« Oli stürmt aus der Zelle. Keine Ahnung, warum die Tür wieder offen ist!

»Mo!«

Meine Hand fährt reflexartig zur Narbe über meiner Hüfte. Nein. Ich stelle mich niemandem mehr in den Weg.

Tessa feuert einen weiteren Befehl durch die Zelle. »Oli, bleib hier!«

Zum ersten Mal, seit ich ihn kenne, macht Oli nicht, was Tessa sagt.

Ich warte auf die Explosion. Es gibt keine. Tessa steht mitten in der Zelle. Eine ganze Weile lang. Ich weiß, wie beschissen allein sie gerade ist. Trotzdem biete ich ihr keine Hilfe an.

IM INNERN VON DEAD.END.

12. Juli. Militärareal Praditsch. Gebäudeblock B. Überwachungszentrale. 11.25 Uhr.

»Warst du das?«

»Was?«

»Das mit der Zellentür?«

»Wovon sprichst du?«

»Bei *Cargo44* ist die Zellentür zugegangen.«

»Nicht möglich.«

»Doch. Spul mal zurück. Kamera 8.«

»Da ist nichts.«

»Vielleicht bist du nicht weit genug zurück.«

»Und du hast vielleicht zu viel Fantasie.«

»Glaubst du mir etwa nicht?«

»Nein.«

»Lass mich mal.«

»Bitte, wenn du meinst.«

»Verdammt. Ich … Ich kapier das nicht.«

»Du musst auch nichts kapieren. Nur kontrollieren.«

»Ich HABE richtig gesehen.«

»Scheint mir nicht so.«

»Soll ich den Chef verständigen?«

»Wozu? Um dich lächerlich zu machen? Willst du gefeuert werden?«

»Aber … Da war was.«

»Klar doch. Der Typ hat rumgebrüllt.«

»Dann hast du es also gesehen, das mit der Zellentür?«

»Nö. Mich interessiert das nicht. Ich …«

»Du gaffst lieber den Bräuten auf die Titten.«

»Halt die Klappe.«

»Ich muss das melden.«

»Willst du deinen Job loswerden?«

»Nein … Ich …«

»Und mich dabei mitreißen?«

»Da stimmt was nicht. Wir müssen …«

»Wir müssen gar nichts. Es ist alles in Ordnung. Übernimmst du mal? Ich muss pissen.«

»Aber bleib nicht so lange weg wie letztes Mal. Ich kann unmöglich alle Bildschirme allein überwachen.«

»Immer schön locker bleiben. Soll ich dir ein Bier mitbringen?«

»Du weißt doch …«

»Vergiss es. Und pass auf die Zellentüren auf. Es sollen sich Geister in den Stollen herumtreiben. Huhuuuuuu.«

»Arschloch.«

»Das hab ich gehört, Kumpel.«

»Warte!«

»Bis später.«

»Nein! Warte. Da tut sich was. In Stollen 17.«

»Stollen 17? Da ist niemand.«

»Doch, schau mal.«

»Ich seh nichts.«

»Da war jemand. Ganz sicher.«

»Da ist nichts. Mann, ich denke, du solltest dich mal mit dem Psychofritzen unterhalten.«

»Kann es einer von uns gewesen sein?«

»Nein. Keiner von uns. Und auch kein anderer.«

»Einer der Typen von *Hades?*«

»Da. Ist. Keiner. Verdammt. Du siehst Gespenster.«

MISSION DREI.
DER AUSGANG.

12. Juli. Militärareal Praditsch. Stollen 5.
11.40 Uhr. **Greti.**

Stollen 17a ist keine Erfindung von Sebi. Er existiert, aber es dauert eine Weile, bis wir ihn finden. Aus einer schmalen, kaum sichtbaren Öffnung tropft Wasser auf unsere Figuren herab. Carlos beleuchtet die Stelle und schüttelt den Kopf.

»Warte«, bittet Yuki. Ihr Avatar fährt mit dem Finger über das Gestein. »Hier ist etwas.«

Die eingeritzte Zahl ist von der Nässe so dunkel, dass man sie beinahe nicht sieht.

»17a«, flüstert Sebi. »Ich hab's gewusst.«

Meine Finger zittern. Die Erinnerung an die feuchte Höhle, den Arm des Angreifers um meinen Hals, meine Angst und den Schmerz in meinem Knie rollt über mich hinweg.

»Alles in Ordnung?«, fragt Yuki.

Ich nicke. Es ist nur ein Spiel. Nicht ich, sondern meine Figur muss in diesen Gang kriechen. Das sind nur Pixel. Im schlimmsten Fall verliere ich meinen virtuellen Klon, mehr nicht. Ich drücke auf die Tasten und folge Carlos.

Tropfgeräusche füllen die Zelle. Unsere Figuren bewegen sich durch feuchtes, steil ansteigendes Gestein, auf schmalen Stegen, über Schlünde, morsche Leitern senkrecht die Wände hoch, immer wieder attackiert von Spinnen, Riesenratten, glibbrigen Kröten, ekligen Kriechtieren und überdimensionalen Fledermäusen.

Das Rauschen nimmt zu. Der Gang wird erst höher und dann breiter, bis wir in einem Gewölbe stehen, aus dessen Decke in einer Gischtwolke Wasser auf uns perlt, Wasser, von dem der größte Teil durch den Fels in unterirdischen Abflüssen versickert und der kleinere Teil zu dem Rinnsaal wird, das durch Stollen 17a fließt.

Wir suchen die Wände ab, finden keinen Weg nach draußen. Der Countdown steht bei vierzig Minuten.

»Wir sind in einer Sackgasse!« Carlos jagt seine Figur den glitschigen Wänden nach. »Einem dead.end. Wir sind raus. Verdammte Scheiße.«

Sebi beharrt darauf, dass es einen Ausgang gibt, einen gut getarnten, den der Feind nicht so leicht entdeckt.

»Na, dann.« Carlos steht auf. »Greti, wo hast du das Funksystem?«

Ich brauche einen Augenblick, bis ich begreife, was er von mir will. Ich halte ihm eines der gefundenen Sets hin. Wir drücken uns den Knopf ins Ohr, klemmen das Mikro an den Ausschnitt unserer T-Shirts, stecken das eine Gerät in die Hosentasche und schließen das andere an den Computer an. Darauf hätten wir früher kommen müssen!

»Test.« Carlos verlässt die Zelle. »Test. Test. Hört ihr mich noch?«

»Hab dich klar und deutlich im Ohr«, antwortet Sebi.

»Ich auch«, meldet Yuki.

Carlos steckt seinen Kopf um die Ecke und hält den Daumen hoch. »Funktioniert. Bis dann!«

»Warte!«, hält ihn Yuki zurück. »Ich bin zu langsam. Und Sebi …«

Der erst recht. Damit bleibe ich übrig. Ich zögere, denn diesmal geht es nicht um ein paar Pixel, diesmal geht es um mich.

»Ich schaff das allein«, höre ich Carlos sagen.

Er ist ein Draufgänger. Wenn ihn niemand zurückhält, riskiert er zu viel. Ich schnappe mir zwei Taschenlampen und sprinte ihm hinterher. Wenige Sekunden später sind wir unterwegs zu Stollen 17a. Wir biegen in den Hauptgang ein, wo uns die Sicherheitsleute beobachten, aber uns weder zurückhalten, noch in das Stollensystem folgen.

Die ersten paar Gänge sind beleuchtet und mit Überwachungskameras ausgerüstet, doch als wir weiter vordringen, wird es dunkel. Die Lichter sind weg, die Kameras noch da.

»Infrarot«, flüstert Carlos beeindruckt. »Mann, bin ich froh, dass du an die Taschenlampen gedacht hast.« Genau wie im Spiel sind die Gänge durchnummeriert, und obwohl wir ungefähr wissen, wo der Eingang zu Stollen 17a ist, dauert es eine Weile, bis wir ihn entdecken. Bei seinem Anblick entfährt Carlos ein Fluch.

»Was ist?«, hallt es aus den Kopfhörern.

»Ist ziemlich eng«, keucht Carlos, der sich schon durch die Öffnung quetscht.

Yuki fragt mich, ob ich umkehren will.

Am liebsten würde ich Ja schreien, doch ich verneine und folge Carlos durch den stark ansteigenden Gang.

»Noch zwölf Minuten«, gibt uns Sebi die Zeit durch.

Carlos war vorher schon schnell, jetzt legt er nochmals an Tempo zu. Ich atme schwer, auf meiner Haut liegt ein Schweißfilm.

»Wir sind da«, keucht Carlos nach einer Ewigkeit, die bestimmt nicht länger als ein paar Minuten gedauert hat.

Das Wasser fehlt, die Wände sind trocken und heller. Der Ausgang ist zwar getarnt, aber gut sichtbar: eine schmale Tür aus falschem Fels, mit einem schweren eisernen Griff.

Carlos gibt Sebi und Yuki per Funk die Position des Ausgangs durch.

»Mission vollendet«, dröhnt kurz danach Sebis zufriedene Stimme aus den Kopfhörern. »Fünf Minuten vor Ablauf des Countdowns.«

Carlos bricht in Siegesgeheul aus. Er packt mich bei den Schultern, schüttelt mich durch und schlägt vor, ein wenig frische Luft zu schnappen.

»Nein.« Ich will nicht zurück in die Höhle hinter dem Wasserfall. »Wir müssen weiterspielen.«

»Eine Pause liegt locker drin«, trompetet Sebi in unsere Ohren. »Für die nächste Mission haben wir acht Stunden Zeit.«

Danke, Sebi.

Carlos macht sich am Eisengriff zu schaffen. Mit angespannten Muskeln zieht er daran. Es wäre nicht nötig. Die

Tür lässt sich ganz leicht öffnen. Sie quietscht nicht einmal. Carlos blinzelt mir zu und verschwindet nach draußen.

Ich bleibe, wo ich bin, und warte in der Höhle, bei den unheimlichen Schatten und Geräuschen, bis es so unerträglich wird, dass ich mich für das kleinere Übel entscheide und Carlos durch die Tür von einem Halbdunkel ins andere folge.

Zwei Arme legen sich von hinten um mich. Ich schlage meine Ellbogen mit voller Wucht gegen meinen Angreifer und höre Carlos aufschreien.

»Bist du wahnsinnig?«

Das könnte ich ihn auch fragen. Er weiß genau, was hier geschehen ist.

»War doch nur ein Scherz«, murmelt er.

Ich antworte nicht. Während er mit schmerzverzerrtem Gesicht die Hände gegen seinen Magen drückt, gehe ich hinter dem Wasservorhang ins Freie. Im Gegensatz zu gestern hängen die Wolken heute tief am Himmel.

»Achtung, ich komme«, kündigt sich Carlos an und stellt sich in sicherem Abstand neben mich. »Sieht echt krass aus.« Er schaut über das Gelände hinweg. »Wie bist du denn hier hochgekommen?«

Ich deute auf das Felsband. Plötzlich ist es wieder da, das Gefühl, beobachtet zu werden.

»Wir sind nicht allein«, flüstere ich.

»Ich sehe keinen.«

Manchmal wünsche ich mir, für mich wäre alles einfach wie für Carlos, der die Welt aufgeteilt hat in Schwarz und

Weiß, Gut und Böse, cool und uncool, sichtbar und nicht sichtbar.

»Vergiss es«, sage ich. »Wir müssen zurück.«

Als ich durch die Tür in den Stollen gehe, höre ich das Poltern von Steinen. Ich mache meine Taschenlampe aus und bleibe stehen. Ein schwaches Echo reflektiert das Geräusch. Ich horche ihm nach, warte darauf, dass es sich wiederholt, doch es bleibt still.

Carlos schreckt mich aus meinen Gedanken. »Was machst du denn im Dunkeln?«

Ich habe keine Lust, mir anzuhören, wie ängstlich Mädchen sein können. »Taschenlampe testen.« Ich räuspere mir die Kröte aus dem Hals. »Können wir endlich?«

»Klar doch.« Carlos haut mir die Hand auf die Schulter. »Ist das nicht geil? Wir sind richtig im Spiel drin. Ich meine … na, du weißt schon.«

Ich denke schon. Die Grenzen zwischen Spiel und Wirklichkeit lösen sich auf. Das ist faszinierend, aber auch ziemlich beängstigend.

»Oh, Scheiße«, flüstert es in mein Ohr.

»Was ist?«, fragt Carlos.

»Das müsst ihr euch ansehen kommen.« Sebis Stimme überschlägt sich. »Vergesst die Welt, wie sie heute aussieht. 2055 hat ein paar Überraschungen für uns auf Lager.«

Carlos läuft los. Ich hetze ihm hinterher, während uns Sebi von einer kaputten Landschaft und einem Heer von lebenden Toten erzählt, die unter dem Felsband stehen und stumm nach oben schauen. »Wenn das Spiel Gerüche produzieren könnte, würde es hier nach Fäulnis stinken.«

»Ja!«, ruft Carlos. »Jetzt geht's richtig los! Zombies. Mutanten. Machen wir sie fertig!«

Carlos' Begeisterung kann mich nicht anstecken. Ich bin mit meinen Gedanken in der Höhle, bei einer Tür, die sich zu leicht öffnen lässt, bei Poltergeräuschen und dem Gefühl, dass da noch jemand ist.

Der Rückweg ist einfacher. Am Ende von Stollen 17a lasse ich mich hinter Carlos in den Stollen 17 gleiten. Er fängt mich auf und deutet mir mit einer Geste, still zu sein. Ganz in der Nähe sind aufgeregte Stimmen zu hören. Wir sind nicht die Einzigen, die sich im Labyrinth dieser Gänge aufhalten! Vielleicht suchen die Sicherheitsleute nach uns oder eine andere Gruppe ist auf die gleiche Idee gekommen wie wir.

Auf der Höhe von Stollen 12 prallen wir beinahe gegen Oli. Er und Carlos liefern sich ein kurzes Augenduell und schrammen dann so nahe aneinander vorbei, dass sie sich berühren.

»Pass auf, du Kanake«, zischt Oli.

In einer unheimlich schnellen Bewegung packt Carlos seinen Arm. »Hast du was gesagt, Mann?«

»Probleme?«

Lautlos und wie aus dem Nichts ist Sven Frick hinter uns aufgetaucht. Ich habe nicht gesehen, woher.

»Nein«, antworten Oli und Carlos gleichzeitig.

»Dann ist ja gut.« Ein schleimiges Grinsen liegt auf Fricks Gesicht. »Ich dachte, ihr hättet genug vom Pfadfinderleben? Ihr wolltet doch zocken, oder nicht?«

Carlos lässt Olis Arm los. »Man sieht sich.«

»Denke nicht.« Oli steckt seine Hände in die Hosentaschen und geht weiter, tiefer hinein in den Stollen.

»Pass auf!«, ruft ihm Frick nach. »Da drinnen treiben sich Geister herum.« Sein fieses Lachen hallt durch die Gänge.

»Hast du gesehen, der war ziemlich angepisst.« Carlos dreht sich einmal um die eigene Achse und lacht dazu schadenfreudig. »Bei *Cargo44* dampft wohl gerade was.«

Ich zucke mit den Schultern. Carlos fasst das als Einladung auf, seine Ansichten über die einzelnen Mitglieder von *Cargo44* kundzutun, wobei er Marilisa und Oli in wenigen Worten in der Ecke der Deppen unterbringt und Mo bei den Bösen versorgt. Den Rest des Weges schwärmt er mir vor, was für ein Klasseweib Tessa ist. Bei der Abzweigung zu unserer Zelle unterbreche ich seinen Redeschwall.

»Geh schon mal vor«, sage ich. »Ich will mich waschen.«

Hinter dem Bereich der sanitären Anlagen ist der Durchgang nach draußen immer noch vergittert. Es ist wie im Spiel. Wir können die Zelle verlassen und durch die geheimen Ausgänge ins Freie gelangen, aber der normale Ausgang ist versperrt und wird von breitbeinig dastehenden Sicherheitsleuten bewacht. Mir erscheint das ziemlich sinnlos.

Das Klo ist der einzige Bereich, in dem keine Kameras hängen. Schon im Waschraum ist das anders. Die nassen Hände gegen das Gesicht gepresst, versuche ich, meinen Kopf klar zu bekommen, oder mindestens klarer, als er gerade ist, bevor ich zurückgehe und wieder in ein Spiel einsteige, das gleichzeitig auch in der Wirklichkeit läuft.

Im Spiegel ist noch jemand. Ich blinzle mir das Wasser aus den Augen. Hinter mir steht Sandy von *Hades.* Sie sieht in der *Cupid-Arcade*-Uniform aus wie eine Soldatin, was nicht nur an der Kleidung, sondern auch an ihrem raspelkurzen Haar und dem blassen, verkniffenen Gesicht liegt. Schweigend trockne ich meine Hände an einem Papiertuch ab.

»Was ist das? Woher hast du das?« Ich nehme an, sie hat meinen Minikopfhörer gesehen, denn sie deutet auf mein Ohr.

»Nichts«, murmle ich.

»Sag schon!« Sie tritt einen Schritt näher.

Ich fühle ihre Aggressivität, doch ich weiche nicht zurück. »Find's selbst raus.«

»Es wäre besser für dich, wenn du es mir verraten würdest.«

»Oder?«

»Oder mein Team macht euch fertig. Genauso, wie wir *Ajataa* erledigt haben.«

Ich kehre Sandy den Rücken und zwinge mich, langsam zur Tür zu gehen, obwohl ich nur noch so schnell wie möglich von hier weg will.

»Ihr. Seid. Tot«, flüstert sie.

MISSION VIER.
DIE VERLORENE STADT.

12. Juli. Militärareal Praditsch. Stollen 4.
12.45 Uhr. Mo.

Wir warten. Auf was auch immer. Oli. Eine Enteisungsmaschine für die polarluftkalte Stimmung in der Zelle. Eine Idee, wie wir den Feind da draußen schlagen können.

Tessa und Marilisa suchen Waffen, mit denen wir uns durch das Feindesland zur verlorenen Stadt kämpfen können. Sie nerven sich, weil es in diesem Spiel keine Erfahrungspunkte gibt, mit denen man was für sich rausholen kann.

Ich liege auf der Pritsche. So, wie damals beim Psychodoc, der mich flicken sollte. Einfach daliegen und sich wegdenken. Der Doc nannte das einen Fluchtmechanismus. Mir egal, wie es heißt. Ich will einfach meine Ruhe vor Tessa. Sobald ich ein Lebenszeichen von mir gebe, wird sie mir einen ihrer Killersätze um die Ohren hauen und klarstellen, dass alles meine Schuld ist, von Saschas Ausraster bis zu Olis Abgang. Darauf habe ich keinen Bock.

»Idiot«, murmelt Tessa. Keine Ahnung, ob sie damit Oli oder mich meint.

»Den Teams *Cargo44, Galadriel, Hades* und *Black Liz-*

zards herzliche Gratulation zur Vollendung von Mission drei«, scherbelt es aus den Lautsprechern. »Team *Ajataa* ist ausgeschieden.«

Ich warte auf eine weitere Erklärung. Es kommt keine. Auch kein Wort darüber, wann man uns hier mal für eine Weile rauslässt. Und ob überhaupt.

»Könntest du deinen Arsch von der Pritsche nehmen und uns beim Suchen helfen?«, fragt Tessa.

Ich murmle was von Pause und verdrück mich aus der Zelle. Auf dem Weg zu den Waschräumen begegne ich niemandem. Wahrscheinlich sind alle auf ihrer vierten Mission. Die Söldner, die Wache stehen, ignorieren mich. Aus dem Spiegel blickt mir immer noch ein Zombie entgegen. Auch egal. Ich leg den Langsamgang ein und schlendere zurück. Immer noch niemand zu sehen. Irgendwann stehe ich vor einer Zelle. Nicht unserer. Ich könnte jetzt lügen und behaupten, es sei ein Versehen. Ist es aber nicht. Ich könnte mir auch vormachen, ich sei hier, um den Gegner auszuspionieren. Das ist es auch nicht. Ich will Greti sehen. Was eine wirklich bescheuerte Idee ist. Weil sie mich nicht leiden kann. Weil sie denkt, ich sei ein Verräter. Weil sie und ihr Team sich auf mich eingeschossen haben. Trotzdem kehre ich nicht um, sondern krächze ein »Hey, was läuft?« in den Raum.

Sebi degradiert mich mit einem kurzen Blick zu einer Kakerlake und zockt weiter. Carlos wirft mir ein »Hi, Verräter« vor die Füße. Greti tut, als hätte sie mich weder gehört noch gesehen. Nur Yuki fragt in einem einigermaßen zivilisierten Tonfall, was ich hier will.

Ich sollte einen Abgang machen, bevor alles noch schlimmer wird. Stattdessen beginne ich, sinnloses Zeug herumzustammeln.

»Ich … Das in der Höhle … das war ich nicht. Echt … Ich … es tut mir leid, was passiert ist.«

Toll. Jetzt glauben die bestimmt, ich war's.

»Wahrscheinlich ist es besser, wenn du gehst«, packt Yuki das offensichtliche »Verpiss dich« in etwas nettere Worte.

»Und richte deiner Chefin aus …«

Was immer Carlos mir hinterherruft, ich will es nicht wissen. Zähle mal wieder auf zehn. Denke mir die Zahlen in voller Lautstärke. Wahrscheinlich höre ich deshalb die Schritte nicht. Ich spüre eine Hand auf meiner Schulter, wirble herum, bereit, loszuschlagen. Steh direkt vor Greti, die mir mit einer Handbewegung zu verstehen gibt, in die Zelle zurückzugehen. Ich bin nicht sicher, ob das eine gute Idee ist, aber ich trotte wie ein Gefangener vor ihr her zurück in den Raum.

Gefangener ist das richtige Wort. Mich erwartet nämlich so was wie eine Gerichtsverhandlung. Mit Carlos als Richter. Er lehnt an der Wand, total der Obermacker.

»Wenn du es nicht warst, wer dann?«

Ich sollte von meinem Schweigerecht Gebrauch machen.

»Keine Ahnung«, antworte ich. »Vielleicht einer von den Sicherheitsleuten?«

»Warum sollte es einer von ihnen sein?«

Ich hätte schon ein paar Theorien, aber ich zucke mit den Schultern und fühl mich ganz schön blöd.

»Ich hab dich was gefragt«, erinnert mich Carlos.

»Um uns einzuschüchtern? Das Spiel spannender zu machen? Einfach so, aus Spaß oder Langeweile?«, hasple ich meine Einfälle runter. Ich hätte Komiker werden sollen. Oder auch nicht. Mein Programm kommt nicht wirklich an. Die sehen aus, als erwarten sie mehr. Weshalb ich ihnen erzähle, was bei der Höhle abgegangen ist, nachdem Greti weg war.

»Denkst du, jemand hat den Steinschlag ausgelöst, um dich zum Absturz zu bringen?«, fragt Yuki.

»Weiß nicht.«

»Ist nicht gerade viel, was du uns da bietest.« Carlos löst sich von der Mauer und kommt auf mich zu.

»Der tischt uns doch Märchen auf«, sagt der Nerd.

»Ich … Ich …« Mann, ich stammle immer noch. Ganz der Vollidiot.

»Warum bist du hier?« Carlos bewegt sich wie eine Raubkatze auf mich zu. »Ist das ein Ablenkungsmanöver? Oder wollt ihr Zeit schinden, weil ihr Oli verloren habt?«

Woher weiß er, dass Oli weg ist?

Ich versuche, mir nicht anmerken zu lassen, wie nervös er mich macht. »Lass Oli aus dem Spiel.«

»Nun, immerhin ist er in deinem Team. Ist er schon zurück?«

»Wir haben ihn gesehen«, erklärt Yuki. »In der Nähe von Stollen 12. Was hat er dort getan?«

Seinen Frust abgeladen. Den Beleidigten gespielt. Einen auf Opfer gemacht.

»Keine Ahnung«, sage ich.

Und plötzlich sehe ich es. Es war die ganze Zeit da. Vielleicht ist es mir nicht aufgefallen, weil die Söldner auch welche tragen. Knöpfe im Ohr. Kleine Mikros an ihren T-Shirts.

»Ihr habt ein Funksystem?«

Keiner antwortet.

»Woher?«

Als ob sie das mir verraten würden! Ich hebe meine Hände. Ein lautloses Sorry, überhaupt gefragt zu haben.

»Schwörst du, dass du Greti nicht angegriffen hast?«, fragt Yuki.

Das hatten wir doch schon. Aber bitte, wenn es sein muss.

»Ja.«

Bei mir ist alle Luft raus. Ich will weg, aber Carlos hat sich hinter mich geschlichen und versperrt mir den Weg.

»Glaubst du ihm?«, fragt er Greti.

Ich seh ihr voll in die Augen. *Ich war's nicht. Echt.*

»Ja.« Es klingt wacklig. Trotzdem. Es ist ein Ja.

»Bist du sicher?«, fragt Sebi. »Sollen wir es wirklich riskieren?«

»Haben wir denn eine Wahl?«

Ich versteh überhaupt nicht, wovon die reden. Weiche zurück, doch Carlos blockiert meinen Rückzug.

»Yuki?«, sagt er.

»*Ajataa* sind raus. *Galadriel* denkt immer noch über unseren Vorschlag nach. *Hades* kommt nicht infrage. Bleibt nur noch *Cargo44*. Mit ihnen wären wir immerhin acht Leute.«

Es dauert einen Moment, dann klickt es bei mir. Die *Black Lizzards* suchen Verbündete. Scheint ganz so, als bleibe nur eine Truppe übrig. Wir. *Cargo44*. Der schäbige Rest, auf den man angewiesen ist.

Carlos verlässt endlich seinen Posten hinter mir. Dafür baut er sich jetzt vor mir auf.

»Ich habe einen Vorschlag. Aber nur, weil Greti dir vertraut. Wenn du wissen willst, woher wir die netten Funkgerätchen haben, musst du deine Mannschaft überzeugen, sich mit uns zusammenzutun. Erst dann kommen wir ins Geschäft. Klar?«

Ich würde ihm gerne eine reinhauen. Aber das wär's dann wohl endgültig mit Greti. Darum schleiche ich ab wie ein Dieb, den man beim Klauen erwischt hat.

In meiner Zelle ist die Stimmung nicht besser als in der Zelle der *Black Lizzards*. Oli ist immer noch nicht da. Tessas und Marilisas Laune ist in tiefste Minusbereiche abgesoffen. Es gibt keinen passenden Moment, den ich abwarten könnte, um den Vorschlag der *Black Lizzards* an die Frau zu bringen. Also komme ich direkt zur Sache.

»Die *Black Lizzards* wollen sich mit uns zusammentun.«

»Du warst bei *denen?*«

Gleich explodiert hier wer. Entweder Tessa oder ich. Ich komme gerade aus einer Schlacht. Noch eine brauche ich nicht, um herauszufinden, was ich schon weiß. Ich hätte mich nie auf *dead.end* einlassen sollen.

Ich krieg das nicht auf die Reihe. Ich hau ab. An den Söldnern vorbei komme ich nicht. Es gibt nur einen einzigen anderen Weg nach draußen.

12. Juli. Militärareal Praditsch. Stollen 5.
13.20 Uhr. **Greti.**

Die *Cupid-Arcade*-Uniform ist nicht für Fabelwesen gemacht und trotzdem passt sie jetzt genau zu Aline, die entschlossen in unsere Zelle marschiert, eine Elfe auf Kriegspfad.

»*Hades* haben *Ajataa* eliminiert und aus unserem Team Jolandas Figur getötet. Ihr habt recht. Wir müssen uns verbünden. Wir sind dabei«, verkündet sie.

»Wir auch.«

Hinter Aline steht Tessa unter der Tür, mit Marilisa im Schlepptau. Ich halte vergeblich nach Mo Ausschau und merke zu spät, dass mich Tessa beobachtet. »Vergiss ihn«, sagt sie. »Können wir anfangen?«

Blitzschnell lenkt Sebi die Aufmerksamkeit von mir auf sich. »Gu… Gute Idee«, stammelt er. »Ich schlage vor, Yuki leitet unser Treffen. Es ist doch ein Treffen, oder?«

Mit einem verächtlichen Blick zieht sich Tessa an die Wand zurück, an der vor Kurzem Carlos gestanden hat, und nach einem Informationsaustausch unter Yukis Führung wissen wir, dass wir zusammen noch zehn Figuren im Spiel haben.

Bei *Cargo44* ist Oli ausgeschieden, bei *Galadriel* hat Jolandas Figur im Kampf gegen einen Spieler von *Hades* das Leben gelassen. Im Gegenzug haben *Cargo44* ein paar von *Hades* verletzt, was bedeuten könnte, dass die Gruppe nur bedingt kampffähig ist.

Armin von *Hades.* In meinem Unterbewusstsein regt sich etwas. Um herauszufinden, was an die Oberfläche will, klinke ich mich in meine T-Zone aus.

Ich bin auf dem Felsband, drehe mich nach meinem Verfolger um. Er ist schwarz gekleidet wie Spieler der Teams, wie unsere Bewacher. Ich friere das Bild ein, aber die Figur ist zu schemenhaft, um etwas zu erkennen. Sie hat in etwa Mos Größe, aber das haben viele andere hier auch. Es könnte Mo sein, es könnte einer der Sicherheitsleute sein, es könnte aber auch Armin sein. Warum bin ich nicht früher daraufgekommen? Ich suche die Bilder von gestern, scanne sie nach Armin ab und finde erst nichts. Dann entdecke ich ihn. Er macht nicht mit bei den Wetten für oder gegen Mo, sondern sitzt etwas abseits locker an einen Baum gelehnt. Seine Kleider sind schmutzig, auf seinem Gesicht liegt ein Grinsen, als wüsste er genau, was mit Mo los ist.

»Es war nicht Mo«, sage ich. »Das beim Wasserfall.«

Tessa schaut mich spöttisch an. »Das fällt dir etwas spät ein.«

»Mo?«, fragt Aline. »Wie kommst du denn auf den? Wo ist er überhaupt?«

»Nicht hier.« Tessas Tonfall macht allen klar, dass Nachfragen tabu ist. »Können wir jetzt besprechen, wie es weitergeht?«

Wir schließen einen Nichtangriffspakt, der vorerst für die laufende Mission gilt, vorausgesetzt, wir verraten *Galadriel* und *Cargo44,* wo wir die einzelnen Teile des Funksystems gefunden haben. Ziel ist es, uns gemeinsam zur verlorenen Stadt durchzuschlagen, den Informanten zu finden und *Hades* auszuschalten, bevor sie ihn kriegen und töten. Danach soll neu verhandelt werden.

Es ist, als hätte das Spiel nur darauf gewartet, dass wir uns miteinander verbünden. Kaum sind die Teams in ihren Zellen zurück und haben ihre Geräte angeschlossen, erscheint ein Symbol am unteren rechten Rand unserer Bildschirme. Wir klicken es an und finden einen Plan, auf dem eine geheime Waffenkammer eingezeichnet ist.

»Oh, Mann«, flüstert Carlos. »Endlich!«

»Moment«, sagt Yuki. »Da ist noch was.«

»Wo?«, fragt Carlos.

»Das Symbol links oben. Klick es an, dann erscheint so was wie eine Chatliste.«

Und was für eine! Sie umfasst 14 Namen, auch die der Mitglieder von *Hades*. Bevor ich etwas sagen kann, klingt Tessas Stimme aus dem Knopf in meinem Ohr. Sie gibt zwei der Codes durch, auf die wir uns bei der Besprechung geeinigt haben.

»Code 2. X4.«

Code 2 bedeutet ein Treffen, X4 die Zelle von *Cargo44.*

»Können wir endlich …«, beginnt Carlos ungeduldig, doch Yuki legt den Zeigefinger auf ihren Mund. Sie deutet uns an, die Mikrofone abzunehmen, sammelt sie ein und legt sie in den Schrank. Erst dann beginnt sie zu reden.

»Carlos und Greti, ihr bleibt hier und behaltet die Bildschirme im Auge. Lasst das Funksystem auf ON.«

»Ohne Mikros ist das …«

Carlos kommt schon wieder nicht dazu, seinen Satz zu Ende zu bringen.

»Mach, was ich dir sage«, unterbricht ihn Yuki leise, aber bestimmt.

»Was …?«

»Carlos!«

»Ist ja gut! Hab's kapiert. Ich halte meine Klappe.«

Kaum sind Sebi und Yuki aus der Zelle verschwunden, geht er zum Schrank. Ich fürchte, dass er sich die Mikrofone holen will, doch er kommt mit einer Dose Ravioli und einem Büchsenöffner zurück. Missmutig rammt er den Öffner in das Blech.

»Willst du auch?«

Ich schüttle den Kopf und beobachte weiter die Bildschirme, während Carlos die Pasta in sich hineinschaufelt. Namen verschwinden von der Liste und tauchen dann wieder auf.

»Keine Erfahrungspunkte, keine Möglichkeit, stärker zu werden oder sich bessere Waffen zu besorgen.« Carlos spießt eine Nudel auf. »Was ist denn das für ein Spiel?«

»Es ist sehr nahe an der Realität«, antworte ich. »Und es gibt zwar keine Erfahrungspunkte, dafür sind wir gerade für unsere Teamarbeit belohnt worden. Überleg mal. In dem Moment, wo wir alle miteinander verbunden waren, verriet das Spiel uns, wo die Waffenkammer ist.«

»Mmm …«, murmelt Carlos. »*Alle* bedeutet, dass auch

Hades im System ist. Deshalb waren ihre Namen auf der Liste. Die wissen, wo das Waffenlager ist.« Er knallt die Dose auf den Tisch. »Unsere Cracks basteln an irgendwas herum, während die *Hades*-Truppe schon längst auf dem Weg zur Waffenkammer ist. Komm, wir legen los.«

»Nein.«

Weil das Spiel so nahe an der Realität ist, erlaubt es keine Fehler. Verletzt man sich im Kampf, ist die Figur geschwächt. Stirbt sie, gibt es keine zweite Chance. Wenn Carlos und ich jetzt allein losstürmen und dabei auf bewaffnete *Hades*-Mitglieder treffen, sind wir erledigt. Wir müssen warten, bis Sebi und Yuki zurück sind. Das erkläre ich Carlos und bitte ihn, sein Gruselessen auf der Pritsche einzunehmen, wo er weit weg von der Tastatur ist und keinen Schaden verursachen kann. Er bleibt sitzen und richtet die Gabelspitze auf mich wie einen verlängerten Zeigefinger.

»Wir verlieren gerade mächtig viel Zeit!«

Fünf Minuten verrinnen; fünf Minuten, während denen sich Carlos' Miene immer mehr verfinstert. Als Sebi und Yuki endlich zurückkommen, ist er sogar für eine gehässige Antwort zu schlecht gelaunt. Er schweigt die beiden eingeschnappt an.

»Problem gelöst!« Sebi ignoriert Carlos' wütenden Blick und zeigt uns, wie man andere Spieler blocken kann, wie man mit allen spricht und wie man auf Privatmodus schaltet, wenn man nur mit ausgewählten Personen kommunizieren will. »Und jetzt hängt euch rein. Die haben einen ziemlichen Vorsprung.«

»Wirklich?«, fährt ihn Carlos genervt an.

Ich hole die Mikrofone aus dem Schrank. Auch wenn Carlos es zu weit treibt: Er hat recht. Wir liegen zurück. Es wird nicht einfach, ihn aufzuholen, und vielleicht hat *Hades* die Waffenkammer tatsächlich leer geräumt.

Wir steuern unsere Avatare aus den Zellen zu einem Treffpunkt im Hauptstollen, wo wir auf andere Figuren stoßen. Diesmal übernimmt Tessa die Führung.

Ich schalte mein Funksystem auf Privatmodus mit meinem Team. »Wo sind Oli und Mo?«, frage ich.

Auch Yuki geht auf Privatmodus. »Weg«, antwortet sie.

»Was heißt weg?«

»Na, weg halt«, murrt Carlos.

»Wo… Wohin?«

»Tessa und Marilisa wissen es nicht. Die sind ganz schön sauer. Kannst du etwas mehr Gas geben? Deine Figur fällt zurück.«

Ich bearbeite die Tasten, bin jedoch nicht ganz bei der Sache, weil mir etwas eingefallen ist. »Mo ist los, bevor *Cargo44* die Funksysteme installiert hat.«

»Ja und? Ist das wichtig?«

Ich sehe Mo, wie er auf dem Felsvorsprung erschöpft und zitternd gegen das Gestein lehnt, und ich begreife, was ich in meiner Wut auf ihn nicht begriffen habe: Es ist nicht die Kälte oder Angst vor dem Absturz; es ist eine panikartige Angst, die tief in ihm drinsitzt und ihn unlogische Dinge tun lässt, wie in unserer Zelle aufzutauchen und dann einfach zu verschwinden. Er ist ganz allein da draußen, ohne eine Verbindung zu seinem Team.

Etwas prallt gegen meine Stirn.

»Greti! Verdammt! Was soll das?«

Carlos' Gesicht gewinnt nur langsam an Schärfe.

»Ich …«

»Wir haben dich verloren. Komm schon!«

»Wo seid ihr?«

»Stollen 7, kurz vor der Abzweigung zu 8.«

Auf meinem Bildschirm ist es schwarz. Mein erster Gedanke ist, dass meine Figur ums Leben gekommen ist. Dann wird mir klar, dass ich einfach nur im Dunkeln stehe. Die anderen mit ihren Fackeln sind zu weit weg. Ich höre das Tropfen von Wasser, das schrille Quieken einer Ratte und Stimmen, die näher kommen.

»Ist das jemand von euch?«, flüstere ich.

»Wen meinst du? Wir sind alle auf dem Weg zum Waffenlager«, antwortet Sebi, ohne aufzusehen.

»Alle?«

»Ja.«

Einen Augenblick lang hoffe ich, es ist Mo, eine völlig unsinnige Hoffnung. Er ist weit weg von Computer und Tastatur und ist zudem nicht an unser Funksystem angeschlossen. Ich gehe die Möglichkeiten durch. Es gibt nur eine. *Hades* greift das schwächste Glied der Kette an. Mich. Warum ich sie hören kann, ist mir ein Rätsel. Es sei denn, sie haben uns ganz bewusst nicht geblockt.

12. Juli. Militärareal Praditsch. Ausgang C5. 13.35 Uhr. Mo.

Es ist genau wie im Spiel. Der gleiche Weg. Nicht alle Stollen sind beleuchtet. Ich schwitze wie ein Schwein. Die Paranoia hüpft neben mir her. Für sie ist das so was wie ein Ausflug ins Disneyland, für mich ein Trip durch die Hölle, untermalt von Musik, die mich an jemanden erinnert, den ich aus meinem Gedächtnis streichen wollte.

Irgendwo weiter hinten, in der Nähe von Stollen 12, habe ich beinahe gekotzt vor Angst. Bin trotzdem weitergegangen und hab's schon fast geschafft. Ich stolpere der Tür entgegen, durch die wir ins Jahr 2055 gegangen sind. Strecke meine Hand nach dem Riegel aus. Er ist zurückgeschoben, die Tür einen Spaltbreit offen. Erst denk ich, wir haben sie beim Zurückgehen nicht richtig verriegelt. Dann wird mir kalt. Wir waren gar nicht hier. Das waren nur unsere Figuren. Jemand anderes hat die Tür geöffnet!

Ich drücke meine Stirn gegen die Tür. Wenn es zischen würde, wäre ich nicht überrascht. In meinem Kopf kocht nämlich gerade was über. Ich warte, bis mein Puls nicht mehr bei jedem Schlag die Hirnmasse zum Vibrieren bringt. Ziehe an der Tür, die trotz des falschen Felsmaterials ziemlich schwer ist. Taumle nach draußen, vor die Höhle! Frische Luft weht mir ins Gesicht. Ich sauge sie tief in meine Lungen. Stehe da und warte, bis ich nicht mehr so stark zittere. Blicke auf einen steinigen, mit Bäumen gesäumten Hang, der in eine grasgrüne Wiese übergeht.

Ich lasse mir Zeit. Steige langsam ab und versuche, die Landschaft aus dem Jahr 2055 mit dieser Idylle zusammenzukriegen. Am Anfang habe ich Mühe damit, doch dann entdecke ich Dinge, die sich mir eingeprägt haben. Den kleinen Felsbrocken, der im Spiel aus der kargen Landschaft ragt wie ein Mahnfinger. Den Baum mit dem verkrüppelten Stamm. Die Kuhle im Gras, die im Spiel eine ausgetrocknete Senke ist. Genau die Kuhle, auf die Oli zugegangen ist, die Kuhle, in der er verschwunden ist. Sie hat im gleißenden Licht des Nachmittags so gar nichts Gefährliches an sich.

Wie ich den Hang hinunter auf den Bach im Tal zugehe, beginne ich zu pfeifen. Zeig meiner Paranoia, dass sie mich mal kann. *We all live in a yellow submarine, yellow submarine, yello sub…* Da sind Spuren im Gras, kurz vor der Kuhle. Um sie zu bemerken, muss man kein Naturfreak oder halber Indianer sein. Oli war hier. Vielleicht auch noch andere.

Mitten in der Vertiefung liegt eine Steinplatte, in der rotes Wasser in der Sonne glitzert. Ich geh näher ran. Das ist Blut, raunt die Paranoia. Und guck mal, darin schwimmt ein U-Boot.

Ich knie mich hin. Stütz mich mit den Händen auf die Platte. Kippe zur Seite, hinein in wunderbar riechendes

Gras. Direkt vor mir liegt etwas. Olis Augenbrauenpiercing. Ich zwinge meinen Blick weg, schaue in einen blauen Himmel, in dem sich Wolken drehen, und zähle auf zehn.

Es gibt bestimmt eine einfache Erklärung für den Blutsee und das Piercing. Oli war hier, hat sich auf den Stein gesetzt und ausgeruht. Vielleicht hat er sogar nachgedacht und kapiert, wie billig der silberne Ring an ihm aussieht, und nahm ihn ab. Dabei ritzte er sich aus Versehen die Haut auf. Aus der Wunde floss das Blut in die Einbuchtung des Steins. Oli hat eine Runde geflucht und ist dann zurück in die Zelle. Dort sitzt er jetzt und zockt sich mit meiner Figur durch das Jahr 2055, zusammen mit den anderen Teams, und hat so richtig Spaß daran, mich ausgebootet zu haben.

Ich will diesen Mist glauben. Es wäre mir sogar egal, wenn Oli mit meiner Figur spielen würde. Um sicherzugehen, dass alles in Ordnung ist mit dem Idioten, muss ich zurück in meine Zelle.

12. Juli. Militärareal Praditsch. Stollen 5. 14.00 Uhr. Greti.

Meine Figur ist unbewaffnet. Wenn *Hades* das Waffenlager gefunden hat, bin ich in einem Kampf chancenlos, selbst wenn Armin noch nicht voll einsatzfähig ist. Ich manövriere meinen Avatar tiefer in die Dunkelheit, hinein in einen Nebenstollen, den ich nicht kenne, und warte auf meine Verstärkung.

Ein flackerndes Licht nähert sich.

»Seid ihr das?«, flüstere ich.

Yuki wirft einen Blick auf meinen Bildschirm und schüttelt den Kopf.

Ich brauche ein Versteck! Im Halbdunkel suche ich eine rettende Nische. Sie entgeht mir beinahe, denn sie ist nicht mehr als ein schwarzer Schatten auf der rechten Seite des Stollens, ein Schatten, der mich vorübergehend schluckt und vor den Blicken des Feindes unsichtbar macht. Ich drücke meine Figur gegen die Wand, die keine ist, sondern nur ein weiterer Schatten. Mein Avatar strauchelt rückwärts in die Dunkelheit.

»Bin in Deckung«, melde ich.

»Okay.« Sebi schaut mich über seinen Bildschirm hinweg an. »Ein paar von uns sind unterwegs zu dir.«

Durch die Öffnung dringt Licht in mein Versteck. Drei Figuren laufen vorbei. Ich sehe ihre Umrisse, höre ihre Schritte. Und dann ihre Stimmen. Es sind keine programmierten Sätze, wie sie in anderen Spielen vorkommen, sondern genau das, was die drei da draußen reden. Sie bleiben stehen. Im Licht der Fackel erkenne ich die Leute von *Hades*. Mir fallen sogar ihre Namen ein. Der lange Hagere ist Pit, der eher kleine Breitschultrige heißt Georg, mit der dritten Figur habe ich ganz real in der Toilette nähere Bekanntschaft geschlossen, als mir lieb war. Der Einzige, der fehlt, ist Armin. Ich erinnere mich daran, dass die Kämpfer von *Hades* angeschlagen sind. Vielleicht ist Armins Figur zu stark verletzt und fällt für eine Weile aus.

Pit trägt in der einen Hand die Fackel, in der anderen hält er ein Schwert. Sandy hat sich gleich zwei davon umgehängt, während sich Georg mit einer Axt und einem Morgenstern eingedeckt hat.

»Hier ist nichts.« Sandys Avatar bleibt stehen. »Das Geräusch kam vielleicht von einer Ratte.«

»Möglich«, antwortet Pit. »Gehen wir zurück. Ich will endlich in die verlorene Stadt.«

Die drei Figuren entfernen sich. Ich muss meine Teamkollegen warnen, sonst laufen sie ihnen direkt in die Arme.

»Wo seid ihr?«, flüstere ich, nicht leise genug, denn …

Sandy dreht sich um.

»Was ist?«, fragt Pit.

»Ich hab was gehört.«

»Das hast du schon vorher geglaubt. Wir haben genug Zeit verschwendet.«

Sandy zögert. Sie kommt auf mein Versteck zu und bleibt mit dem Rücken zu mir stehen. Ich bilde mir ein, sie atmen zu hören, und verhalte mich ruhig. Über mir löst sich ein Stein aus der Wand, schlägt auf einer Ausbuchtung auf und fällt zu Boden.

Sandy wirbelt herum. Ich schnelle vor, springe sie an, schlinge meinen Arm um ihren Hals und ringe sie nieder. Sie hat keine Chance, an ihre Waffen zu kommen, aber sie ist stark. Es gelingt ihr, sich aus meinem Griff zu winden. Ich erwische eines ihrer Schwerter, ziehe es aus der Scheide und nehme Kampfstellung ein. Sie stürmt auf mich zu. Ich reagiere reflexartig, bearbeite die Tastatur rasend schnell. Trotzdem streift mich die Klinge von Sandys Schwert am Arm. Aus den Augenwinkeln sehe ich, dass Pit und Georg auf uns zurennen. Gleich steht es drei zu eins.

Ich weiche zurück, gehe in Abwehrstellung. Georg schwingt den Morgenstern und zwingt mich weiter in den Stollen hinein. Ich werfe mich auf den Boden, rolle mich unter seinem Mordgerät hindurch, schnelle hoch und hole aus. Mit aller Wucht lasse ich das Schwert durch die Luft sausen und treffe Georg an der Schulter. Der Morgenstern verliert an Schwung, dafür greift jetzt Pit in das Geschehen ein, der erst einen Platz für seine Fackel suchen musste. Sie steckt in einem Spalt in der Wand und wirft ihren Schein auf den Kampfplatz.

Mit lautem Gebrüll stürmt Pit auf mich los, die Schwertspitze auf meiner Brusthöhe. Ich ducke mich, ändere in einer schnellen Pirouette meinen Standort und schwinge gleichzeitig meine Waffe in Richtung Sandy. Volltreffer. Sie sinkt zu Boden und bleibt liegen.

»Verstärkung ist da!«, dröhnt es in meinen Ohren.

Aus der Dunkelheit taucht Carlos mit einer kleinen Gefolgschaft auf. Pit und Georg bemerken den kleinen Trupp um Carlos gleichzeitig mit mir. Sie lassen von mir ab, stürmen meiner Verstärkung entgegen, halten sie mit ihren Waffen auf Distanz und verschwinden aus dem Stollen.

»Mann!«, ruft Carlos. »Du hast sie erledigt.« Er bückt sich und greift nach Sandys Schwert.

Ich wende meinen Blick ab. Auf dem Boden liegt kein anonymes Wesen, sondern ein sehr echt aussehendes Abbild von Sandy. Jetzt, wo der Adrenalinschub verebbt, tritt die leblose Figur meiner eliminierten Mitspielerin ein Gefühlschaos in mir los.

»Es ist nur ein Spiel«, beruhigt mich Sebi. »Sandy sitzt zwei Stollen weiter an ihrem Computer und schäumt vor Zorn, weil sie ausgeschieden ist.«

Wahrscheinlich ist es so. Trotzdem nimmt mich die Geschichte mit. Es ist eine Sache, gegen gruselige Tiere, Mutanten, Außerirdische oder eine Armee zu kämpfen. Menschen niederzumähen, die man kennt, ist eine andere, auch wenn man sie nicht mag.

»Wir haben ein Problem«, meldet sich Aline. »Jolanda ist vor zwanzig Minuten weg und noch nicht wieder zurück.«

Jolanda? Ihre Figur ist tot, genau wie die von Oli. Als könnte Tessa Gedanken lesen, schaltet sie sich über das System in das Gespräch ein.

»Oli ist auch noch nicht aufgetaucht. Denkt ihr, da läuft etwas?«

»Was sollte schon laufen?«, fragt Carlos. »Wahrscheinlich machen beide einen auf beleidigt.«

Bei Oli kann ich mir das vorstellen, bei Jolanda nicht. Vielleicht ist es ja einfach Zufall, dass genau die beiden Spieler, deren Figuren tot sind, verschwunden sind. Und wenn nicht? Dann wird Sandy die Nächste sein. Ich muss sie warnen.

»Bin gleich wieder da«, sage ich und will aufstehen.

»Hast du sie noch alle?« Carlos knallt seine Hand auf den Tisch. »Du kannst jetzt nicht weg. Falls es dir entgangen ist: Das Spiel läuft in Echtzeit. Wir können es nicht anhalten, nur damit du irgendwas checken kannst.«

»Das Spiel dauert noch Stunden«, bringe ich zu meiner Verteidigung vor. »Wir werden unmöglich durchzocken können. Jeder von uns wird Pausen brauchen. Klo. Essen. Schlafen.«

»Sie hat recht«, rettet mich Yuki. »Wir müssen uns sowieso überlegen, was wir mit den Figuren machen, während ihre Spieler eine Auszeit brauchen.«

»Weicheier.« Carlos schnaubt verächtlich. »Ich zocke durch. Wahre Helden brauchen keinen Schlaf.«

»Wenn du umkommst, weil du dem Gegner im Halbschlaf in die Finger gerätst, darfst du mit meiner Figur spielen, während ich penne.« Sebi blinzelt mir zu. »Bring deine Figur zurück in die Zelle und ich passe auf sie auf.«

12. Juli. Militärgelände Praditsch. Stollen 4. 14.20 Uhr. Mo.

Oli sitzt nicht an seinem Computer.

»Wo ist er?«, frage ich.

Tessas Lippen bewegen sich, aber ich verstehe nicht, was sie sagt.

»Wo ist er?« Diesmal brülle ich.

Tessa legt ihre Hand auf so was wie ein Mikrofon an ihrem Kragen. »Noch nicht wieder da. Ich nehme an …«

Ich stolpere aus der Zelle, gehe zurück zum Hauptstollen und renne auf die Söldner bei den Gittern zu.

»Ich will raus!«

Einer, den ich noch nie gesehen habe, grinst mich an.

Ich rüttle an den Stäben. »Ich will Weymann sprechen. Du weißt schon, den Big Boss.«

Jetzt lacht er.

»Oder die Blonde.«

»Etwas mehr Respekt«, schnarrt er.

Respekt? Mann, mich reitet die Panik, die Paranoia schwingt die Peitsche und der redet von *Respekt?*

»Du weißt schon, die mit den hohen Absätzen und der strengen Frisur. Die … die …« Ich klammere mich an das Gitter. Der Name ist weg. Einfach weg. Er muss mir einfallen! Etwas mit P. Ja, genau. »Die Projektleiterin«, keuche ich.

Er klebt mir eine. Meine Wange brennt, in meinem Schädel surrt es. Zählen, ruft der Aggressionstherapeut aus einer Ecke meiner Erinnerung. Atmen. Zählen. Atmen. Ich krieg keine Luft.

Der Söldner lacht schon wieder. Ich atme nicht. Ich zähle nicht. Weil ich jenseits dieser nutzlosen Hilfskrücken angelangt bin, einem Ort völliger Umnebelung. Oder totaler Klarheit. Ich weiß es nicht. Ich weiß nur, dass ich dem Typen jetzt eine zurückkleben muss, wenn ich hier raus will. Also klebe ich ihm eine.

Zwei Sekunden später liege ich auf dem Boden, unter zwei Uniformierten, die keine Hemmungen haben, mich härter als nötig anzupacken. »Kleiner Scheißer, was denkst du, wer du bist?«, zischt mir der eine ins Ohr.

»Ich bin Gast hier und ich will mit Gastgeber Weymann sprechen«, krächze ich. »Oder mit seiner Stellvertreterin, der mit dem P. vorn.«

Einer der Söldner drückt mir seinen Stiefel auf den Rücken. Ich japse nach Luft.

»Helft ihm auf!«, befiehlt eine Stimme.

Ich werde hochgerissen. Erkenne auf der anderen Seite der Gitterstäbe den Psychodoc.

»Ich glaube, wir müssen uns unterhalten«, sagt er.

Ich starre ihn an. Direkt in seine dunklen Augen, in denen nichts ist. Gar nichts.

Einer der zwei Folterknechte öffnet die Tür. Ich spüre einen Stoß und knalle mit dem Kopf gegen das Eisen.

»Was …?«, beginnt der Psychodoc.

»Tut mir leid. Er hat das Gleichgewicht verloren.«

Ich verdrehe die Augen und lasse mich durch die Öffnung fallen. Der Psychodoc fängt mich auf. Ich stell mich bewusstlos.

»Krankenstation«, sagt einer der Söldner. Mit ein bisschen Schiss in der Stimme. Vielleicht hat er kapiert, dass er zu weit gegangen ist.

Ich werde hochgehoben und davongeschleift. Höre, wie der Psychodoc jemanden anruft und ihn bittet, zu Station 1 zu kommen. Was er sonst noch sagt, verstehe ich nicht, denn der Doc lässt sich zurückfallen.

In der Krankenstation legen mich die Söldner auf das Bett. Ich treibe mein Spiel zu weit. Lass die Augen zu lange zu. Der Doc durchschaut mich.

»Es reicht«, sagt er.

»Wo ist Oli?«, frage ich, die Augen immer noch geschlossen.

Er schweigt.

»Wissen Sie es nicht oder wollen Sie es mir nicht sagen?«

»Würdest du mir denn glauben?«

Scheißspiele. Genau deswegen hasse ich Psychodocs. Antworten immer mit Gegenfragen.

»Kommt auf die Antwort an.«

»Gut aufgehoben.«

Ich lache. Es klingt ein wenig irr.

»Er hat recht.«

Ich erkenne die Stimme sofort. Weymann. Der Big Boss

persönlich. Seine Hand legt sich auf meine Schulter, genau wie in der Kantine. Sie wiegt noch schwerer als letztes Mal.

»Ich entschuldige mich für das unkorrekte Verhalten der Sicherheitsleute.«

Ich öffne die Augen. Er sieht aus, als meine er es ernst. Aber ich traue ihm nicht.

»Wo ist Oli?«

»Wir haben ihn aus dem Spiel genommen. Er ist bei den anderen Ausgeschiedenen.«

»Das ist gegen die Regeln.«

Weyman legt die Hand ans Kinn. »Stimmt.«

»Aber …?«

»Oliver hat sich leider quergestellt. Er wollte nicht akzeptieren, dass man in diesem Spiel nur ein einziges Leben hat.«

Das klingt ganz nach Oli.

»Und das Blut?«, frage ich. »Warum ist dort draußen Blut.«

»Wovon redet er?«, fragt Weymann den Psychodoc. Als wäre ich nicht hier. Als könnte er mich das nicht selbst fragen.

»Ich glaube, er fantasiert«, antwortet der Doc. »Er wirkt schon eine Weile angespannt und nervös. Seit seinem vermeintlichen Unfall in der Ostzone noch mehr.«

»ICH BIN VERDAMMT NOCH MAL HIER!«, schreie ich. »Ich bin ansprechbar und fantasiere nicht. Und ich hatte keinen vermeintlichen, sondern einen richtigen Scheißunfall. Wenn es denn ein Unfall war.«

Das Herumschreien war ein Fehler.

»Ich gebe ihm etwas, das ihn beruhigen wird«, sagt der Psychodoc.

Ich will mich nicht beruhigen. Ich will Antworten auf meine Fragen! Ich versuche aufzustehen, aber der Doc hält mich zurück. Zusammen mit Weymann drückt er mich auf das Bett. Hinter ihnen taucht eine Schwester auf. Ich habe keine Chance. Trotzdem bäume ich mich auf. Schreie, so laut ich kann. Fühle den Einstich. Verliere die Kraft. Tauche in Watte. Das Letzte, was ich sehe, ist meine grinsende Paranoia. Sieg, sagt ihr Blick.

12. Juli. Militärareal Praditsch. Hauptstollen. 14.30 Uhr. **Greti.**

Der Lärm am Gitter war nicht zu überhören, doch es dauerte eine Weile, bis ich in dem Knäuel von Menschen Mo erkannte. Statt ihn zu beruhigen, behandelten ihn die Sicherheitsleute wie einen gefährlichen Kriminellen. An der Abzweigung zu Stollen 1 standen alle vier Mitglieder von *Hades* und beobachteten die Szene. Selbst aus der Entfernung erkannte ich ihre Schadenfreude. Und ich hatte mir Sorgen um Sandy gemacht! Ich hätte es besser wissen müssen.

Als sie Mo wegtrugen, wurde mir übel. Ich ging zu den Toiletten, wo ich mich in einer Kabine verkroch. Seither sitze ich auf einem zugeklappten Klodeckel, presse meine Hände gegen die Schläfen und versuche zu begreifen, was ich gerade gesehen habe. Es geht nicht. Ich finde keinen Grund, der die Brutalität gegenüber Mo rechtfertigt.

Da ich mich nicht ewig im Klo verstecken kann, klopfe ich mit meinen Händen gegen die Wangen, um ihnen ein bisschen Farbe zurückzugeben, fahre mit der Zunge über meine trockenen Lippen und verlasse etwas zittrig die Kabine. Fast gleichzeitig mit mir öffnet jemand die Klotür neben meiner. Ich drehe meinen Kopf und erkenne Sandy, die auf mich zuschießt. Zu verblüfft, um rechtzeitig zu reagieren, bin ich eine leichte Beute für sie.

Sandy wirft sich auf mich und reißt mich zu Boden. Ich pralle hart auf und bleibe auf dem Rücken liegen. Sie nutzt meine Schwäche aus, setzt sich auf mich und zerrt meinen Kopf an den Haaren in die Höhe. Ich schreie vor Schmerz auf.

»Du hast mich umgebracht, du Schlampe!« Ihre Augen sind dunkel vor Zorn, ich fühle ihren Atem auf meinem Gesicht. »Wir erledigen euch. Jeden Einzelnen.«

Mit aller Kraft, die in mir steckt, fahre ich hoch und schlage meinen Kopf gegen ihr Gesicht. Sie heult auf. Der Druck auf meine Arme, die sie mit ihren Knien fixiert hat, lässt nach. Ich winde mich, strample mich frei. Auch sie strampelt, trifft mich mit Fußtritten. Ich rolle mich aus ihrer Reichweite und rapple mich hoch. Sie streckt ihre Arme aus, erwischt mich beinahe, aber nur beinahe. Ich öffne die Tür und taumle aus dem Klo.

Draußen stehen grinsend die Sicherheitsleute. Ich gehe direkt auf sie zu, blicke in Gesichter, die mir verraten, dass sie genau wissen, was sich da drin gerade abgespielt hat. Im letzten Moment weichen sie mir aus. Ich komme unbehelligt an ihnen vorbei und es gelingt mir, aufrecht und ohne zu wanken den Gang hinunterzugehen. Bei Stollen 4 biege ich ab marschiere direkt in die Zelle von *Cargo44*.

»Was ist mit Mo los?«, frage ich.

Tessa und Marilisa schauen mich an wie einen Geist.

»Hat er dich so zugerichtet?«, fragt Tessa.

Das hätte sie wohl gerne. Ich schüttle den Kopf. »Ist Oli zurück?«

»Wieso? Ist das der Nächste von uns, an den du dich ranmachen willst?«, zischt Marilisa.

Ich dachte, wir spielen diese Mission zusammen, aber da habe ich wohl falsch gedacht. Wortlos ziehe ich mich zurück.

Aus dem Kratzer in meinem Gesicht rinnt Blut. Ich tupfe es weg und hoffe, das ist die einzige Spur, die Sandy in meinem Gesicht hinterlassen hat. Als ich in den Hauptstollen einbiegen will, sehe ich sie, zusammen mit einem der Sicherheitsmänner, und warte, bis sie außer Sichtweite sind. Erst dann gehe ich weiter, zurück in Stollen 5, zu meinen Teamkollegen.

Sebi macht ein riesiges Theater um den Kratzer und hört erst auf, als Carlos ihm sagt, dass ich nicht tot bin, ja, nicht einmal schwer verletzt.

»Wer war das?«, fragt Yuki.

»Sandy.«

»Das ist doch die, die du plattgemacht hast!«, ruft Carlos. »Nun, wie du siehst, ist sie noch ganz schön fit. Könntest du dich jetzt endlich wieder an den Computer setzen und …«

»Wenn du nicht wissen willst, was passiert ist, ist das deine Sache«, unterbricht Sebi Carlos. »Mich interessiert es.«

Ich erzähle von Mos Ausraster am Gitter und von Sandys Angriff.

Carlos zuckt mit den Schultern.

»Ein paar drehen durch, ein paar spielen falsch und ein paar reagieren wie die Diven«, sagt er. »Mann, ist doch klar! Wir sind seit Stunden in diesem Loch eingesperrt, zocken nonstop. Checkt ihr, was das bedeutet?«

»Du wirst es uns bestimmt gleich verraten«, murmelt Sebi.

»Dieses Spiel ist genial. Es ist wie *24 Stunden*. Wir sind Jack Bauer und Co, wir killen die Bösen und befreien die Guten. In Echtzeit. Da geht es darum, die Nerven zu behalten. Wer durchdreht, hat verloren.«

Bevor er weitere Seitenhiebe auf Mo abfeuern kann, lenke ich seine Aufmerksamkeit zurück auf *dead.end*. »Was ist mit dem Waffenlager?«

Die Frage beendet seinen Höhenflug. »Haben wir noch nicht gefunden«, brummt er.

Wir sind also immer noch im Berginnern, ohne Waffen und ohne Plan, wie wir in die verlorene Stadt gelangen. Und die Ersten von uns beginnen, ganz real durchzudrehen.

IM INNERN VON DEAD.END.

12. Juli. Militärgelände Praditsch.
Gebäudekomplex B. Überwachungszentrale.
14.45 Uhr.

»Was zum Teufel sollte das?«

»Der … Der Junge hat die Nerven verloren.«

»Das habe ich bemerkt. Von Ihnen als Fachmann erwarte ich eine präzise Diagnose, keine Allgemeinplätze.«

»Klaustrophobie. Gruppenkoller. Wahnvorstellungen. Wir haben solche Reaktionen vorhergesehen, speziell bei Mo Zanetti.«

»Was ist mit diesem Oli? Von welchem Blut spricht Mo?«

»Das … Das müssen Sie Sven Frick fragen. Ich bin nur der …«

»… Psychologe. Schon gut. Dann Sie, Frick.«

»Wir haben ihn beobachtet, wie er durch die Stollen gegangen ist, den gleichen Weg wie seine Figur. Er hat Ausgang C5 genommen. Dort haben ihn unsere Kameras verloren.«

»Und die Signale?«

»Kommen von einer Stelle im Hang unter dem Ausgang.«

»Kann ich die Aufnahmen sehen? Und, Frick, wenn wir gerade von Aufnahmen sprechen: Löschen Sie die unschöne Szene am Gitter.«

»Da ist ein Anruf für Sie.«

»Nicht jetzt, Rahel!«

»Er besteht darauf.«

»Wer?«

»Ihr Gewissen.«

»Wie bitte?«

»Der Mann behauptet, er sei *Ihr Gewissen.*«

»Geben Sie ihn mir. – Ja?«

»Du kannst dir die Suche nach dem Jungen sparen.«

»Wer sind Sie?«

»Das weißt du.«

»Was soll das?«

»Das könnte ich dich fragen. Du hast das Projekt durchgezogen, trotz aller Warnungen.«

»Hanspeter?«

»Ich habe Oliver Kleinmann.«

»Haben Sie nicht. Er sitzt vor einer Felswand auf der grünen Wiese und hadert mit seinem Schicksal.«

»Ach, Edgar. Du fällst auf deine eigenen Tricks herein und hörst auf die falschen Leute. Womit wir beim Grund meines Anrufs sind: Zieh deine Privatarmee ab und mach aus dead.end *das, was es einmal war: ein Spiel.«*

»Finden Sie das lustig?«

»Nein. Mir ist es todernst. Keine weiteren Experimente. Du schenkst den Jungs und Mädels ein einmaliges Spielerlebnis und niemand wird erfahren, was du getan hast.«

»Vergessen Sie es.«

»Ich habe zwei Geiseln, und wenn du dich nicht an die Bedingungen hältst, wird es schon bald mehr geben.«

»Zwei Geiseln?«

»Oliver Kleinmann und Jolanda Studer. Ich gebe dir ein wenig Zeit, damit deine Armee das überprüfen kann.«

»Sie verd…«

»Schon gut. Schenk dir das. Ich melde mich wieder. Bis dann nimmst du Mo aus dem Spiel.«

»Frick, wo ist Jolanda Studer?«

»Jolanda Studer? Die ist in … Was zum Teufel macht die in Stollen 14a?«

»Schicken Sie Ihre Männer los. Ich will wissen, ob Oliver und Jolanda wirklich dort sind, wo ihre Signale herkommen. Oder ob der verfluchte Mistkerl euch ausgetrickst hat.«

»Welcher Mistkerl?«

»Mein *Gewissen.* Suchen Sie die beiden. Jetzt gleich. Und geben Sie mir umgehend Bescheid, wenn Sie sie gefunden haben. Ist Mo noch auf der Station?«

»Ja.«

»Lassen Sie ihn dort, bis er wieder richtig aufgewacht ist. Und dann bringen Sie ihn zurück ins Spiel.«

Weymann geht in den abhörsicheren Nebenraum, wo er mit zitternden Fingern die Kurzwahl für seinen Anwalt in sein Handy tippt. »Jörg? Du musst sofort herkommen. Wir haben ein Problem.«

DANACH.

4. September. Free World TV.
20.18 Uhr. **Carlos.**

»Es war voll abgedreht. Wir waren da, im Spiel und ganz real. Okay, in den Hauptstollen und den meisten größeren Nebenstollen gab es Neonlicht, aber in die kleineren mussten wir mit Taschenlampen. Ich schwöre, da waren Fledermäuse oder sonst welche Viecher. Je länger wir spielten, desto stärker wurde der Psychoterror. Mann, ich fand das total cool. Vielleicht habe ich deshalb erst viel zu spät gemerkt, worum es wirklich ging, wer der wirkliche Feind war.«

»Der wirkliche Feind?«, fragt Mick.

Meine Kopfhaut juckt. Ich kratze mich und kann beinahe nicht mehr aufhören, weil es immer weiterjuckt. Wir hatten ja keine Ahnung. Na ja, vielleicht schon, aber ehrlich gesagt wollten wir es gar nicht so genau wissen. Ich glaube, irgendwie vertrauten wir darauf, dass *Cupid Arcade* die Sache voll im Griff hat. Viel zu lange dachten wir, es gehöre alles zum Spiel, was passierte. Und als wir merkten, dass wir falsch lagen, war es zu spät.

Ich schaue in die Kamera, dem Feind in die Augen. Er

sieht meine, ich seine nicht. Keine Ahnung, warum er mich noch nicht abgeschossen hat, worauf er wartet. Irgendwas hält ihn zurück, und wenn ich es mit Verstand angehe, bleiben die Lichter noch eine Weile an.

Das ist gar nicht so einfach. Hirnakrobatik war nie meine Stärke. Ich bin ein Draufgänger. Falsch. Ich war ein Draufgänger. *Dead.end* hat mich erledigt.

Was ich in diesem Moment bin, weiß ich nicht. Wahrscheinlich eine Art Kamikaze-Flieger. Aber sogar so einer stürzt sich nicht einfach vom Himmel. Er rast konzentriert auf sein Ziel zu. Mein Ziel ist es, meine Geschichte zu Ende zu erzählen. Wenn ich zu schnell bin, glaubt mir kein Mensch. Wenn ich zu langsam bin, kippen die mich aus der Leitung. Für den Volltreffer brauche ich die richtige Geschwindigkeit. Mann, ich kann das nicht. Ich wünschte, Yuki wäre hier. Tatsache ist, ich habe keinen Schimmer, wo sie ist. Ist alles kaputtgegangen nach *dead.end*. Ich muss mich auf meinen Instinkt verlassen. Der Joker in meinem Kopf verzieht den Mund zu einem hämischen Grinsen und kichert. *Instinkt.* Ich habe keinen mehr, nur noch den Willen zur Wahrheit.

»Hör einfach zu, Mick«, sage ich. »Ich erzähle, du stellst deine Lauscher auf und der da drüben filmt. Okay?«

Micks Hals läuft rot an. Die Farbe arbeitet sich nach oben, erreicht seine Wangen. »Okay«, sagt er. »Aber …«

Ich lass ihn nicht ausreden. Nicht jetzt. Jetzt geht es um alles.

»Es war Mo, der als Erster kapiert hat, was läuft«, beginne ich meinen Kamikaze-Flug.

MOS MISSION.

12. Juli. Militärareal Praditsch. Gebäudeblock C. Krankenstation. 15.30 Uhr. **Mo.**

Es ist gar nicht so übel in dieser Wattewolke. Fast ein wenig wie auf einem Trip. Vielleicht sollte ich einfach weiterschlafen. Oli ist in Sicherheit. Das hat Weymann gesagt. Alles in Ordnung mit den anderen. Ich bin derjenige mit der Fehlfunktion. Der Typ, der nicht mehr zwischen Spiel und Realität unterscheiden kann. Genau wie Sascha.

Wir hatten drei Tage durchgezockt. Kaum geschlafen. Zu wenig gegessen, zu viel getrunken. Saschas Mutter kam ins Zimmer. Sie sah die Unordnung, roch den Gestank und flippte aus. So, wie Mütter halt manchmal ausflippen, nichts Besonderes, das Übliche. Sascha packte das Messer auf der Tischplatte und stand auf.

»Leg das weg!«, befahl seine Mutter. »Du weißt, wie ich es hasse, wenn du mit diesen Dingern spielst.«

»Ich spiele nicht«, sagte Sascha und klang gar nicht wie Sascha. »Hau ab, du Schlampe!«

Da tickte seine Mutter wirklich aus. Schrie, dass wir alle sofort gehen sollten. Auf jeden Fall denke ich, dass sie so was schreien wollte, denn sie kam nicht mehr dazu, den

Satz zu beenden. Sascha ging auf sie los. Ich wusste sofort, das war keine Show. Saschas Sicherungen waren rausgeknallt, das fühlte ich. Und ich weiß noch, wie ich dachte, dass sie vielleicht wieder einrasten, wenn er mich vor sich hat statt seiner Mutter. Ich ging dazwischen. Er schlitzte mir die Seite auf. Seine Sicherungen sprangen erst zurück in die Halterung, als ich am Boden lag, blutend wie eine abgestochene Sau, und vor Schmerzen brüllte. Ich kam ins Krankenhaus. Sascha in die Psychiatrie. Dort blieb er eine ganze Weile. Als er rauskam, zog seine Familie um. Ob es Sascha geholfen hat, weiß ich nicht. Habe ihn nicht mehr gesehen. Mir blieb die Narbe. Und die Paranoia.

Was, wenn ich bin wie Sascha? Wenn ich einfach nicht sehe, wie die Dinge wirklich sind? Wenn ich das Gefühl für das Echte verloren habe? Ich erinnere mich, wie ich gestern draußen im Gelände alles immer wieder als Spiel gesehen habe. Vielleicht war das Blut vorhin gar kein Blut, sondern nur eine Wahnvorstellung von mir. Denn: In Blutlachen schwimmen keine U-Boote.

Ich zwinge mich aus der Wattewolke. Sehe die Betten um mich herum. Alle leer. Ich bin allein. Die anderen spielen, haben ihren Spaß. Und ich einen Knall. Kein Wunder, dass Tessa und Marilisa wütend auf mich sind. Sie werden die Nächsten sein, die im dead.end landen. Da nützt Tessas Draht nach oben nichts. Zu zweit haben die Mädchen keine Chance. Ich hab sie im Stich gelassen. Ich bin genauso ein Arsch wie Oli. Vor allem bin ich ein ziemlich kaputter Arsch.

Eigentlich müsste ich mir vom Psychodoc helfen lassen.

Das Problem ist, ich trau diesen Typen nicht. Ich trau niemandem. Und niemand traut mir. Nicht mal meine Mam, obwohl sie so tut, als ob. Sie rennt hinter meinem Rücken zu Steve und bittet ihn, die Dinge in Ordnung zu bringen. Was er dann versucht.

Und plötzlich wird mir was klar. Steve ist der Einzige, der mich nach der Sache mit Sascha weder mit Samthandschuhen angefasst hat wie meine Mam noch wie einen Loser behandelt hat wie meine Freunde. Er ist mir auch mit keiner Psychologie gekommen, sondern war einfach da. Hat gemeint, ich werde meinen Weg schon finden. Wenn der Zeitpunkt komme, wisse ich, was zu tun sei. Ich fand das immer total peinliches Geschwätz. Aber jetzt ist er da, dieser Zeitpunkt, von dem Steve gesprochen hat, und ich weiß genau, was ich tun muss, wenn ich mich nicht ganz verlieren will.

Ich schwing mich aus dem Bett. Meine Füße haben noch nicht einmal den Boden berührt, da kommt auch schon die Schwester durch die Tür. Zufall, rede ich mir ein. Überwachungskameras, raunt die Paranoia. Zufall, antworte ich ihr. Wenn du meinst. Die Paranoia verzieht sich.

»Was ist Zufall?«, fragt die Schwester.

Ich muss meine Gedanken laut ausgesprochen haben. Ein Zeichen dafür, wie abgedreht ich ticke.

»Nichts«, antworte ich. »Ich muss mal.«

Sie lächelt. Keine Ahnung, wieso.

»Rechts den Flur hinunter, die Toiletten sind ganz am Ende.«

Ich nicke. Schaue auf die Schuhe, die sie mir ausgezogen haben, als ich im Watteland war, und frage mich, ob ich es riskieren kann, sie anzuziehen. Ich muss. In Socken flüchten ist in diesem Gelände unmöglich. Also schlüpfe ich rein, binde sie aber nicht zu. Mir ist ein wenig schwindlig. Liegt wahrscheinlich an dem Zeug, das sie mir gespritzt haben.

Im Flur draußen schaue ich mich unauffällig um. Ich entdecke drei Kameras. Keine Chance, durch eines der Fenster abzuhauen. Also schlurfe ich langsam den Flur entlang, taumle ein bisschen, stolpere über die Schnürsenkel, fahre mir mit der Hand über die Stirn. Bevor ich die Toilettentür öffne, stütze ich mich schwerfällig auf die Klinke. Wenn ich nicht gleich wieder rauskomme aus dem Klo, werden die Jungs in der Kommandozentrale denken, ich brauche ein wenig Erholung.

Für einmal habe ich Glück. Ich erwische eine Kabine mit einem Fenster. Winzig klein, aber für meine Zwecke reicht es. Ich binde mir die Schuhe. Pinkle in die Schüssel und öffne gleichzeitig mit der linken Hand das Fenster. Schließe meine Hose, stelle mich auf den Klorand und schaue nach draußen. Wenige Meter hinter dem Gebäude beginnt der Wald. Wenn ich es bis in den Schutz der Bäume schaffe, können die mich lange suchen. Ich betätige die Spülung und nutze den Lärm, um mich durch die Öffnung zu drücken. Für eine elegante Landung bleibt keine Zeit. Kopfüber lasse ich mich nach unten fallen, fange den Sturz mit den Händen ab, schlage hart auf. Stemme mich hoch, sprinte über die offene Fläche und werfe mich ins Dickicht.

Mir bleiben höchstens fünf Minuten, bis meine Bewacher Lunte riechen und nach mir sehen.

Auf der rechten Seite lichtet sich der Wald, links von mir wird er dichter. Ich entscheide mich für die linke Seite, obwohl ich dort weniger schnell vorankomme. Dafür kann man mich auch weniger gut entdecken.

Ohne wirklichen Fluchtplan kämpfe ich mich durch das Unterholz, weiter und weiter in den Wald hinein, und hoffe, dass ich irgendwann auf eine Straße oder wenigstens einen Weg stoße. *Hänsel und Gretel verliefen sich im Wald.* Ich bin Hänsel. Gretel habe ich zurückgelassen. Der Gedanke an Greti lenkt mich einen Augenblick lang ab. Ich stolpere über eine Baumwurzel, schlittere in eine Senke und bleibe liegen.

Irgendwas ist hier faul. Ich höre nur mein Keuchen, sonst nichts. Sind die nicht hinter mir her oder suchen die mich gar nicht? Ich zwinge mich hoch und stolpere weiter, einen Abhang hinunter. An seinem Fuß wächst dichtes Gebüsch. Dort unten muss ein Waldweg sein. Ich rutsche den Hang hinunter. Zwänge mich durch das Gestrüpp und fange mir dabei ein paar weitere Kratzer ein. Nicht wichtig. Ich bin tatsächlich auf einen Weg gestoßen!

Ich hab's geschafft. Das ist das Letzte, was ich denke, bevor ich von der Seite angefallen und zu Boden geworfen werde. Mein Gesicht klebt auf Kieselsteinen. Ich erkenne schwarze Stiefel und schwarze Hosen. Höre Fricks Stimme.

»Bringt den kleinen Scheißer zurück.«

Ich habe verloren.

Verloren zu haben ist das eine. Erledigt sein das andere. Das wird mir klar, als ich dem Big Boss gegenübersitze. Ich erkläre ihm, dass ich raus bin. Wie Oli. Weymann macht mir unmissverständlich klar, wer bestimmt, wann ich raus bin und wohin ich gehen darf. Hält den beschissenen Vertrag in die Höhe. Und dann droht er mir. Legt den Finger auf den Paragraphen mit der Geldstrafe, die fällig wird, wenn man sich nicht an die Regeln hält. Ich bin so fertig, dass ich lache.

Weymanns kantiges Kinn wird noch kantiger. Er muss seine Zähne verdammt hart zusammenbeißen, um das hinzubekommen. Von seinem lockeren Getue ist nichts übrig. Das kann an mir liegen, aber ich denke, da ist noch mehr. Um so einem Typen die Party zu verderben, braucht es mehr als einen Irren wie mich.

»Ich weiß, dass du Tessas schmutziges kleines Geheimnis kennst«, sagt er mitten in mein Lachen und nimmt mir damit meinen größten Trumpf. »Wenn du wolltest, könntest du mir gefährlich werden.« So, wie er mich ansieht, hat er etwas in der Hand, das mich davon abhalten wird, ihm *gefährlich zu werden.* »Ich höre, du willst Informatik studieren? Das ist doch das gleiche Feld, in dem auch der Partner deiner Mutter arbeitet, oder nicht?«

Ich verstehe. Wenn ich nicht tu, was er sagt, kann er uns beide erledigen, Steve und mich. Was dann passieren kann, habe ich bei Paps erlebt.

»Ich schlage vor, du gehst zurück zu den anderen.«

Ich könnte jetzt fragen, welche anderen. Die Ausgeschiedenen, die irgendwo in einer Unterkunft hocken und darauf warten, dass *Operation Countdown* beendet ist, oder die Zocker. Mach ich nicht. Weil es sinnlos wäre.

Auf dem Weg zu den Stollen schlägt der Blitz in meinen Kopf. Mir ist jetzt klar, warum die immer genau wissen, wo wir sind, selbst dort, wo es keine Kameras gibt.

MISSION VIER.
DIE VERLORENE STADT.

12. Juli. Militärareal Praditsch. Stollen 5.
15.45 Uhr. **Greti.**

Ich spiele, doch ich bin nicht bei der Sache. Mo geistert durch meine Gedanken, während wir die Trümmer zum Eingang des Waffenlagers beiseiteräumen, den *Hades* gesprengt haben.

Unter der Führung von Carlos und Tessa bewaffnen wir unsere Avatare bis auf die Zähne und ziehen los in Richtung Ausgang E4, jenen Weg aus dem Berg, den *Galadriel* gefunden hat. Wir denken, dass wir dort die besten Chancen haben, unbemerkt aufzutauchen. Vor allem ist er von all den Ausgängen, die wir kennen, jener, der der verlorenen Stadt am nächsten ist.

Unser Rückstand auf *Hades* ist durch die lange, erfolglose Suche nach dem Waffenlager ziemlich groß geworden. Sie werden den Informanten vor uns treffen, ihn aushorchen und dann umbringen. Die einzige Chance, die wir haben, *Hades* noch vor ihrer Begegnung mit dem Informanten abzufangen, sind die ausgemergelten Krieger aus dem Jahr 2055, durch deren Land sich *Hades* nach Sandys Tod zu dritt in die verlorene Stadt kämpfen muss.

Das ist eine sehr kleine Kampftruppe gegen einen übermächtigen Feind, nicht zuletzt, weil Armin wahrscheinlich immer noch geschwächt ist.

Wir erreichen E4 ohne größere Probleme. Carlos und Tessa öffnen die Tür und schauen sich um. Auf ein Zeichen von ihnen rennen wir durch eine Gruppe blattloser Bäume zu einem Steinwall. Er ist die einzige Deckung weit und breit. Was immer es an Leben und Vegetation gab, ist verdorrt oder verbrannt. 2055 ist ein beklemmend öder Ort, gnadenlos real wiedergegeben von der Computergrafik.

»Späher, seid ihr bereit?«, fragt Carlos.

Aline und Yuki, die die Rolle der Kundschafterinnen übernommen haben, senden ein deutliches Ja durch das Funksystem.

»Dann los!«, befiehlt er.

»Passt auf, wo ihr hintretet«, warnt Tessa. »Oli ist einfach im Boden verschwunden. Unsere Zombies scheinen Meister im Fallenbauen zu sein.«

»Alles klar.« Aline bewegt ihre Figur zu einer Senke. Yuki folgt ihr. Wir anderen warten, bis wir von den Späherinnen ein Zeichen erhalten, und sprinten dann zu ihnen hinüber.

Bei Spielen mit mehreren Leben kann man eine ganze Menge riskieren. *Dead.end* funktioniert anders. Weil man um die Vergänglichkeit seiner Figur weiß, spielt man konzentrierter, handelt vorsichtiger.

Während ich in Lauerstellung liege und darauf warte, von den Späherinnen grünes Licht für die nächste Wegstrecke zu bekommen, überlege ich mir, was das für die fertige Version von *dead.end* bedeutet.

Wenn die Spieler nicht mehr in einem unterirdischen Labyrinth in einer Zelle sitzen, wenn keine Sicherheitsleute ihre Runden drehen und Ausgänge versperren, wenn der ganze Nervenkitzel rundherum fehlt, dann ist *dead.end* einfach ein Spiel, bei dem man ganz von vorn anfangen muss, sobald die Figur umkommt. Das ist nicht spannend, sondern einfach nur langweilig und frustrierend. Es sei denn, diese Option ist nur in unsere Testversion eingebaut, um den Wettbewerb um den Sieg spannender zu machen.

Yuki winkt. Ich will meine Figur zum nächsten Versammlungspunkt lenken, doch eine schneidende Stimme hält mich zurück. Es ist Tessa, die vergessen hat, auf Privatmodus umzustellen.

»Ach, der Herr bemüht sich auch wieder einmal hierher.«

Ich habe keine Ahnung, ob sie damit Mo oder Oli meint, denn die Antwort wird von einer lauten Stimme übertönt. Armins Stimme.

»An die Schlampe von *Black Lizzards*. Was hast du mit Sandy gemacht?«

Ich werfe einen Blick auf die Namenslisten. Die Mitglieder von *Hades* sind geblockt, was sie von unserem Funkverkehr ausschließt. Sie müssen sich entschieden haben, die Blockade einseitig aufzuheben.

Yuki schüttelt den Kopf. »Nicht antworten«, flüstert sie.

Wenn sie Armin auch gehört hat, hat er entweder unser ganzes Team oder alle Spieler freigeschaltet.

Ich muss wissen, was mit Sandy ist! Deshalb hebe ich die Blockade gegen *Hades* auf.

»Ich habe nichts mit Sandy gemacht. Sie hat mich angegriffen. Genau wie du, oben in der Höhle beim Wasserfall.«

»Wovon zum Teufel redest du, Schlampe? Ich hab dich nie berührt. Bist nicht mein Typ. Und jetzt sag mir, wo Sandy ist.«

»Warum?«

»Weil sie verdammt noch mal weg ist. Wir haben sie nicht mehr gesehen, seit sie dir aufs Klo gefolgt ist.«

Sie ging nicht zurück in ihre Zelle, sondern lief mit einem der Sicherheitsbeamten in Richtung Stollenlabyrinth. Ich hätte sie daran hindern sollen, egal, wie wütend ich auf sie war. Ich hätte meinen Verdacht nicht beiseiteschieben sollen. Ich hätte auf meine Ahnung hören sollen. Ich …

Meine Gedanken rasen, doch bevor ich Alarm schlage, muss ich Gewissheit haben.

»Tessa, wer ist bei euch wieder da?«, frage ich.

»Mo. Er behauptet, Oli sei ausgeschieden.«

»Kann er gar nicht. Es scheiden nur ganze Teams aus«, antwortet Yuki.

»Weymann hat Mo gesagt, sie hätten ihn aus dem Spiel genommen, weil er sich zu heftig gegen die Regeln aufgelehnt hat.«

Weymann ist der Herr über das Spiel. Der Vertrag, den wir unterschrieben haben, gibt ihm das Recht dazu, selbst wenn die Spielregeln anders lauten. So, wie Oli sich aufgeführt hat, ist Weymanns Erklärung im Fall von Oli nachvollziehbar, nicht aber im Fall von Jolanda.

»Hat Mo Oli oder Jolanda gesehen?«, frage ich. »Bei oder nach seinem Gespräch mit Weymann.«

Tessa verneint.

Ich sperre *Hades* wieder aus meinem Funksystem, lege mein Mikro und den Kopfhörer auf den Tisch und bitte Yuki, meine Figur für eine Weile zu übernehmen. Wir bewegen uns im Moment sowieso nicht gleichzeitig.

»Und wenn wir angegriffen werden?«, fragt Sebi.

»Dann lassen wir Greti fallen«, entscheidet Carlos.

Für mich geht das in Ordnung. Für Sebi nicht. Sein Gesicht läuft rot an. Gleich wird sich seine Wut auf Carlos entladen.

»Ist schon gut«, sage ich.

Man kann sich vieles zurechtlegen und so hinzubiegen versuchen, dass es Sinn ergibt. Bei drei verschwundenen Spielern wird es schwierig. Mo war auf der anderen Seite des Gitters und ist zurückgekommen. Ich muss ihn fragen, warum er hinauswollte und was er draußen beobachtet hat.

Kaum habe ich die Zelle verlassen, kommt er mir entgegen, kreidebleich, das Gesicht zerkratzt. Dicht vor mir bleibt er stehen und legt seinen Finger auf den einzigen Kratzer in meinem Gesicht.

Ich bringe keinen Ton heraus.

In einer schnellen Bewegung zieht er mich an sich, als wolle er mich gleich küssen.

»Spiel mit«, flüstert er.

Welches Spiel?

»Ich … Es tut mir leid«, sagt er viel lauter.

Ich begreife nicht, was er meint.

Als Nächstes fühle ich seine Lippen auf meinen. »Nicht schreien«, fleht er.

Ich merke, wie er zittert, spüre seinen viel zu schnellen Herzschlag, verstehe ihn beinahe nicht, so leise und gehetzt redet er auf mich ein.

»Sie sollen glauben, dass zwischen uns was ist.«

Sie? Glauben, dass zwischen uns etwas ist? Was soll das? Ich weiche zurück. Mo zieht mich wieder zu sich heran, schiebt seine Hand unter mein T-Shirt, nicht weit, aber weit genug, um auf meiner nackten Haut zu liegen. Sie brennt wie Feuer.

»Wir müssen so tun so, als ob wir einen Platz suchen, an dem wir ungestört sind.« Seine Hand tastet sich weiter nach oben. »Führ mich an den Ort, wo du Sandy umgebracht hast.«

Meine Haut brennt immer noch. Diesmal im Gesicht und vor Scham darüber, dass mein Körper so heftig auf Mo reagiert. Ich lache verlegen und tu so, als wär's wegen der Kamera, in deren Bereich mich Mo geschickt manövriert hat, dann blicke ich direkt in die Linse, mime Erschrecken und deute mit dem Kopf in die Richtung, in die Sandy verschwunden ist.

»Tut mir leid«, flüstert Mo. Er zieht seine Hand zurück, lässt mich los und geht neben mir den Hauptstollen hinunter. In mir drin wütet ein Tornado. Nach außen bin ich Lara Croft.

12. Juli. Militärareal Praditsch. Stollensystem. 16.45 Uhr. Mo.

Ich bekomme nicht mit, durch welche Gänge wir gehen. Hab grad ein ganzes Feuerwerk unter Kontrolle zu bringen, das Greti in meinem Körper gezündet hat.

Sie ist die Einzige, die mir helfen kann. Weil sie die Fragen stellt, die ich mir auch stelle. Weil sie diejenige ist, die Sandys Figur getötet hat. Irgendwie musste ich mit ihr reden. Und bei all den Überwachungskameras und Mikros fiel mir nichts anderes ein als diese Masche mit dem Kuss. War eine dämliche Idee, dämlicher als all die anderen, die ich bisher hatte, das ist mir jetzt auch klar ist, wo sie so verdammt cool und unnahbar neben mir hergeht wie Lara Croft. Sie denkt bestimmt, ich sei einer dieser Ärsche, der nur an das eine denkt, was ich tatsächlich trotz der ganzen Scheiße getan habe, weshalb meine Hand plötzlich dort war, wo sie nicht sein sollte. Mann, bin ich ein Idiot! Wenn ich den Rest nicht vermasseln will, muss ich mich zusammenreißen. Nicht den Rest mit Greti. Da gibt's nach meinem peinlichen Auftritt keine Fortsetzung. Ich meine den Rest mit meiner Ahnung.

Wir biegen in einen unbeleuchteten Nebenstollen ein. Zum Glück habe ich eine Taschenlampe eingesteckt und bin zumindest im Moment nicht der Typ, der sich lächerlich gemacht hat, sondern der mit dem Licht. Zusammen gehen wir in den Stollen hinein. Zwei Schritte hinter uns folgt uns meine Paranoia. Ich bereite mich auf das vor, was wir vielleicht finden. Und bin dann trotzdem total geschockt, als wir es tun. Siehst du, sagt die Paranoia, ich hatte recht.

Greti bleibt neben mir stehen und starrt auf den Security-Typen, der bewegungslos vor uns liegt. Ich leuchte den Boden ab. Suche die Blutlache und finde sie. Mittendrin glitzert etwas. Kein U-Boot. Sondern das, was ich befürchtet habe.

»Wir brauchen ein Versteck«, sage ich.

»Aber … der …«

»Um den Söldner kümmern wir uns gleich.«

»Warum haben sie ihn nicht gefunden?«

Ich weiß, was sie meint. Bei all den Kameras sollte einer auffallen, der schon eine Weile am Boden liegt. »Toter Winkel«, erkläre ich.

Ich zieh Greti weg. Finde eine Nische.

»Wir haben nicht viel Zeit«, flüstere ich. »Hör mir bitte einfach zu.« Ich erzähle ihr von der Blutlache, dem U-Boot, das keines ist, meiner Flucht, wie sie mich mühelos gefunden haben, obwohl mir niemand gefolgt ist. Dann schramme ich mit der Taschenlampe über das harte Gestein, bis ein Stück wegbricht. Knie mich hin und drück Greti die Taschenlampe in die Hand. Befehle ihr, sie auf meinen Nacken zu richten. Taste die Haut nach der Verhärtung ab, dort, wo der Doc mir die Spritze reingejagt hat. Sage Greti, sie soll die Stelle mit der Kante des abgebrochenen Stücks aufschneiden.

»Bist du verrückt?«

»Da drin ist ein Chip.« Mein Finger liegt auf der Verhärtung. »Genau da.«

Greti kauert sich neben mich hin. »Was ist mit dir, Mo?«

Ich höre die Angst in ihrer Stimme. »Glaub mir einfach«, bitte ich. »Wir haben einen Chip im Nacken. So ein GPS-Ding.«

»Nein!«

»Schneid schon!«

»Nicht damit.«

»Womit denn sonst?«

Sie schiebt meinen Finger beiseite. Ich versuche, nicht zu stöhnen oder sonst irgendwelche Schmerzlaute von mir zu geben, als Greti mir die Haut aufritzt und die Wunde abtastet.

»Das ist nicht möglich«, flüstert sie.

Ich dreh mich um. Sehe im Schein der Taschenlampe das winzig kleine Ding auf der Kuppe von Gretis blutverschmiertem Mittelfinger.

»*Big Brother*«, sage ich.

»Damit wir hier unten nicht verloren gehen?«

»Tun wir aber«, antworte ich. »Oli ist weg. Sandy ist weg. Jemand hat ihnen die Chips rausgeschnitten und sie liegen lassen. Warum? Und warum genau dort, wo ihre Figuren im Spiel umgekommen sind?«

»Weil in diesem Spiel noch einer mitmischt?«

Damit stellt Greti genau die Frage, die ich mir auch gestellt habe. Was bedeutet, dass mein Denkapparat doch nicht ganz defekt ist, auch wenn die Paranoia daran sägt, als wolle sie einen Holzfällerwettbewerb gewinnen.

»Wer?«, fragt Greti.

Damit wären wir bei der neuen Freundin meiner Paranoia. Bei der Ahnung. Die will mir unbedingt etwas sagen, das ich nicht hören will, weshalb ich dichtmache.

»Weiß nicht«, antworte ich.

Weil ich mir diesmal mehr überlegt habe als bei der Flucht aus dem Toilettenfenster, habe ich sogar einen Plan. Einen ziemlich simplen, doch er ist besser als gar keiner.

»Du gehst zurück und warnst die anderen. Ich hole Hilfe.«

Greti sagt kein Wort. Presst die Lippen zusammen und nickt.

»Erzähl ihnen, du hättest mich in der Dunkelheit verloren. Ich sei einfach weg gewesen.«

Sie hält mir die Taschenlampe hin. »Die wirst du brauchen.«

»Und du?«, frage ich.

»Ich taste mich ein Stück zurück und schreie dann.«

»Schreien?«

»Da liegt ein verletzter Wachmann. Das ist ein guter Grund, zu schreien.«

»Wirst du klarkommen?«

Das frage ausgerechnet ich. Wenn einer hier nicht klarkommt, dann ich.

»Ich lege deinen Chip neben den von Sandy. Dann glauben sie, ihr seid beide verschleppt worden.«

Ich bin nicht sicher, dass die Söldner darauf hereinfallen. Der Feind verschleppt nur Spieler, deren Figur umgekommen ist. Meine lebt noch.

»Ich beeil mich«, verspreche ich.

Greti gibt mir die Taschenlampe. Unsere Hände berühren sich. Da ist noch etwas, das ich ihr sagen muss. Wenn unser Feind gut genug ist, sich auf dem Gelände zu bewegen, ohne von unseren Söldnern entdeckt zu werden, dann weiß er auch über Tessa Bescheid. Also bitte ich Greti, auf Tessa aufzupassen. Und dann rutscht mir ausgerechnet dieser Scheißsatz raus, der in jedem schlechten Film vorkommt.

»Es … Es ist nicht, wie du denkst.«

»Vergiss es.« Sie dreht sich um.

Ich denk nicht nach. Greife nach ihrem Arm. Halte sie zurück und verrate ihr Tessas Geheimnis. Und dass ich nicht nur gespielt habe, vorhin. Mehr schaff ich nicht. Weil alles, was ich sagen würde, noch viel bescheuerter klingen würde als *Es ist nicht, wie du denkst.*

12. Juli. Militärareal Praditsch. Trakt B.
Büro Weymann. 17.40 Uhr. **Greti.**

Der große Raum hat die seelenlose Kargheit alter Militärräume. Obwohl kein Staub in der Luft hängt, sich keine vergilbten Papierstapel auf den Regalen türmen, glaube ich, beides zu riechen. Ich schaue Weymann nicht an, sondern richte meinen Blick auf die Schreibmaschine auf dem Pult vor mir.

Auf dem Weg hierher habe ich mich in die T-Zone geklinkt, habe mir alles noch einmal angesehen, bis zurück an den Anfang, und habe mir überlegt, ob ich auf dem Chip einfach eine Nummer bin, Testperson 17 zum Beispiel, und mich gefragt, wo all die Daten über mich gespeichert werden. Die Filme, die Abhörbänder, die Aufzeichnung meiner Bewegungen, mein Spielverhalten, mein Umgang mit dem Team und den anderen Teilnehmern, alles, einfach alles. Was mit diesen Daten geschieht. Wer sie auswertet und daraus seine Schlüsse zieht. Für wen. All diese Fragen möchte ich Weymann ins Gesicht schleudern, doch ich habe entschieden, damit zu warten, bis wir in Sicherheit sind. Ich glaube auch nicht, dass ich jetzt Antworten erhalten würde.

Weymanns Haut wirkt käsig und auf der Stirn bilden

sich trotz kühler Raumtemperatur Schweißperlen. Er braucht ziemlich lange, bis er endlich mit dem Reden beginnt. So, als müsse er genau abwägen, was er sagt. »Wir haben den Wachmann in die Krankenstation gebracht. Es ist nicht so schlimm, wie es aussah.«

Und Sandy? Ich frage nicht, sondern schweige.

»Ich kann mir nicht erklären, was in Sandy gefahren ist und warum sie das getan hat.« Weymann räuspert sich. »Alle Teilnehmer wurden einer sorgfältigen Prüfung unterzogen, bevor wir sie eingeladen haben.«

Ich denke an Tessas Geheimnis und schweige weiter.

»Wir hätten reagieren müssen, nachdem sie Sie angegriffen hat.« Er steht auf und geht zum Fenster. »Selbstverständlich haben wir Sandy nach ihrer Tätlichkeit gegen den Wachmann gleich aus dem Spiel genommen«, sagt er, den Rücken gegen mich gerichtet.

Selbstverständlich. Und den Wachmann im Stollen unten liegen lassen. Für wie blöd hält er mich? Kein Wunder, dass er es vermeidet, mich anzuschauen.

»Ich hoffe, Sie sind nicht allzu sehr erschrocken.«

Er kommt zurück zum Pult, setzt sich hin und fixiert mich mit seinem Blick. »Was haben Sie überhaupt dort unten gemacht?«

Vom Stollen ins Büro waren es zehn Minuten. Weitere zehn habe ich auf ihn gewartet. Er hatte genügend Zeit, sich die Aufnahmen der Überwachungskameras anzuschauen. Er kennt die Bilder, auf denen Mo mich befummelt.

»Ich brauchte frische Luft.«

Er lacht, ein unechtes, nervöses Lachen. »Waren Sie allein?«

»Ja.« Mal sehen, was er damit macht.

»Sind Sie sicher? Sie wissen, dass Sie gefilmt werden. Ich könnte mir diese Aufnahmen anschauen.«

Hat er doch schon längst!

»Mo war bei mir«, sage ich.

Er fragt nicht, warum.

»Wir haben uns in der Dunkelheit aus den Augen verloren. Wissen Sie, wo er ist?«

Weymann zuckt zusammen, nur leicht, doch ich habe es gemerkt. Er hat sich jedoch schnell wieder unter Kontrolle.

»Noch nicht. Wir suchen nach ihm.«

Sein besorgter Gesichtsausdruck wirkt echt. Kein Wunder, wenn man bedenkt, dass ihm mittlerweile trotz Dauerüberwachung schon vier Teilnehmer seiner *Operation Countdown* abhandengekommen sind.

»Ich sollte Ihnen das zwar nicht verraten, aber … nun ja, wie soll ich sagen …?«, druckst er herum. »Mo ist von der *Operation Countdown* überfordert. Er … Ich kann Ihnen doch vertrauen, nicht wahr?«

Er fährt die Verbrüderungsschiene. Ich schaue ihn ernst an und nicke, weil ich wissen will, wohin diese Fahrt führt.

»Mo hatte vor ein paar Monaten ein traumatisches Erlebnis. Wir dachten, er sei darüber hinweg, mussten aber leider feststellen, dass dem nicht so ist.«

Ich schweige und warte.

»Er war heute Nachmittag in der Krankenstation. Von

dort hat er einen Fluchtversuch unternommen. Wir entschieden, es sei das Beste, ihn weiterspielen zu lassen, doch wir scheinen uns geirrt zu haben. Sobald wir ihn finden, werden wir ihn endgültig aus dem Spiel nehmen und der Obhut von Dr. Hendriksson übergeben.«

Ich nicke erneut.

Weymann gibt mir mit einer Geste zu verstehen, dass unser Gespräch zu Ende ist.

Ich stehe auf. Die kurze Strecke zur Tür kommt mir unendlich lang vor. Ich habe Angst, meine Beine könnten ihren Dienst aufgeben und ich vor Weymann zusammenbrechen.

»Es ist alles in Ordnung«, versichert er mir. »Ich hoffe, Sie haben nicht zu viel vom Spiel verpasst. Wenn Ihnen die Angelegenheit mit dem Wachmann zu stark zusetzt, ist Dr. Hendriksson jederzeit für Sie da.«

Auf dem Flur wartet Sven Frick auf mich. Er führt mich wortlos zurück in die Zelle.

IM INNERN VON DEAD.END.

12. Juli. Militärareal Praditsch. Trakt B.
Büro Weymann. 18.00 Uhr.

»Wo ist Mo?«

»Sie wollten ihn raushaben, also haben wir ihn aus dem Spiel genommen.«

»Lüg mich nicht an. Du hast ihn ins Spiel zurückgeschickt. Seine Signale kommen aus einem Stollen.«

»Vielleicht haben Sie ihn ja. Sie sind derjenige, der unseren Teilnehmern die Sender rausschneidet und sie verschwinden lässt. Was wollen Sie?«

»Deine Zusicherung, dass es Mo gut geht.«

»Die kann ich Ihnen geben.«

»Ich weiß, wie viel deine Zusicherungen wert sind.«

»Noch einmal: Was wollen Sie?«

»Du hast also begriffen, wie ernst es mir ist.«

»Der Ernst eines Wahnsinnigen. Geben Sie auf! Sie haben keine Chance.«

»Fünf Millionen. Den Rückzug deiner Geheimarmee. Die Vernichtung aller Daten. Einundfünfzig Prozent des Gewinns aus dem Spiel, sobald du es in seine ursprüngliche Form zurückgesetzt hast.«

»Wie oft muss ich es Ihnen noch sagen? Ihre Version von *dead.end* funktioniert nicht.«

»Meine Version ist ein Spiel. Keine Tür in die Köpfe von Jugendlichen, für was für Zwecke auch immer.«

»Sie haben nichts begriffen.«

»Du auch nicht.«

»Es wird Kriege geben. Um Rohstoffe. Um Nahrungsmittel. Um Wasser. In naher Zukunft. Wir müssen wissen, wie junge Menschen reagieren, denn *sie* werden es sein, die in dieser Zukunft überleben müssen. Wir bereiten sie darauf vor. *Dead.end* wird ihnen helfen, diese Konflikte zu überleben.«

»Oh, mir kommen gleich die Tränen vor Rührung. Haben dir das deine Geldgeber eingeflüstert? Dein Gewissen damit beruhigt?«

»...«

»Ich sag dir was. Diese jungen Menschen sind für deine Verbündeten Wachs, das sie formen können. Oh ja, sie bereiten sie auf Kriege vor. Kriege, die sie mit ihrer Hilfe auslösen und steuern werden, für das Land, das ihnen am meisten dafür bezahlt. Wie viele Versionen von dead.end *habt ihr entwickelt? Für welche Städte, welche Länder? Welche Szenarien werdet ihr als erste simulieren?«*

»Sie fantasieren. Kommen Sie zur Sache.«

»Ich bin bei der Sache. Da sie dich kaltzulassen scheint, überspringe ich den moralischen Teil und komme zu dem, was dich sicher interessieren wird. Ich habe drei Geiseln. Bis jetzt. Wie du mittlerweile bestimmt bemerkt hast, bin ich in deinem System. Alle Daten, die du hast, habe ich

auch. Sie gehen online, wenn du meine Forderungen nicht erfüllst.«

»Wozu die Geiseln, wenn Sie die Daten haben?«

»Eine Art Pfand, bis ich sicher sein kann, dass du die Forderungen erfüllen wirst.«

»Ich sehe, Sie sind kaltblütig geworden.«

»Nun, ich hatte einen guten Lehrmeister.«

»Die fünf Millionen gehören Ihnen. Geben Sie mir eine Kontonummer und ich überweise den Betrag. Der Rest ist unmöglich.«

»Um den geht es aber. Das Geld ist nur, damit es dir auch ordentlich wehtut.«

»Meine Investoren werden nicht auf Ihre Forderungen eingehen.«

»Mit Investoren meinst du deine illegale Armee, diesen dilettantischen Haufen, der zukünftige Kriege führen will, aber den Feind nicht mal sieht, wenn er direkt vor ihm steht?«

»Mit Investoren meine ich Investoren. Sie werden das Projekt durchziehen. Ich habe darauf keinen Einfluss mehr.«

»Du hast bis zum Ende des Spiels Zeit, deinen Einfluss zurückzugewinnen und meine Forderungen zu erfüllen. Wenn für dich alles rund läuft, hältst du nach der Operation Countdown *am Ende eine Pressekonferenz, in der du das Spiel der Spiele vorstellen kannst – mit ein paar Jugendlichen, die über das Abenteuer ihres Lebens berichten.«*

»Und wenn nicht?«

»Bist du am Arsch.«

»Drei Geiseln«, sagt Weymann zu Jörg Franzen, seinem Anwalt, der vor einer Stunde in Praditsch eingetroffen ist und seither versucht, sich einen Überblick zu verschaffen.

»Frick behauptet, seine Jungs seien sauber, von denen arbeite keiner für die andere Seite, und unser Cheftechniker versucht immer noch herauszufinden, wie der Erpresser in unser System gelangt ist und was er alles manipuliert hat«, fasst Franzen die Lage zusammen. »Bist du sicher, dass außer den beiden und Dr. Hendriksson niemand Bescheid weiß?«

»Ja. Zumindest dachte ich das.« Weymann presst die Hände gegen seine Schläfen.

Franzen gönnt ihm keine Pause. »Du wirst Karel und Matthew informieren müssen.«

»Worüber?« Weymann lacht bitter. »Sie haben Millionen investiert. Die Technik geliefert. Ihre Experten haben die entscheidenden Änderungen im Spiel vorgenommen. Ihre Leute sitzen in der Überwachungszentrale, bewachen die Jugendlichen. Und jetzt stellt sich heraus, dass sie sich von einem gottverdammten Wahnsinnigen überlisten lassen.«

»Dir bleibt noch etwas Zeit«, sagt Franzen. »Lass das Spiel weiterlaufen. Können es deine Leute irgendwie verlängern?«

Weymann starrt eine ganze Weile ins Leere. Dann nickt er. »Nicht die laufende oder die nächste Mission. Aber wir können die übernächste Mission auf höchste Schwierigkeitsstufe stellen und auf diese Weise das Zeitfenster erweitern.«

»Gut. Damit verschaffen wir uns etwas Luft.« Franzen zupft zufrieden seine Anzugsärmel nach vorn, nur um gleich danach konzentriert die nächsten Probleme anzusprechen. »Wir müssen einen Grund finden, das Sicherheitspersonal in erhöhte Alarmbereitschaft zu versetzen. Ich schlage vor, du begründest das mit dem Fluchtversuch von Mo Zanetti aus der Krankenstation.«

Nervös geht Weymann im Raum hin und her. »Wir können das Verschwinden der Spieler nicht verheimlichen. Wir …«

»Wir behaupten, es gehöre zum Spiel«, unterbricht ihn Franzen. »Wenn alles glatt läuft, wird kein Mensch Verdacht schöpfen. So, wie es im Moment aussieht, haben wir nur zwei Schwachstellen, Mo Zanetti und Greti Berger. Von Mo wissen wir nicht, wo er ist. Mit Greti Berger hast du gesprochen. Könnte sie Bescheid wissen?«

»Ich bin nicht sicher. Sie ist sehr schwierig zu durchschauen. Was denkst du: Sollen wir sie aus dem Spiel nehmen?«

»Warte noch«, rät Franzen. »Wir behalten sie im Auge und greifen erst ein, wenn es nötig ist.« Er erhebt sich und geht zur Tür. Dort hält er inne. »Gibt es abgesehen von Mo sonst noch etwas, das ich wissen muss.«

»Nein.« Weymann schüttelt den Kopf und wiederholt seine Lüge. »Nein. Das ist alles.«

MOS MISSION.

12. Juli. Militärareal Praditsch. Grenze Nord.
18.10 Uhr. **Mo.**

Ich höre das Rauschen und erinnere mich wieder. Ein Bach bildet einen Teil der nördlichen Grenze zum Gelände. Fragt sich nur, ob das da vorn der richtige ist. Es ist wie im Film *The Blair Witch Project.* Da irren auch ein paar Verlorene durch einen Wald mit einer ganzen Menge Bäche und irgendwann merken sie, dass sie das gleiche Gewässer schon einmal überquert haben. Danach fährt die Panik mit ihnen Schlitten und am Ende sind alle tot.

Bis jetzt ist noch niemand gestorben. Zumindest habe ich keine Toten gesehen. Aber ich bin vorsichtig, sehr viel vorsichtiger als beim letzten Mal. Nur weil ich keine Stimmen und keine Motorengeräusche höre, bedeutet das noch lange nicht, dass niemand auf mich lauert. So viel habe ich mittlerweile kapiert.

Das Rauschen wird lauter. Meine Lunge schmerzt wie die Hölle. Es pfeift, wenn ich einatme, aber ich renne weiter.

Endlich sehe ich den Bach. Stolpere darauf zu, gehe in die Knie, tauche meinen überhitzten Kopf ins Wasser.

Komme hoch und sauge Luft in meine Lungen. Der Wald tanzt vor meinen Augen, dann beginnt er zu kreisen. Ich habe seit dem Frühstück nichts mehr in den Magen gekriegt und so langsam wirkt sich das aus.

Ich schaue mich um. Auf der anderen Seite des Baches sieht es aus wie auf dieser. Wald, Wald, nichts als Wald. Ich habe so was von genug von Wald. Von den Zweigen, die es mir ins Gesicht schlägt, von den Brennnesseln, die meine Hände streifen, von den Dornen, die sich in den Hosen verfangen, von den Wurzeln, in denen ich mich verheddere, von der Bedrohung, die überall zu spüren ist. Wenn ich hier raus bin, werde ich nie wieder einen Wald betreten, das schwöre ich. Erst mal muss ich aber raus.

Ich suche mir eine Stelle, an der die Steine so im Bach liegen, dass ich ohne nasse Füße ans andere Ufer komme.

I am the echo of your past.

Mittendrin im Balanceakt fällt mir diese Songzeile ein, so heftig, dass ich ins Straucheln gerate. Ich fange mich im letzten Moment. Stehe auf einer wasserumtobten Steinplatte und beginne zu schlottern. Nicht, weil ich gerade beinahe im Bach gelandet wäre. Es ist der Song, der verdammte Song, der alles ändert. Der bewirkt, dass ich den Schritt ans andere Ufer nicht mache, sondern umkehre.

Der dumpfe Riff aus dem Spiel ist aus *Perfect Strangers* von Deep Purple. Paps' Lieblingsband. Der Ritz in der Eiterbeule, das Gift in meinem Unterbewusstsein, die Ahnung, die ich verdrängen wollte.

Dead.end ist Paps' Spiel. Er hat es entworfen. Das ist keine Ahnung mehr, die ich nicht an mich heranlassen will. Ich fühle es mit einer absoluten Sicherheit. Die Teile fügen sich zusammen, ergeben Sinn.

Paps hat *Perfect Strangers* ein paar Monate vor seiner Entlassung oft in voller Lautstärke gespielt. Auf die Frage, warum gerade dieser Song, hat er gelacht und gesagt, dass er perfekt sei für etwas, woran er arbeite. Er war aufgedreht, redete vom Durchbruch, vom großen Geldsegen.

Der Geldsegen blieb aus, die Entlassung war kein Durchbruch, sondern ein totaler Absturz, und die *Deep-Purple*-CD landete in Paps' Papierkorb. Als ich sie fand, war er schon weg und ich konnte ihn nicht mehr fragen, was seine Lieblingsband im Müll zu suchen hatte.

Was, wenn Paps nicht weggegangen ist, um zu vergessen? Sondern wenn er weggegangen ist, um sich sein Spiel zurückzuholen? Dann ist er hier, ganz in der Nähe, lockt die Spieler an den Ort, an dem ihre Figuren gestorben sind, schneidet ihnen den Chip raus und schleppt sie in ein Versteck. Spielt sein eigenes, durchgeknalltes Spiel und sein Gegner heißt Weymann.

Ich schaue mich um. Suche die Gegend nach Verstecken ab. Zucke zusammen, wenn mich Bäume oder Gesteinsformationen narren und ich in ihnen den Mann zu erkennen glaube, den ich seit mehr als einem Jahr nicht mehr gesehen habe. Irgendwann verschwimmt alles. Ich wisch die Scheißtränen weg.

NEIN!

Ich liege falsch. Ich will falsch liegen. Ich wollte noch nie so sehr so falsch liegen wie gerade jetzt.

Aber der Gitarrenriff wummert in mir drin. Pocht gegen meine Magenwände, meinen Brustkorb, die Schale meines Schädels. Übertönt das Rauschen des Baches. Ich suche keine Sicherheit mehr auf der anderen Seite. Ich gehe zurück in den Albtraum.

MISSION VIER.
DIE VERLORENE STADT.

12. Juli. Militärareal Praditsch. Stollen 5.
18.10 Uhr. **Greti.**

Frick lässt mich keinen Moment aus den Augen, als ob er dem Chip nicht mehr trauen würde. Ich habe Leute wie ihn immer verachtet, Leute, die auf eine flächendeckende Überwachungstechnik setzen, aus was für Gründen auch immer, und dennoch habe ich sie für *dead.end* in Kauf genommen. Die Kameras und die Mikrofone habe ich mir damit schönzureden versucht, dass *Cupid Arcade* die *Operation Countdown* für Promoaktionen wie Filmtrailer oder eine Art *Making-of-dead.end* ausschlachtet. Die Chips lassen sich nicht schönreden, auch nicht mit einer seit dem 11. September 2001 veränderten Welt, in der Bespitzelung und Überwachung im Namen der Terror- und Gewaltbekämpfung zur Tagesordnung geworden sind. Jemanden ungefragt und ohne ihn zu informieren zu einem menschlichen Datenträger zu machen, überschreitet sämtliche Grenzen. Wir haben hier unten in diesem Stollensystem den Bereich des Vorstellbaren verlassen und sind nicht nur *Cupid Arcade* ausgeliefert, sondern auch einem unsichtbaren Feind, der um diese Chips weiß. Was immer seine Motive sind, er zieht uns alle in sein eigenes Spiel hinein. Ich muss die anderen warnen, bevor noch mehr von uns verschwinden! Niemand darf seine Zelle mehr allein verlassen, keiner darf an den Ort, an dem seine Figur gestorben ist.

Es ist, als ob irgendwo in meinem Gehirn ein Scharnier am richtigen Ort einhakt. Natürlich! Warum habe ich das bis jetzt übersehen? Es muss einen Grund geben, warum Oli, Sandy und wahrscheinlich auch Jolanda zum Todesort ihrer Figur gegangen sind. Jemand hat sie hingeschickt oder hingelockt. Ich muss verhindern, dass noch mehr von uns in die Falle laufen.

Frick schiebt mich in die Zelle und entfernt sich unbemerkt von meinen Teamkollegen, deren ganze Aufmerksamkeit dem Spiel gilt.

An meinem Platz sitzt Cathy von *Galadriel.* Ich stelle mich neben sie und schaue auf den Bildschirm. Sie jagt meinen Avatar als Teil einer Gruppe durch eine vor Hitze flimmernde Einöde aus Gestein und verfallenen Bauten, direkt auf eine Brücke über einen wasserlosen Fluss zu, hinter dem die Trümmer der verlorenen Stadt in den Himmel ragen. Von hinten und von der Seite wird die Widerstandstruppe von übermächtigen Feindesheeren bedrängt. Die Flucht gelingt, die Gruppe überquert die Brücke. Nur Carlos bleibt mitten über dem Fluss stehen, bringt eine Ladung Dynamit an, zündet sie und folgt den anderen. Kurz nachdem er das Ufer erreicht hat, fliegt die Brücke in einer mächtigen Explosion in die Luft. In der Zelle bricht lautes Freudengeheul aus.

»Gut gemacht, Leute!«, ruft Carlos. »Hast eine Menge verpasst«, sagt er zu mir, ein unüberhörbares *Selber schuld, dass du nicht dabei warst* in seiner Stimme.

»Wir sind gleich in der verlorenen Stadt!«, erklärt Sebi. »Cathy hat für dich gespielt. Sie .. Ihre Figur ist tot und wir … also wir dachten …« Sein Kopf läuft rot an. »*Cargo44* machen das auch so. Marilisa spielt mit Mos Figur, seit sie ihre nicht mehr hat. Ich hoffe, du hast nichts dagegen.«

Carlos lässt mir keine Zeit für eine Antwort. »Was sollte sie schon dagegen haben? Sie war endlos lange weg. Also …«

Cathy, der die Situation offensichtlich peinlich ist, steht auf. »Ich geh dann jetzt.«

Ich sehe den bedauernden Blick, den Sebi ihr zuwirft, und verstehe endlich den roten Kopf.

»Bleib«, antworte ich. »Ich bin zu lange aus dem Spiel und du scheinst das total im Griff zu haben.«

»Wirklich?« Sie strahlt mich an.

»Wirklich.«

Sebi dankt mir mit einem Wortschwall. »Wir haben ein paar Zombies erwischt. Und einen Angriff von *Hades* abgewehrt. Mann, war das ein Gemetzel. Armin ist dabei draufgegangen. *Hades* sind nur noch zu zweit und weit zurückgefallen. Ohne diese Brücke haben sie keine Chance, den Informanten vor uns zu treffen. Wir schicken sie direkt ins dead.end, diese Idioten.«

»Feind versammelt sich beim Stadttor!«, meldet Carlos. »Hört auf zu labern und hängt euch rein!«

In der Zelle bricht das Spielfieber aus, in meinem Kopf das Chaos. Ich klicke mich in die T-Zone.

Cathy, Marilisa und Armin sind die Nächsten auf der Liste des unbekannten Feindes. Cathy kann ich Sebi anvertrauen, Marilisa ist per Funk mit uns verbunden. Ich muss einen Weg finden, Armin zu warnen. Bei Sandy habe ich es vermasselt, mit Armin darf mir das einfach nicht noch einmal passieren.

Ein gehässiges »Auch das noch!«, gefolgt von einem verächtlichen »Weiber!« katapultiert mich aus meiner Zone, bevor ich einen Plan entwickeln kann.

Yuki schaltet auf Privatmodus und klärt mich auf. »Marilisa muss aufs Klo. *Cargo44* brauchen jemanden, der in dieser Zeit ihre Figur übernimmt.«

»Ich mach das.« Am liebsten würde ich losrennen, aber ich denke an die Kameras und tue so, als ob ich es nicht eilig hätte. An der Zellentür drehe ich mich noch einmal um.

»Geht nicht von den Computern weg! Ihr wollt doch alle lebendig die Stadt erreichen.«

Ich lasse es wie einen Scherz klingen, doch während ich rede, schaue ich Sebi an und drücke kurz die Augen zu. Das ist seine Art, mir beim Spielen zu signalisieren, dass es jetzt um alles geht.

Auch Sebi drückt kurz seine Augen zu. Er hat verstanden. Nicht, worum es geht, aber dass er niemanden aus der Zelle lassen darf. Meine Leute und Cathy sind vorerst sicher. Jetzt fehlt mir nur noch eine Idee, wie ich Marilisa festnageln kann.

Hinter mir schreien alle gleichzeitig begeistert los. Ich nehme an, sie sind in die verlorene Stadt eingedrungen und haben soeben Mission vier geschafft.

Meine Mission ist real und führt mich zu der Zelle von *Cargo44*. Erst unter der Tür fällt mir etwas ein; etwas, das mir den Stempel der Oberzicke aufdrücken wird, und weil ich keinen Plan B im Ärmel habe, der etwas weniger peinlich wäre, lege ich mit meiner Show los.

»Ich will Mo«, sage ich laut und deutlich.

»Kannst du haben. Marilisa, lass Lara mal ran.« Der spöttische Unterton in Tessas Stimme entgeht mir nicht. Vor allem nicht ihre Betonung von *ranlassen.* »Nicht seine Figur«, antworte ich. »Den richtigen. Ich will ihn.«

Tessa lacht. »Träum weiter.«

»Wir haben uns geküsst.«

»Habt ihr nicht.«

Ich gehe auf sie zu. »Er will mich auch.«

Sie schießt hoch. »Verpiss dich!«, zischt sie.

Ich packe sie am T-Shirt, genau dort, wo ihr Mikro befestigt ist, reiße es weg und verberge es in meiner Faust.

»Lass ihn mir!«, brülle ich sie an und stoße sie von mir weg.

Sie krallt ihre Finger in meinen Arm. Ich heule auf vor Schmerz. In einer schnellen Bewegung werfe ich mich auf sie. Während wir fallen, schleudere ich das Mikro in eine Ecke. Ich komme auf Tessa zu liegen, packe sie an den Handgelenken und drücke sie auf den Boden.

»Ihr seid in Gefahr«, flüstere ich. »Oli ist verschleppt worden. Und noch zwei andere. Stöhne!«

Ich sehe die Verwirrung in Tessas Blick, erkenne, wie sie um eine Entscheidung ringt. »Bitte«, formuliere ich lautlos mit meinen Lippen.

Tessa stöhnt und wirft mir einen Schwall Schimpfwörter an den Kopf.

»Halt dein Drecksmaul!«, schnauze ich sie an. Gleichzeitig gebe ich ein wenig mehr Druck. Tessa spielt mit. Sie stöhnt erneut.

»Marilisa könnte die Nächste sein. Oder du. Ihr dürft die Zelle nicht verl…« Ich bringe meine Warnung nicht zu Ende. Marilisa hat mich an den Schultern gepackt.

Tessa schaut an mir vorbei, hoch zu meiner Angreiferin. »Spiel weiter!«, befiehlt sie. »Das ist eine Sache zwischen Lara und mir.«

»Danke«, flüstere ich.

Als Antwort befreit sich Tessa aus meinem Griff und ringt mich nieder. Jetzt liege ich unten und Tessa gibt sich keine Mühe, mir nicht wehzutun. Ihr Kopf ist so nahe an meinem, dass ihre Haare wie ein Schutzschirm über mein Gesicht fallen.

»Wo ist Mo?«, flüstert sie. Für den Mann in der Überwachungszentrale schleudert sie mir noch ein paar Schimpfwörter an den Kopf.

»Hilfe holen«, antworte ich leise. »Jemand lässt Spieler verschwinden. Wahrscheinlich hat er es auf Weymann abgesehen.« Ich stöhne für die Überwachungskameras wie vorhin Tessa. »Wenn er herausfindet, wer du bist, wird es gefährlich für dich. Sorge dafür, dass immer jemand in deiner Nähe ist.«

»Fick dich!«, sagt Tessa kalt, lässt mich los und steht auf.

Das ist nicht nur Teil unserer kleinen Show. Tessa ist wütend über Mos Verrat. Wenn sie wüsste, wie egal mir ist, wie *Cargo44* in diese Endrunde gelangt sind!

»Du bekommst Mo nicht.« Tessas Stimme ist immer noch eiskalt. »Weder ihn noch seine Figur. Ich übernehme ihn. Und du«, sagt sie zu Marilisa, »gehst auf direktem Weg zum Klo. Kein Begaffen im Spiegel, keine Gespräche, egal, mit wem. Wenn du in fünf Minuten nicht zurück bist, ist das das Ende unserer Freundschaft.«

Marilisa wird Tessa gehorchen. Damit bleibt sie in Sicherheit, was man von Armin nicht sagen kann. Wie kann ich jemanden warnen, der mir spinnefeind ist, ohne mich verdächtig zu machen? Und was mache ich mit Tessa, die die nächsten fünf Minuten allein sein wird?

»Ich … Ich könnte …«, stammle ich.

»Du könntest das verdammte Mikro suchen, das mir deinetwegen abhandengekommen ist«, blafft mich Tessa an.

Ich ertrage die Demütigung und krieche die nächsten fünf Minuten auf dem Boden herum, wo ich ein Mikrofon suche, von dem ich genau weiß, wo es ist. Als Marilisa zurückkommt, *finde* ich es, lege es vor Tessa auf den Tisch und gehe zur Tür.

DANACH.

4. September. Free World TV.
20.25 Uhr. **Carlos.**

Die Wörter rattern aus meinem Mund wie aus einem Maschinengewehr. Ich bin im Sturzflug, zu schnell, meine Geschosse zischen ins Leere. Das merke ich aber erst, als Halder mich unterbricht.

»Moment mal«, sagt er ziemlich laut. »Du behauptest also, *Cupid Arcade* hätte euch nicht nur mit Kameras überwacht, sondern auch einen Chip implantiert, mit dem ihr geortet werden konntet? Spieler seien verschwunden, denen jemand die Chips herausgeschnitten hat?« Er schaut nicht mehr mich an, sondern direkt in die Kamera. »Und Greti hat das bei Mo mit einem abgebrochenen Teil einer Taschenlampe gemacht, damit er fliehen konnte.«

Mir gefällt nicht, wie er das sagt. Mir gefällt auch nicht, wie er mich ansieht, so, als glaube er mir kein Wort. Verdammt! Er wollte die Wahrheit. Dass ich sie ihm abliefere wie ein Postbote ein Paket, darauf war er nicht vorbereitet. Er erkennt die Wahrheit nicht, weil er sie zu billig bekommen hat. Und weil sie klingt wie eine Lüge. Ich muss ihn überzeugen. Wenn ich ihn habe, habe ich alle.

»Klingt krass«, sage ich. »Aber …«

»Warte, warte!«, stoppt er mich. »Ihr habt pausenlos durchgespielt. Ihr wart in einem dunklen Loch und du hast selbst gesagt, dass die Grenzen zwischen Wirklichkeit und Spiel verschwammen. Bringst du da was durcheinander und erzählst mir gerade den Inhalt des Spiels?«

Ich trudle dem Abgrund entgegen. »Nein!«, brülle ich und beiß mir sofort auf die Lippen, damit ich nicht weiterschreie. Ich muss cool bleiben, sonst glaubt mir keiner.

»Dann verscheißerst du gerade mich und unsere Zuschauer? Wenn es so ist …«

»Nein, Mann!«, unterbreche ich ihn. »Es …«

Halder wendet sich wieder der Kamera zu. »Ich denke, es ist Zeit für eine Werbepause. Regie …«

»Ich will den Rest der Geschichte hören.« Der Outlaw hinter der Kamera richtet das Gerät direkt auf mich und sagt: »Regie. Wartet noch. Carlos, du bist auf Sendung. Erzähl.«

Ich zieh die Maschine hoch und mache weiter. Auch wenn ich keine Chance habe. Mick hat mir die Sache mit dem Chip nicht geglaubt. Niemand wird mir den Rest glauben. Ich bin gerade zum Märchenonkel mutiert.

Man schneidet sich die Seele raus und schaut ihr zu, wie sie verblutet. Genau das hat Mo getan. Ich meine, nicht richtig, nicht wie den Chip. Scheiße, ich bin kein Seelenklempner. Ich kann das nicht erklären. Aber ich weiß: Wenn ich die Geschichte jetzt nicht fertig erzähle, stirbt Mo. Nicht wirklich, aber innen drin, und das ist genauso schlimm.

MISSION FÜNF.
DER INFORMANT.

12. Juli. Militärareal Praditsch. Hauptstollen. 18.30 Uhr. **Greti.**

Das Erste, das mir auffällt, als ich die Zelle von *Cargo44* verlasse, sind die Sicherheitsleute. Sie stehen nicht mehr nur am Gitter, sondern patrouillieren in Gruppen durch die Gänge. Im Hauptstollen kommt Rahel Huber auf mich zu. Ich unterdrücke meinen Impuls, einfach loszurennen, und lege nur so viel an Tempo zu, dass ich die ungefähr zehn Meter zur Abzweigung in Stollen 5 hinter mich bringen kann, ohne von der Projektleiterin eingeholt zu werden. Die Zeit zieht sich endlos hin, während ich Meter um Meter zurücklege. Ich höre Rahel Huber meinen Namen rufen, reagiere nicht und gehe weiter.

»Greti!«

Wenn ich mich jetzt nicht nach ihr umdrehe, mache ich mich verdächtig, aber was ich sehe, verstehe ich nicht. Rahel Huber wird von einem Sicherheitsmann aufgehalten. Er nimmt sie am Arm und führt sie zum Gitter zurück. Mich winkt er mit einer unmissverständlichen Handbewegung weiter. Auf dem Weg zur Zelle begegne ich Cathy.

»Bin ich tot?«, frage ich sie.

»Du nicht. Yuki.«

Ich habe das Gefühl, die Wände des Stollens bewegen sich von beiden Seiten auf mich zu. Mir fehlt plötzlich die Luft zum Atmen. »Ist … Ist sie noch bei den anderen?«

Die Wände weichen erst wieder an ihren Platz zurück, als Cathy mir erklärt, dass Yuki meine Figur übernommen hat.

»Geh zu deinem Team und bleib dort! Egal, was passiert«, flüstere ich.

Die letzten paar Meter zu meiner Zelle renne ich. Ich platze in den Raum, erleichtert, Yuki zu sehen, den Kopf viel zu voll, keine Ahnung, womit ich beginnen soll. Ich pralle direkt gegen eine Wand betretener, abweisender und in Carlos' Fall sogar feindseliger Gesichter.

»Ich bin raus«, erklärt mir Yuki, was ich schon weiß. »Und weil du …« Sie bricht ab.

Mir ist trotzdem klar, was sie mir sagen will. Weil ich mir mit Tessa einen lautstarken Zickenkrieg geliefert habe, der durch Marilisas Mikro von allen mitgehört werden konnte, statt an meinem Platz bei meinen Leuten zu sein, hat Yuki meine Figur übernommen.

Auf Sebis Miene spiegelt sich die pure Verlegenheit. »Immerhin haben wir Mission vier geschafft«, sagt er lahm.

»Gut.« Meine Antwort klingt gehässig. Ich bin sauer auf ihn und das soll er ruhig spüren. Er hätte Cathy nicht gehen lassen dürfen.

Carlos explodiert. »Gut? Verdammt noch mal. Ist das alles, was du zu sagen hast? *Gut?*« Er schüttelt enttäuscht den Kopf. »Was hast du denn schon zum Spiel beigetragen? Was ist mit dir los? Warum jagst du wie eine liebestolle Kuh hinter diesem Mo her, statt uns gewinnen zu helfen?«

Carlos' Worte treffen mich mit voller Wucht. Ich schlucke den Kloß in meinem Hals hinunter und versuche, meine Frage aus meinen total blockierten Stimmbändern zu quetschen.

»Und … Und wer … ist … gestorben? Ich meine … außer Yuki?«

»Ist das alles, was dich interessiert?« Carlos ist jetzt so richtig in Fahrt. »Willst du eine Totentafel erstellen und um die Gefallenen trauern? Hättest du gerne Tessas Namen drauf? Oder willst du dich lieber weiterhin mit ihr prügeln?«

Auf dem Bildschirm läuft ein neuer Countdown. Er steht bei einer Stunde und zehn Minuten. FINDET DEN INFORMANTEN, BEVOR ES ZU SPÄT IST.

Cupid Arcade lässt also weiterspielen, als wäre nichts geschehen.

»Cathy?« Sebi presst seine Hand gegen das Ohr, in dem sein Kopfhörer steckt. »Cathy?«, wiederholt er. »Die war eben noch hier.«

Der Boden unter meinen Füßen wankt.

»Was ist mit ihr?«, frage ich.

»Sie ist noch nicht zurück. Aline erkundigt sich, ob wir wissen, wo sie ist. Hast du sie gesehen?«

Ich komme nicht dazu, Sebi zu antworten.

»Die ist wahrscheinlich mal schnell für kleine Mädchen«, posaunt Carlos in sein Mikrofon.

Ich steck mir den Kopfhörer ein, der auf Yukis Tisch liegt, und habe Marilisas giftige Stimme ihm Ohr. »Achtung an alle!«, kreischt sie. »Die von *Black Lizzards* spielen falsch.«

»Nimm das sofort zurück!«, brüllt Carlos.

»Mache ich nicht.« Marilisas Stimme überschlägt sich. »Cathy verschwand aus eurer Zelle. Sandy hat ihre Figur in einem Kampf mit Greti verloren. Mo wurde zuletzt mit Greti gesehen. Na, klingelt da was?«

»Nein, da klingelt gar nichts.« Carlos stößt wütend gegen seine Tastatur. »*Cupid Arcade* hat ein paar Spieler aus dem Rennen genommen, das ist alles.«

»Ist es nicht«, meldet sich Tessa. »Ihr wart die Ersten, die in den Stollen gingen und Spiel und Wirklichkeit vermischten. Aus jedem unserer Teams sind Leute verschwunden. Nur ihr sitzt noch vollzählig in eurer Zelle.«

In meinen Ohren dröhnt ein Stimmengewirr. Alle reden gleichzeitig. Dann wird es mit einem Schlag still.

Ich unternehme einen letzten Versuch, obwohl ich sicher bin, dass er sinnlos ist. »Fragt *Cupid Arcade*, wo die verschwundenen Spieler sind!«

Ich rede in eine tote Verbindung. Wir werden geblockt. So, wie wir *Hades* geblockt haben. Von jetzt an sind wir der Feind, den es aus dem Spiel zu werfen gilt.

»Na, bravo«, zischt mich Carlos an. »Das hast du ja super hingekriegt.«

Ich suche Unterstützung bei Sebi, doch er schaut mich nicht einmal an. Also versuche ich es mit Yuki. Sie ist weg.

»Wo ist Yuki?«, frage ich.

IM INNERN VON DEAD.END.

12. Juli. Militärgelände Praditsch.
Gebäudekomplex B. Überwachungszentrale.
Nebenraum. 19.03 Uhr.

Franzen betritt den abhörsicheren Nebenraum und stellt sich dicht neben seinen Auftraggeber, der durch eine Glasscheibe das Geschehen auf den Monitoren verfolgt.

»Ein Problem hat sich soeben von allein gelöst«, informiert er Weymann. »Die Spieler habe einen Sündenbock gefunden. Sie glauben, die *Black Lizzards* stecken hinter dem Verschwinden der Teilnehmer. Das ist gut für uns.«

Die nüchternen Worte seines Anwalts stoßen Weymann ab, zum ersten Mal, seit er Franzen kennt. Dabei ist Franzen nicht plötzlich ein anderer geworden. Er ist derselbe, der er immer war: der, der für fünfhundert Franken Stundenhonorar für *Cupid Arcade* die Probleme aus dem Weg räumt.

»Was ist mit dem Geld?«, fragt Weymann.

»Matthew kann es auftreiben.«

Fünf Millionen, einfach so. Nicht zum ersten Mal fragt sich Weymann, auf wen er sich da eingelassen hat.

»Irgendeinen Hinweis darauf, wo sich der Feind versteckt?«

»Nein.« Franzen verschränkt seine Arme. »Aber ich fürchte, wir könnten weitere Teilnehmer verloren haben.«

»Was?« Weymann fährt in einer so heftigen Bewegung herum, dass er mit der Hand hart gegen das metallene Schloss der Glastür stößt. Blut tropft über seine Finger, doch das scheint ihn nicht zu kümmern.

»In so kurzer Zeit?«, flüstert er. »Wen?«

»Armin Drexler, Cathy Robertson und Yuki Takahashi. Wir sind jedoch noch nicht ganz sicher.

»Wie konnte das …«

»Diesmal waren wir vorbereitet, doch wir kamen zu spät. Sie gehen jetzt nicht mehr zum Todesort ihrer Figuren, sondern verschwinden, sobald sie die Zelle verlassen.« Franzen hält Weymann ein Taschentuch hin.

»Er spielt mit uns«, flüstert Weymann. »Er zeigt uns, dass er die Kontrolle hat. Dieser verdammte Freak.« In einer fahrigen Bewegung wickelt er das Taschentuch um seine Hand. »Wie macht er das? Wie schafft er es, diese Kids unbemerkt unter unserer Nase wegzulocken?« Ohne auf eine Antwort zu warten, öffnet er die Tür. »Überwacht Tessa Mayer. Einer von euch behält das Bild aus ihrer Zelle im Auge. Und stellt einen Wachmann vor ihre Tür«, befiehlt er den Männern an den Bildschirmen. »Jetzt gleich. Und zwar einen, der etwas taugt.«

»Warum Tessa Mayer?«, will Franzen wissen. »Ihre Figur lebt noch. Wenn schon, müsstest du Marilisa Sanders überwachen.«

Weymann schließt die Tür. »Sie glaubt, sie ist meine

Tochter, und wenn unser Anrufer das auch glaubt, ist sie in Gefahr.«

»Du hast keine Tochter«, antwortet Franzen genervt. »Auf jeden Fall keine, von der ich weiß.«

»Auch keine, von der du nichts weißt.« Weymann starrt auf den roten Fleck auf dem Taschentuch. »Als wir die Teilnehmer für *Operation Countdown* gesucht haben, schickte sie mir einen Brief mit Jahreszahlen, Daten, ein Foto, auf dem ich mit ihrer Mutter zu sehen bin, und die Kopie einer Geburtsurkunde. Darauf hatte sie das *Unbekannt* hinter *Name des Vaters* gestrichen und durch meinen Namen ersetzt.«

»Herrgott noch mal, Edgar.« Franzen atmet heftig aus. »Warum hast du mich nicht informiert?«

»Ich wollte erst sicher sein und engagierte einen Privatdetektiv, der herausfand, dass ich ihre Mutter tatsächlich flüchtig gekannt hatte. Bei seinen Nachforschungen stieß er jedoch auf einen anderen Namen, der …«

»Mo Zanetti?«

»Genau. Er war in Tessas Team, das es ganz knapp nicht unter die ersten sechs geschafft hatte.« Weymann schaut seinen Anwalt müde an. »Frag mich nicht, was in jenem Moment in mich gefahren ist. Ich habe keine Ahnung. Auf jeden Fall ging ich auf Tessas Erpressungsversuche ein, veranlasste jemanden, ein paar Zahlen zu manipulieren, und schleuste *Cargo44* in die *Operation Countdown*.«

Fassungslos schüttelt Franzen den Kopf. »Du hast eine Erpresserin im Glauben gelassen, sie sei deine Tochter, nur um Mo Zanetti im Spiel zu haben? Als was? Als kleine

Wiedergutmachung dafür, dass wir seinen Vater ausgebootet haben, oder was?«

Weymann antwortet nicht. Er zupft an dem blutigen Taschentuch herum und vermeidet es, seinen Anwalt anzusehen.

»Und diese kleine, schäbige Erpresserin willst du jetzt schützen?«

»Ja.« Weymann greift nach der Türklinke.

Franzen hält ihn zurück. »Was ist dein Problem, Edgar?«

»Ich habe sie ins Spiel geschleust. Ich bin verantwortlich für sie«, antwortet Weymann. »Und für Mo. Er büßt für etwas, das er nicht getan hat.«

»Du bist für *Cupid Arcade* verantwortlich, Edgar. Es gibt Situationen, in denen man es sich nicht leisten kann, ein Gewissen zu haben.« Franzen drückt seine Hand gegen die Tür.

Weymann hält ihn zurück. »Glaubst du an Zufälle?«

»Nein«, erwidert Franzen hart. Nur an menschliche Schwächen. Aber das sagt er seinem Auftraggeber nicht. Es ist sein Job, keine Schwächen zu haben. Deshalb kümmert er sich anstelle von Weymann um Rahel Huber, die hysterisch fragt, wo die verschwundenen Teilnehmer sind und was hier vor sich geht. Während er mit ihr redet, drückt er auf seinem Handy die Kurzwahl von Dr. Samuel Hendriksson, dann einen Code, den nur sie beide kennen. Der Psychologe wird sich um sie kümmern und dafür sorgen, dass sie ihnen nicht in die Quere kommt.

MOS MISSION.

12. Juli. Militärareal Praditsch.
Ausgang / Eingang K3. 19.15 Uhr. **Mo.**

Irgendwo muss ich mit dem Suchen anfangen. Ich entscheide mich für die Höhle hinter dem Wasserfall. Dort, wo jemand Greti angegriffen hat. Die Rinne, in der ich abgestürzt bin, ist verschüttet. Es dauert endlos, bis ich einen anderen Einstieg in das Felsband finde, einen fast senkrechten Hang, den ich hochklettere. Oben drück ich mich an der Felswand entlang bis zum Eingang. Quetsch mich hinter dem Wasserstrahl durch und stelle mich dabei so blöd an, dass ich völlig durchgeweicht werde.

Ich taste nach der Taschenlampe in meiner Hosentasche. Zieh sie raus und hoffe, die Batterie hat nicht zu viel Nässe abgekriegt. Mach sie an. Sie funktioniert. Meine Lunge explodiert gleich, weil ich das Atmen vergessen habe. Ich saug Luft in sie rein. Viel zu laut. Da könnte ich auch gleich »Hallo, hier bin ich« rufen. Ich beweg mich keinen Millimeter. Horch ins Dunkel. Hör aber nur das Rauschen des Wassers und meinen Herzschlag.

Ewig kann ich so nicht stehen bleiben. Ich suche nach einer Stelle, an der der Fels unecht aussieht. Ein Stein löst sich und schlägt auf dem Boden auf. Vor Schreck stolpere ich rückwärts über eine Unebenheit und taumle in eine Einbuchtung. Als ich mit dem Rücken gegen die Wand krache, klingt das irgendwie hohl. Ich richte meine Lampe auf die Stelle. Mittlerweile weiß ich, wie die Eingänge ins Stollensystem aussehen. Das ist einer.

Wenn ich jetzt hineingehe, könnte es passieren, dass ich direkt einem von Sven Fricks Söldnern über den Weg laufe. Oder einem Gegenspieler von *Cupid Arcade*.

Wenn ich jetzt nicht hineingehe, werde ich die Wahrheit nie kennen. Also taste ich nach dem Griff und öffne die Tür. Leuchte ins Innere. Es ist ein Gang wie die anderen auch. Bis mir auffällt, was fehlt. Ich suche nach der Inschrift, die mir sagt, in welchem Stollen ich bin. Es gibt keine. Das kann zwei Dinge bedeuten. Entweder bin ich zu weit weg vom Spiel oder dieser Eingang führt in Feindesland.

Im Licht der Taschenlampe laufe ich los und versuche, den Gedanken zu verdrängen, dass man mich schon von Weitem sehen kann. Anders geht es nicht. Entweder mit Licht oder gar nicht. Die ersten paar Meter zucke ich beim kleinsten Geräusch zusammen. Bekomme vor lauter Aufregung einen Schluckauf. Danach verzieht sich die Angst entweder, oder ich gewöhn mich dran. Was auch immer. Auf jeden Fall wird es weniger schlimm.

Ich dring tief ins Innere, immer weiter rein, so tief wie noch nie. Und dann ist das Ding einfach fertig. Ich bin in einer Sackgasse. Einem verfluchten dead.end.

Die Batterien meiner Taschenlampe sind beinahe alle

und ich stecke mindestens dreihundert Meter tief in einem Berg. Ich mach das Licht aus und kaure mich hin. Nenn mich selbst einen Idioten, weil kein anderer da ist, der das tun könnte. Wo immer der Feind ist, hier ist er nicht. Vielleicht hat er schon zugeschlagen und sich Tessa geschnappt, oder Greti.

Und ich bin schuld.

Weil ich, statt Hilfe zu holen, einer Songzeile aufgesessen bin. Ich presse meine Faust gegen den Mund, damit ich nicht laut losschreie. Beginne zu zählen, raste aber aus, bevor ich auch nur bei zwei anlange. Ich packe lose Steine und werfe sie gegen die Wand. Es klingt genauso, wie wenn Steine gegen Fels prallen. Kein hohles Geräusch, nichts, das auf einen verborgenen Durchgang hinweist. Ich heule auf vor Zorn. Geh den verfluchten Gang zurück. Natürlich reichen die Batterien nicht.

Ich geb auf. Sitz im Dunkeln und hab einfach nur noch Angst. Und mir ist kalt. Ich umschlinge meine Beine, zieh sie an mich, warte schlotternd auf … keine Ahnung worauf. Selbst wenn es Tag wird, wird es hier nicht hell.

Ich habe keine Wahl. Ich muss raus. Also kratze ich mein letztes bisschen Selbsterhaltungstrieb zusammen, zieh mich hoch und taste mich an der Wand entlang. Meter um Meter. Bis ich auf einer Steinplatte ausrutsche und mit dem Kopf gegen den Fels pralle. Ich merke, dass ich wegtrete, und denk noch, dass mich hier kein Schwein finden wird. Nicht ohne den Chip im Nacken. Dann bin ich weg.

MISSION FÜNF. DER INFORMANT.

12. Juli. Militärareal Praditsch. Stollen 5.
19.15 Uhr. **Greti.**

Yuki ist immer noch nicht zurück. Ich will nach ihr suchen, doch Carlos und Sebi hindern mich daran.

»Lass sie in Ruhe!«, sagt Sebi bestimmt.

»Aber …«

»Sie braucht eine Pause.«

»Eine Pause könnte sie auch in der Zelle machen!«

Wieder ist es Carlos, der mir auf seine direkte Art zu verstehen gibt, warum Yuki den Raum verlassen hat. »Du nervst sie. Also lass sie einfach in Ruhe und spiel endlich.«

Meine Wangen brennen. Vielleicht habe ich das verdient. Ich bin zu einer prügelnden Wahnsinnigen geworden und habe damit die stille, besonnene Yuki vergrault. Mein Gesicht glüht nicht mehr nur wegen Carlos, sondern auch vor Scham. Ich sollte mich eine Weile von Yuki fernhalten und mich später bei ihr entschuldigen, aber ich kann nicht. Ich muss jetzt wissen, wo sie ist.

»Yuki, hörst du mich?«

Sie antwortet nicht. Ich versuche es noch einmal, doch die Verbindung bleibt tot.

»Sie will nicht mit dir sprechen«, versucht Sebi mir schonend beizubringen.

Oder sie kann nicht. Ich gebe meine Vorsicht auf. Es spielt keine Rolle mehr, wer mithört. Ich muss verhindern, dass noch mehr Spieler verschwinden.

»Wir haben einen Chip im Nacken«, sage ich. »Damit orten sie uns.«

»Achtung, das muss der Informant sein!«, ruft Carlos. »Schnappen wir ihn uns! Sebi, links!«

Ich versuche es noch einmal. »Wir haben einen Chip im Nacken.«

»Da! Da vorn!«

Es ist, als sei ich Luft, als zähle nur der Informant. Ich bin auch eine Informantin, aber mir hört niemand zu. Mir bleibt nur ein Weg, die Aufmerksamkeit der anderen zu gewinnen. Ich stehe auf, gehe zum Schrank und greife nach einer der Dosen. Den Öffner muss ich erst suchen, weil Carlos ihn am Nachmittag nicht in die Schublade zurückgelegt hat. Ich finde ihn neben der Pritsche, schneide den ganzen Deckel weg und klaube ihn mit den Fingern aus der Sauce.

»Er stirbt!«, brüllt Sebi. »Die haben ihn vor uns in die Finger bekommen und …«

»Scheiße!« Carlos haut in die Tasten. »Komm schon. Sag was!«

Ich verziehe mich in den toten Winkel der Kameras, ertaste die Verhärtung im Nacken und setze den Deckel an.

»Was … Was tust du da?« In Sebis Gesicht liegt blankes Entsetzen.

Ich führe den Zeigefinger an den Mund und deute ihm, die Klappe zu halten.

»Mission fünf geschafft!«, verkündet Carlos. »Gerade noch. Der Informant ist …«

Er macht den Satz nicht fertig, denn jetzt hat auch er mich gesehen. Mit weit geöffneten Augen beobachtet er, wie ich mir die Haut aufritze. Als ich den Deckel weglege und mir mit den Fingern in die Wunde greife, weicht alle Farbe aus seinem Gesicht. Einen Augenblick später starrt er auf das winzige Teil, das ich ihm in meiner Handfläche hinhalte.

Bevor ich ihn daran hindern kann, baut er sich unter einer der Überwachungskameras auf. »Ich will mit dem Boss reden«, krächzt er. »Sofort.«

Dann schaltet er alle Kontakte zu den anderen Teams frei. »Leute, wenn ihr mich hört: Hier ist was faul. Wir haben einen Chip im Nacken. Ich habe ja keine Ahnung, was bei euch läuft, weil ihr uns blockt, aber ich denke mal, dass wir ein massives Problem haben.«

Die Lichter in unserer Zelle werden hochgefahren. Auf den Bildschirmen ersetzt eine Botschaft die Ödnis des Jahres 2055.

SPIELUNTERBRECHUNG.

»In Anbetracht der Umstände unterbrechen wir das Spiel für eine Stunde«, hallt es aus den Lautsprechern. »Bitte bleiben Sie in Ihren Zellen. Unser Sicherheitspersonal wird Sie dort abholen und in die Kantine begleiten, wo wir Ihnen zur Beruhigung der Situation den Spielverlauf erklären und Ihnen gerne Ihre Fragen beantworten.«

MOS MISSION.

12. Juli. Militärareal Praditsch.
Zone Ost. Hauptquartier Atlantis.
19.45 Uhr. Mo.

Aufwachen nach dem Weggetretensein ist eine verwirrende Sache. Vor allem, wenn man nicht dort liegt, wo man zusammengeklappt ist. In meinem Fall in einem gottverlassenen Stollen. Das hier ist keiner. Dazu ist die Luft zu wenig muffig und die Unterlage, auf der ich liege, zu warm und zu weich.

Irgendjemand hat mich gefunden, auch ohne Chip, mich auf eine Matratze gelegt und mir trockene Klamotten angezogen. Ich tippe auf die Leute von *Cupid Arcade* und entscheide, meine Augen geschlossen zu halten. Mir ist nicht nach Verhör.

Vielleicht habe ich beim Aufwachen gestöhnt oder geblinzelt. Auf jeden Fall muss ich mich irgendwie verraten haben.

»Boss, er ist wach«, meldet eine ernste Stimme.

Gleich wird Weymann auftauchen, und wenn ich Pech habe, hat er eine Schwester im Schlepptau, die mir einen Giftcocktail ins Blut spritzt. Ich öffne die Augen, damit ich wenigstens um mein Leben kämpfen kann. Die Umgebung ist noch leicht verschwommen, aber mir ist klar, dass ich nicht in der Krankenstation liege. Dazu ist der Raum zu klein. Und der falsche Mann betritt ihn.

»Verdammtes Arschloch«, begrüße ich ihn.

Sein Gesicht zeigt keine Regung.

»Warum?«, fragt er.

»Wie wär's mit Körperverletzung, Entführung, Geiselnahme?«

»Das meine ich nicht.« Noch immer trägt er sein Pokerface. »Warum bist du nicht einfach abgehauen? Du warst schon an der Grenze.«

»Deep Purple«, antworte ich und das Pokerface bekommt Risse. Ich hau noch einen drauf. *»I am the echo of your past.«*

Das schafft ihn. Seine Schultern sacken nach vorn. »Du hättest dich an eine andere Songzeile halten sollen.«

Ich weiß, welche er meint. Die mit den vollkommen Fremden, die Fremde bleiben sollen. Hätte ich. Denn was immer ich erwartet habe, auf den Scheißschmerz, der mich gerade innerlich zerfetzt, war ich nicht vorbereitet. Auch dazu hat *Deep Purple* was im Angebot. *Your tears are lost in falling rain.* Ich kann den ganzen verfluchten Text dieses Songs auswendig.

»Sieh mich an«, sagt er.

Ich schau weg.

»Es tut mir leid«, höre ich ihn sagen.

»Mir scheißegal.«

»Ich konnte dir damals nicht sagen, warum ich wegging.«

»Mir scheißegal. Es interessiert mich nicht mehr.«

»Ich will es dir erklären.«

»Kannst du dir sparen.« Ich stemme mich hoch. Versuche aufzustehen.

»Du wärst nicht gekommen, wenn du nicht den Grund kennen möchtest.«

Damit schafft er mich. Wir sind quitt. Ich lass mich zurück aufs Kissen fallen.

Irgendein Gerät piepst. Paps zieht einen winzigen Empfänger aus seiner Hosentasche, wirft einen kurzen Blick drauf und geht zur Tür.

»Wir reden später«, sagt er. »Ich muss zuerst etwas erledigen.«

»Wo sind die anderen?«, rufe ich ihm hinterher.

»Es geht ihnen gut.«

Er ist weg, bevor ich antworten kann. Zum Beispiel, dass es einem, dem man einen Chip rausgeschnitten und dann entführt hat, irgendwie gehen kann, aber bestimmt nicht gut.

SPIELUNTERBRECHUNG.

12. Juli. Militärareal Praditsch. Trakt A. Kantine. 19.50 Uhr. **Greti.**

Acht von uns sind übrig geblieben, eine Miniarmee aus Kriegern, die der Stollen und das Spiel verändert haben. Mit den blassen Gesichtern und den dunklen Ringen unter den Augen ähneln wir den Überlebenden aus *dead.end*. Der stundenlange Spielmarathon hat noch andere Spuren hinterlassen: glasige Blicke, fahrige Bewegungen, aufgekratzte Stimmen. In ganz wenigen Mienen erkenne ich Angst, in den meisten jedoch Wut auf mich und mein Team.

Hinter dem Podest, auf dem Rahel Huber heute Morgen die nächsten Spielzüge verkündete, leuchtet auf dem riesigen Bildschirm das Wort *Spielunterbrechung*. Sicherheitsleute führen Weymann und Dr. Hendriksson in den Raum. Die Projektleiterin kann ich nirgends entdecken.

Weymann betritt die kleine Bühne, weniger strahlend und selbstbewusst als beim letzten Mal. Er blickt in unsere kleine Runde und räuspert sich.

»Wie Sie sicher bemerkt haben, fehlen ein paar Ihrer Mitspieler.« Hinter Weymann flackert das Bild.

»Einige von Ihnen sind deshalb verunsichert.« Er räuspert sich erneut. »Nun, ich gestehe, wir sind ein bisschen weit gegangen in dem Versuch, Sie in eine packende, ja geradezu fiebrige Spielstimmung zu versetzen.«

Das Wort *Spielunterbrechung* verschwindet und an seiner Stelle erscheint eine Aufnahme der verschwundenen Spieler, die in einem kahlen, aber gemütlich eingerichteten Raum auf Sofas sitzen. Sven Frick deutet auf den Bildschirm, doch Weymann versteht nicht, was sein Sicherheitschef von ihm will, und redet weiter.

»Ich kann Sie beruhigen und Ihnen …«

Jetzt endlich bemerkt Weymann, dass wir alle auf einen Punkt hinter ihm schauen. Er dreht sich um. Sein Körper gerät aus dem Gleichgewicht. Mit einem Satz ist Sven Frick zur Stelle. Weymann flüstert ihm etwas zu und der Sicherheitschef tritt ein paar Schritte zurück.

Die Kamera schwenkt zu einem Mann und zoomt ihn heran, bis sein Gesicht den ganzen Bildschirm ausfüllt.

»Er kann euch gar nichts versichern«, erklärt der Mann. »Edgar Maurus Weymann hat die Kontrolle über sein Spiel verloren. Und wenn ich *Spiel* sage, dann meine ich nicht nur *dead.end*.«

»Mann, ist das krass«, flüstert Carlos neben mir.

»Genial«, doppelt Sebi nach.

»Setzt euch doch«, sagt der Mann auf dem Bildschirm. »Ich habe etwas zu sagen.« Er wartet, bis sich der kleine Aufruhr, den er unter uns ausgelöst hat, wieder gelegt hat.

»Gehört das zum Spiel?«, ruft Pit.

»Sozusagen.«

Auf dem Bildschirm erscheinen wieder die Aufnahmen

der Verschwundenen. Diesmal sehen sie uns direkt an. Fehlt nur noch, dass sie in die Kamera winken.

»Eure sieben Kollegen sind wohlauf. Sie sind an einem sicheren Ort und warten darauf, von euch befreit zu werden.«

»Der Rat der Sieben Weisen«, sagt Aline leise.

Der Mann hat sie trotzdem gehört. »So ist es«, antwortet er. »Ich habe mir gedacht, mit echten Figuren zu spielen, erhöht den Reiz von *dead.end.*«

Ich schaue genauer hin. Oli, Sandy, Jolanda, Armin, Cathy, Yuki und Marilisa. Sieben Verschwundene, Sieben Weise.

»Alle Achtung«, sagt Tessa laut und deutlich. »Marilisa war mit mir in der Zelle. Ein Wachmann sollte sie in die Kantine bringen. Wie hast du sie verschwinden lassen?«

»Ein gutes Spiel verlangt nach guten Spielern«, antwortet der Mann. »Mein Team ist gut.«

»Und wer sind Sie?«, ruft Pit.

»Zanetti«, sagt Tessa in die Stille hinein. »Hanspeter Zanetti.«

Der Name schlägt mit der Wirkung einer kleinen Bombe ein. Alle reden durcheinander. Nur Weymann steht sprachlos und wie festgewachsen auf dem Podest. Ich bin nicht festgewachsen, ich stürze in einen Abgrund, vorbei an wild herumwirbelnden Namen. Hanspeter Zanetti. Mo Zanetti. Das kann kein Zufall sein.

»Eigentlich müsste ich dir böse sein, Tessa«, höre ich von weit her Hanspeter Zanettis Stimme. »Du hast meinen Sohn in diese Geschichte hineingezogen.«

Ich pralle auf. Mo ist der Sohn dieses Mannes. Es war

alles nur Show, alles ein Spiel, bis hin zum Überfall in der Höhle. Weder ein Sicherheitsmann noch Armin haben mich von hinten gepackt und mir ihren Fuß ins Knie gerammt. Mo hat das getan. Er hat von Anfang an gewusst, was hier läuft. Er hat uns alle getäuscht und mit seinem Vater ein doppeltes Spiel getrieben.

Ich möchte flüchten, doch am Ausgang stehen Sicherheitsleute und an meiner T-Zone hängt ein Schild. *Kein Zutritt.* Das erste Mal in meinem Leben sperrt mich mein Schutzraum aus. Stell dich der Wahrheit, gibt er mir zu verstehen. Du bist auf das Spiel hereingefallen, auf Weymann, auf Mo, auf alle. Verkriech dich nicht, sondern werde damit fertig.

Ich fahre mit meiner Hand so heftig über die Lippen, dass sie bluten.

»Zu jedem Spiel gehören Gute und Böse«, höre ich Zanetti sagen. »Wer hier welche Rolle innehat, erfahrt ihr, wenn ihr die letzte Mission beendet habt. Geht jetzt zurück in eure Zellen und sucht die Sieben Weisen.«

Das Bild löst sich auf. Wo eben noch Zanettis Gesicht zu sehen gewesen ist, steht jetzt wieder ein Wort.

SPIELT.

Weymann dreht sich zu uns um. Er sieht aus, als wäre er einem Geist begegnet, aber als Frick ihm die Hand auf den Arm legt, schüttelt er sie ab.

»Ich hab da noch eine Frage«, meldet sich Carlos. »Sie haben doch gesagt, wir dürfen Fragen stellen, oder?«

Weymann nickt und fordert Carlos mit einer Geste zum Reden auf.

»Warum haben wir einen Chip im Nacken?«

»Eine reine Sicherheitsmaßnahme.« Weymann steckt die Hände in seine Hosentaschen, gibt sich locker. »Stellen Sie sich vor, einer von Ihnen wäre im Labyrinth dieser Stollen verloren gegangen. Wo hätten wir ihn suchen sollen?«

»Das hätte in den Vertrag gehört«, sagt Aline.

»Es ist im Vertrag«, antwortet Weymann ruhig. »Eingeschlossen in der Klausel, dass *Cupid Arcade* alles tut, um Ihre Sicherheit zu garantieren.«

»Sind wir denn sicher?«, bohrt Aline nach.

Weymann lacht. »Natürlich. Alles, was geschieht, gehört zum Spiel. Ich konnte doch nicht ahnen, dass jemand hingeht und sich den Chip rausschneidet.« Er dreht sich zu mir um. »Vielleicht sollten Sie sich auf der Krankenstation untersuchen lassen, Greti.«

Ich balle meine Hände zu Fäusten. Meine Wut richtet sich gegen diesen arroganten Typen, aber auch gegen mich. Ich war ja so dumm, so unendlich dumm!

Weymann blickt auf seine Uhr. »Wir bringen Sie jetzt zurück in Ihre Zellen. Um halb neun setzen wir das Spiel fort.«

Carlos und Sebi rennen los, genauso wie alle anderen. Ich folge ihnen. Kurz vor der Abzweigung zu Stollen 4 rempelt mich Tessa an.

»Blöde Kuh!«, zischt sie und packt mich am Arm. »Du hast recht«, flüstert sie. »Hier stimmt etwas nicht.«

Ich nehme ihre Worte als das, was sie sind: der Kübel Spott, der sich über mich ergießt, der Todesstoß der Siegerin.

IM INNERN VON DEAD.END.

12. Juli. Militärareal Praditsch.
Gebäudekomplex B. Büro Weymann. 20.20 Uhr.

»Ich habe deinen Arsch gerettet«, sagt Zanetti. »Dessen bist du dir hoffentlich bewusst.«

»Meinen Arsch gerettet?« Weymann gibt sich keine Mühe, seinen Zorn zu verbergen. »Sie haben mich vorgeführt.«

»Ist das alles, was dir dazu einfällt? Dein Ruf, den du verlieren könntest? Wenn es dir darum geht, kannst du mir doppelt dankbar sein. Du hast deinen Spielern das Unmögliche versprochen. Nun bekommen sie es und glaub mir, sie wollen daran glauben. Du kannst dafür sorgen, dass sie das auch nach der letzten Mission noch tun.«

Weymann lacht bitter. »Was dann? Werden Sie ihnen alles erzählen? Sie zum Schweigen bringen?«

»Das wirst du sehen«, antwortet Zanetti knapp. »Überweise erst einmal die fünf Millionen. Bei der Abzweigung von Stollen 10 zu 10a finden deine Männer ein Dokument mit der Kontonummer und den restlichen Bedingungen. Du wirst jede einzelne unterschreiben und danach hast du zwei Monate Zeit, sie zu erfüllen. Das sollte reichen, die ganze Geschichte unauffällig und diskret zu regeln. Tust du es nicht, werde ich das Dokument und die Beweise, die ich gesammelt habe, veröffentlichen.«

Franzen, der das Gespräch mithört, gibt seinem Chef ein Zeichen, auf den Vorschlag einzugehen.

»Wohin soll ich Ihnen das Papier schicken?«, fragt Weymann.

»Du bringst es mir. Höchstpersönlich. Sobald ich es in den Händen halte, lasse ich die Geiseln frei.«

Zanetti bricht die Verbindung ab.

Weymann starrt ins Leere.

»Ich schlage …«

Mit einer Handbewegung bringt Weymann seinen Anwalt zum Schweigen. »Ist die Bank so weit?«, fragt er.

»Sie hat grünes Licht gegeben. Wir können das Geld überweisen.«

»Ich will mit Frick sprechen.«

Franzen geht zur Tür und bittet den Sicherheitschef herein, der draußen gewartet hat.

»Die Männer sind bereit und warten auf den Einsatzbefehl«, meldet er.

»Keine Risiken«, befiehlt Weymann. »Schicken Sie einen Mann zur Abzweigung von Stollen 10 zu 10a. Er soll den Umschlag bringen, der dort hinterlegt ist.«

Er wendet sich an Franzen. »Du bist für den Geldtransfer verantwortlich. Ich überbringe das Dokument, das Zanetti für mich deponiert hat. Wir gehen auf sämtliche Forderungen ein. Danach haben wir genügend Zeit, Zanetti auszutricksen und uns das Geld zurückzuholen.«

Frick nickt zustimmend, doch sein Gesichtsausdruck verrät, was er von diesem Vorgehen hält.

»Erste Priorität hat die Sicherheit der Jugendlichen«, sagt Weymann zu ihm. »Alle Teilnehmer müssen heil aus dieser Sache herauskommen. Unser Vorteil ist, dass die meisten von ihnen immer noch denken, das Ganze sei ein Spiel. Damit können wir die Medienkonferenz nach der *Operation Countdown* wie geplant abhalten und das Projekt weiterlaufen lassen.«

»Wo findet die Übergabe statt?«, fragt Frick.

»Das hat mir Zanetti noch nicht verraten. Ihr seid doch die Technikexperten. Ihr solltet Zanetti schon längst geortet haben.«

Betreten schaut Frick auf seine Schuhe. »Sie müssen in unmittelbarer Nähe sein. Yuki Takahashi und Marilisa Sanders sind die Letzten, die verschwanden. Marilisa wurde kurz nach Spielabbruch noch gesehen. Wir werden den Mistkerl finden, Chef.«

Das hättet ihr schon längst tun sollen, denkt Weymann. Er behält seine Meinung für sich. Der Schlamassel ist angerichtet. Es gilt, ihn einigermaßen unversehrt zu überstehen.

MISSION SECHS.
DER RAT DER WEISEN.

12. Juli. Militärareal Praditsch. Stollen 5.
20.30 Uhr. **Greti.**

Carlos und Sebi sitzen vor ihren Bildschirmen, als ich die Zelle betrete. Sebi vermeidet jeden Blickkontakt mit mir, Carlos hält mir meine Dummheit ungeschönt und direkt unter die Nase. »Ich hab dir doch gesagt, dass wir Mo nicht trauen können!«

Schweigend setze ich mich an den Computer. Was soll ich auch antworten? Dass er recht hat?

»Wir sind auf Mission sechs«, murmelt Sebi. »Du bist bei unserer Gruppe.«

Das sehe ich selbst. Mit zitternden Fingern stecke ich mir den Kopfhörer ins Ohr.

»Das kannst du dir schenken«, blafft mich Carlos an. »Die anderen blocken uns immer noch. Also block die Idioten auch und dann leg dich ins Zeug. Nächstes Ziel ist die Felsformation dort drüben.«

»Alle Gruppen spielen wieder für sich«, erklärt mir Sebi.

So ist es also. Keiner traut dem anderen.

Ich tue, was er sagt, manövriere mit dem letzten Rest

Spielinstinkt meine Figur den anderen hinterher, über verdorrtes Land, durch Schluchten, in die kein Sonnenstrahl dringt, und fühle mich genau so, wie die Landschaft aussieht. Ausgebrannt und leer. Unter der Führung von Carlos stoppe ich meine Figur, wenn Carlos seine stoppt, treibe sie an, wenn er seine antreibt, ducke mich, krieche, robbe, steh auf, stürme, suche Deckung und kämpfe, wenn wir angegriffen werden. Ich töte automatisch und reflexartig zombiehafte Überlebende aus der Zukunft, deren Gesichter sich alle ähnlich sind, und stürme weiter.

»Pass auf!«, ruft Carlos.

Zu spät. Ich laufe direkt in einen Hinterhalt. Mein Tod wartet nicht in Form dieser unheimlichen lebenden Toten auf mich, auch nicht in einer der Fallen, die hier überall lauern. Es ist auch keiner von *Hades*, der mich erwischt, sondern Tessa. Wunderschön, elegant und blitzschnell springt sie mir von einem Felsvorsprung direkt vor die Füße, das Schwert noch in der Luft in Stellung gebracht. Im letzten Moment rettet mich Sebi. Sein Avatar kommt von der Seite her angeschossen, wirft sich auf meinen und legt sich schützend über ihn.

Carlos reagiert blitzschnell. Er liefert sich einen entfesselten Zweikampf, in den einzugreifen er mir und Sebi mit einem »Haltet euch da raus« verbietet. Erst als wir von einer Handvoll Endzeitkämpfer angegriffen werden, lassen die beiden voneinander ab. Gemeinsam stürzen wir uns auf den Feind und schlagen ihn in die Flucht.

Tessa hebt das Schwert und wendet sich von uns ab.

»Wow! Was für ein Weib!«, ruft Carlos begeistert.

»Was für ein Idiot«, klingt es aus den Kopfhörern.

Völlig verdutzt starrt Carlos auf den Bildschirm. Ich erinnere mich an die Begegnung mit *Hades* im Stollensystem.

»Wenn die Figuren einander nahe kommen, kann man hören, was sie sagen, auch wenn man sie blockt oder geblockt ist«, rufe ich ihm in Erinnerung.

Tessa legt ihre Faust auf die Brust. Carlos denkt, das Zeichen sei für ihn, und läuft rot an, doch ich bin sicher, sie meint mich damit, denn als sie den Arm wieder sinken lässt, richtet sie ganz kurz und wie zufällig den Zeigefinger auf mich.

Will sie mir damit sagen, dass Mo ihr gehört und nicht mir? Danke, das habe ich schon kapiert.

MOS MISSION.

12. Juli. Militärareal Praditsch.
Zone Ost. Hauptquartier Atlantis.
20.35 Uhr. Mo.

Paps ist wieder da. Ohne ein Wort darüber zu verlieren, weshalb er weg war. Macht weiter, wo er aufgehört hat.

»*Dead.end* ist mein Spiel, aber das hast du bestimmt schon herausgefunden.«

Hab ich. Auch wenn mir lieber wäre, ich wäre nie darauf gekommen.

»Weymann hat es zu etwas gemacht, was es nie werden sollte.«

»Mir egal«, lüge ich. Es ist mir nicht egal.

»Mir aber nicht«, antwortet Paps ruhig. »Ich will es dir erklären.« Und dann fängt er einfach an. »Ich habe *dead.end* für meinen letzten Arbeitgeber erfunden. Wir wollten das Spiel groß herausbringen, doch dann verlor er in der Finanzkrise massiv Geld und tat das, was man in der Wirtschaft das Tafelsilber verscherbeln nennt: Er verkaufte das Spiel samt allen Rechten an *Cupid Arcade*, obwohl mir ein Teil davon vertraglich zugesichert worden war. Ich solle es positiv sehen, meinte er. *Dead.end* würde den Markt erobern, wenn nicht über seine Firma, dann über *Cupid Arcade*. Ich beharrte auf die Einhaltung meines Vertrags, wollte meine Rechte zurück. Eine Woche später lag ein Jobangebot von *Cupid Arcade* vor. Ich schaute mir die Firma an, lernte Weymann kennen und lehnte ab. Kurz danach begannen die Drohungen, alle anonym, doch ich wusste, dass *Cupid Arcade* dahinterstecken musste.«

Drohungen? Dem Paps, den ich mal gekannt hatte, konnte niemand drohen! Mit nichts. Wie ein Stromstoß durchfährt mich die Erinnerung an die Scheiße, die ich mit dreizehn gebaut habe und von der niemand je erfahren sollte.

»Es … Es war meinetwegen, nicht wahr?«, krächze ich.

»Deinetwegen?« Ich sehe das Entsetzen in Paps' Gesicht und denk, das ist es. Ich bin schuld.

Paps packt mich an der Hand, bevor ich sie zurückziehen kann. »Es ist nicht deinetwegen. Hörst du? Ich habe früher Systeme gehackt. Ich habe Webseiten mit Viren lahmgelegt, geheime Informationen öffentlich gemacht. Einer meiner damaligen Kumpel hat bei *Cupid Arcade* angeheuert und mich verraten. Ich sollte Ruhe geben oder er würde als Zeuge aussagen.«

Paps hatte Familie. Er hätte Ruhe geben und das Jobangebot annehmen sollen. *Dead.end* war ein Spiel, einfach nur ein Spiel. Es wäre auf den Markt gekommen, mit seinem Namen irgendwo drauf, er hätte eine Beteiligung eingesackt und ein neues Spiel erfinden können.

»Ich gab auf«, sagt Paps, als könne er Gedanken lesen. »Ich gründete eine eigene Firma und begann von vorn.

Gleichzeitig behielt ich mein Spiel im Auge und fand heraus, was *Cupid Arcade* vorhatte.«

»So richtig dick ins Spielgeschäft einsteigen?«

»So kann man es auch nennen. Weymanns großen Coup. Nur sieht der ein bisschen anders aus, als er es der Presse verkauft hat.«

Paps fährt sich mit der Hand über die Bartstoppeln am Kinn. Er muss schon eine ganze Weile hier unten stecken. Ist eigentlich klar. Die Vorbereitung solcher Dinger, wie Paps sie hier durchzieht, braucht jede Menge Zeit und Planung.

»Weymann erkannte das Potenzial von *dead.end*«, fährt er fort. »Er begriff, dass er doppelt abkassieren konnte, wenn er die richtigen Leute ins Boot holte. Leute, die von einer nahezu realen Simulation von vorstellbaren Zukunftsszenarien profitieren, Leute, für die das Spiel Mittel zum Zweck ist. Er fand *Scipio,* eine private Geheimarmee, die nur darauf gewartet hatte, bei einem solchen Projekt einzusteigen. *Scipio* hat meine Technik für ihre Zwecke weiterentwickelt.«

»*Dead.end?*« Das kann ich nicht glauben. »Für eine Armee ist *dead.end* nicht interessant. Es ist kein Ballerspiel«, sage ich.

»Genau deswegen«, antwortet Paps. »Ego-Shooter für militärische Zwecke gibt es genügend. *Scipio* will *dead.end* als Tür zu den Köpfen der Spieler nutzen.«

Ich habe keine Ahnung, worauf Paps hinauswill.

»Tür zu den Köpfen der Spieler?«, frage ich.

»Ja. Jedes Mal, wenn sich jemand für das Spiel registriert,

speichert ein mitlaufendes Programm sämtliche Daten von ihm. Anders gesagt: *Scipio* kann mehr oder weniger direkt in das Denken der Spieler dringen, jeder Spielentscheid wird registriert und analysiert und die Auswertungen dazu genutzt, die Spieler zu manipulieren.«

Mir brummt der Kopf.

»Klingt verrückt, nicht wahr?«, fragt Paps.

Und wie. »Was meinst du mit manipulieren?«, frage ich.

»Nehmen wir an, du lädst dir eine Version von *dead.end* herunter. Für dich ist es nur ein Spiel. Aber *Scipio* beobachtet dich, wertet deine Spielzüge aus, deine und die aller anderen Spieler. Mit den richtigen Analyseprogrammen hat man das Wissen und die Möglichkeit, eine weltweite Spielgemeinde das tun zu lassen, was man für seine Zwecke braucht. *Scipio* kann damit Konflikte auslösen, Brandherde schaffen, Regierungen ins Wanken bringen. Dann verkauft *Scipio* genau so einer Regierung für viel Geld die Lösung eines Problems, dass *Scipio* selbst geschaffen hat.«

Paps meint das todernst. Für mich klingt es nach einer dieser Verschwörungstheorien wie der Landung auf dem Mond, die gar nicht stattgefunden haben soll. Oder den Außerirdischen, die angeblich in Roswell abgestürzt sind. Aber selbst wenn ich Paps nicht glauben will, was er mir erzählt hat, liege ich immer noch hier, mit einer Wunde im Nacken, aus der ich einen Chip gerissen habe.

»Niemand wird sich freiwillig einen Chip implantieren lassen«, sage ich.

»Der Chip hat damit nichts zu tun. Den haben sie euch tatsächlich nur zur Sicherheit reingejagt, damit ihr ihnen nicht verloren geht.«

»Das ist ein Witz, oder?«, frage ich.

Paps schüttelt den Kopf. »Nein. Es gibt Chips, die Menschen orten und deren Daten sammeln, aber *Scipio* ist zum selben Schluss gelangt wie du: Ein Chip zu *dead.end* würde die Datenschützer und die Presse auf den Plan rufen. Deshalb werden die Daten mit einem mitlaufenden Programm gesammelt.«

Im Moment ist es mein Kopf, in dem sich die Daten stauen. Sie wollen raus und hämmern von innen gegen die Schädeldecke. Wenn es wirklich wahr ist, was Paps erzählt, sollte ihm jemand klarmachen, dass er keine Chance hat, weil *Scipio* viel mächtiger ist als er. Und weil ich der Einzige bin, der gerade hier ist, mach ich das.

»Du bist verrückt«, sage ich. »Du kannst nicht eine ganze Geheimarmee aufhalten.«

»Ich nicht«, antwortet er ruhig. »Aber wir.«

Einen Augenblick lang denk ich, er meint uns beide. Doch dann sagt er: »Atlantis.«

Sollte bei mir was klingeln? Tut es nicht. Atlantis ist eine verschollene Insel, die es vielleicht nie gegeben hat. Sonst noch was?

»*Atlantis* ist eine Geheimorganisation von Hackern und Computerexperten. Sie haben mich kontaktiert, weil sie bemerkt haben, wie ich in Weymanns System einzudringen versucht habe. Ich bin Untergrundkämpfer geworden, Mo.«

Und ich definitiv reif für einen Aufenthalt in einer Klinik. Ich muss das alles träumen. Mit offenen Augen.

Das Ding in Paps' Hosentasche piepst schon wieder. Diesmal in einer schnelleren Frequenz. Muss also ziemlich wichtig sein. Paps vergisst, die Tür hinter sich zu schließen. Ich denke, ich sollte mich mal umsehen.

MISSION SECHS.
DER RAT DER WEISEN.

12. Juli. Militärareal Praditsch. Stollen 5.
20.45 Uhr. **Greti.**

Die Schlucht weitet sich zu einem Tal. Einem grasgrünen Tal.

»Was zum Teufel …« Carlos' Ausruf hängt unvollständig in der Luft.

»Ich dachte, die haben kein Wasser?« Auch Sebi schaut entgeistert auf seinen Bildschirm.

»Einige offenbar doch.«

»Aber …« Sebi versucht noch immer zu verstehen, was er gerade entdeckt hat. »Aber die ganzen Zombies sehen wirklich alle aus, als wären sie kurz vor dem Verdursten.«

Wie um seine Worte Lügen zu strafen, laufen ganz in der Nähe unseres Verstecks ein paar Kinder lachend über eine Wiese. In einigem Abstand stolpert ihnen ein kleiner Junge hinterher.

»Die sind auf jeden Fall kerngesund«, meint Carlos. »Schnappen wir uns den Knirps.«

Seine Figur schnellt aus der Deckung. Geräuschlos greift sie sich den Jungen und bringt ihn zurück in unser

Versteck, doch alles, was wir aus dem verschreckten Kind herauskriegen, ist, dass es hier mit seiner Sippe lebt und die Sklaven auf sie aufpassen.

»Sklaven«, murmelt Sebi. »Das könnten die Krieger sein. Sie locken die Feinde in ihre Fallen und in Hinterhalte. Ich schätze mal, die bekommen für jeden gefallenen Feind eine Ration Wasser und etwas zu essen.«

Das würde die ausgemergelten Gestalten erklären, nicht aber dieses fruchtbare Tal.

»Was genau hat der Informant gesagt?«, frage ich.

»Wenn du nicht wie …«, beginnt Carlos, doch Sebi unterbricht ihn.

»Er hat was von blühender Wüste geschwafelt. Und von den Herren über das Wasser. Den Sieben Weisen, die im Fels im Osten eingeschlossen sind, dort, wo das Wasser wohnt.« Er kratzt sich an der Wange. »Das mit der blühenden Wüste haben wir nicht ernst genommen. Außerdem war uns das sowieso egal. Wir mussten ja nur herausfinden, wo die Sieben Weisen sind.«

»Im Fels im Osten, dort, wo das Wasser wohnt«, fasse ich zusammen. »Klingt poetisch.«

»Jap«, grummelt Carlos. »Ich hasse Poeten. Sagen nie, was sie genau meinen.«

Das ist nicht nötig. Mir ist gerade klar geworden, wo wir suchen müssen.

»Wir müssen zu Ausgang K3«, sage ich.

»Da waren wir schon«, antwortet Carlos genervt. »Im Spiel und in echt. Da ist nichts.«

»Doch«, widerspreche ich. »Wasser, ganz viel Wasser. Es

kommt aus einem Loch über der Felshöhle. Von dort, wo es *wohnt.*«

Die liebliche Musik, die aus den Lautsprechern plätschert, seit wir das grüne Tal gefunden haben, wird unterbrochen.

»Team *Hades* ist ausgeschieden«, meldet eine Stimme. Es ist nicht die von Rahel Huber, sondern eine, die ich nicht kenne.

Carlos und Sebi brechen in Siegergeheul aus.

Bleiben noch drei Teams. *Galadriel, Cargo44* und wir. Kein Team ist mehr vollzählig. Uns fehlt Yuki. Von *Galadriel* haben Aline und Giulia überlebt und *Cargo44* besteht nur noch aus Tessa, der unerschrockenen Kriegsgöttin, die alles getan hat, bei diesem Spiel dabei zu sein.

MOS MISSION.

12. Juli. Militärareal Praditsch.
Zone Ost. Hauptquartier Atlantis.
20.55 Uhr. **Mo.**

Ich fliege nach genau 30 Sekunden auf.

Ein Riesenkerl packt mich von hinten, schlingt mir den Arm um den Hals und funkt dann in aller Seelenruhe Paps an. Nach einem kurzen Wortwechsel schleppt er mich in eine Art Kommandozentrale. Ich kapier erst überhaupt nichts.

An Computern hocken drei Typen wie aus einem Science-Fiction-Film. Über eine Wand von Monitoren flimmern Aufnahmen aus den Zellen der Spieler, aus den Stollen, aus der Krankenstation, aus der ich abgehauen bin.

»Begreifst du jetzt?«, fragt Paps.

Nein, begreifen tu ich gar nichts. Aber mir dämmert, dass der Verschwörungskram kein Verschwörungskram ist. Zumindest nicht der Teil, der Paps betrifft.

»Setz dich zu Claude«, sagt Paps. »Er wird dir erklären, was wir tun.«

Der langhaarige Blonde in der Ecke steht auf. Streckt mir die Hand entgegen. Ich suche nach einer Fluchtmöglichkeit. Das hier ist Paps' Krieg, nicht meiner. Aber ich schlage ein. Weil ich genau in dem Moment, in dem ich mich umdrehen und abhauen will, auf einem der Monitore Greti entdecke. In Nahaufnahme. Abgesehen von Sascha und Mam nach Paps Verschwinden die einsamste und verlorenste Person, die ich je gesehen habe.

»Kann ich auch hören, was die reden?«, frage ich Claude.

»Klar doch.«

Er hält mir einen Kopfhörer hin und zeigt mir, wie man den Ton zu den einzelnen Monitoren bekommt.

Die *Black Lizzards* reden über das Spiel. Irgendwas von Wasser, das irgendwo wohnt. Ich höre eine Weile zu, doch ich finde nicht heraus, warum Greti so traurig aussieht. Also frage ich Claude, wie es möglich ist, dass ich hier alles sehen kann, was Weymanns Kameras aufnehmen.

»Wir haben uns in ihr System eingeloggt.« Claude lacht. »Wir überwachen die Überwacher.«

»Und ihr manipuliert ihr System«, sage ich zu Claude. »So konntet ihr die Spieler verschwinden lassen, nicht wahr?«

»Kluges Kerlchen. Kommst nach deinem Vater.«

Ich glaube nicht, dass ich wirklich nach meinem Vater kommen will.

»Wie?«, frage ich.

»Wir nehmen aufgezeichnetes Filmmaterial. Wenn wir einen von euch verschwinden lassen wollen, spielen wir Bilder leerer Stollen ein. Auf den Monitoren in Weymanns Zentrale sieht es dann so aus, als sei alles ruhig.«

»Die bekommen also gar nichts mit?«

Er schüttelt den Kopf. Dann rückt er dicht an mich heran und sagt: »Ich hätt's beinahe vermasselt. Hab die Schaltmechanismen geknackt und eure Zellentür verriegelt.«

»Du warst das?«

»Verrat's niemandem.«

Der ist gut. Wem sollte ich so was verraten können? Kein Mensch würde mir diese Geschichte abnehmen.

Dieses ganze ausgeklügelte Technikding ist das eine. Aber da ist noch etwas anderes, das ich nicht verstehe.

»Wie habt ihr eigentlich die Spieler dazu gebracht, an den Todesort ihrer Figuren zu gehen?«, frage ich.

»Hab mich schon gewundert, ob du das nicht wissen willst.« Claude beobachtet aufmerksam einen leeren Stollen. »Wir haben Maulwürfe bei *Scipio*.«

»Sag mal, gibt's die wirklich?«

»*Scipio?* Aber sicher. Was hast du denn gedacht? Dass dein Vater dir Märchen auftischt?«

Ich fühle, wie mein Gesicht rot anläuft.

Er haut mir seine Hand auf die Schulter. »Na ja, ist auch schwer zu glauben.«

»Meinst du mit Maulwürfen Spione?«

»So kann man sie auch nennen.« Claude widmet seine Aufmerksamkeit einem anderen Stollen. »Sie haben den ausgeschiedenen Spielern eine Nachricht mit der Info zugesteckt, wie sie sich ihr Leben zurückholen können.«

Ist irgendwie beruhigend, dass bei all dem Hightech auch die gute alte Papiernachricht noch Platz hat.

»Und der Sicherheitsmann bei Sandy?«

»Der gehört zu uns. Sie hatte Angst, allein durch die Stollen zu gehen.«

»Aber er war verletzt.«

Claude schaut sich jetzt schon den fünften Stollen an. »Reine Show. Wir waren nicht sicher, ob er sonst aufgeflogen wäre.« Er führt seine Stollenbesichtigung fort. »Das größte Problem für uns waren du und Greti.«

Das mit mir versteh ich ja noch. Paps hat sich bestimmt nicht darüber gefreut, ausgerechnet mich bei den Spielern zu entdecken. Aber warum Greti?

»Ihr hattet von Anfang an den richtigen Riecher. Außerdem war Greti am ersten Tag kurz davor, unseren Geheimeingang zu entdecken. Wir mussten eingreifen.«

»So richtig auf die harte Tour, ja?«, sage ich laut. »Auch wenn's ein Mädchen ist.«

»Tut mir leid«, entschuldigt sich Claude. »Wir haben es übertrieben. Zum Glück bist du aufgetaucht und hast sie gerettet.«

»Und zum Dank habt ihr mir eine Ladung Steine hinterhergeschickt.«

»Das waren nicht wir. Wenn es dich beruhigt: Wir haben nach dir gesehen. Wärst du ernsthaft verletzt gewesen, hätten wir uns um dich gekümmert. Kritisch wurde es auch, als du dir im Stollen unten den Chip rausgerissen hast. Wir hätten uns beinahe eingemischt.«

Ich frage mich, ob *Atlantis* auch nur einen Deut besser ist als *Scipio*. So, wie ich das gerade sehe, ist auch die Mission, die Welt vor dem Bösen zu schützen, eine ziemlich schmutzige Angelegenheit.

Claude überlässt mich meinen Gedanken. Beobachtet voll konzentriert das Stollensystem. Murmelt etwas vor sich hin. Klickt sich durch die Aufnahmen leerer Stollen und Hallen. Immer schneller. Keine Ahnung, was er sieht, mir fällt auf jeden Fall nichts auf. Bis er aufsteht und den anderen verrät, dass es genau das ist, was ihm nicht gefällt.

»Hört mal zu, Leute. Die Jungs von *Scipio* müssten nach unserer Videonachricht auf Draht sein, doch ich sehe nur leere Stollen.«

»Scheiße!«, ruft der Schwarzhaarige am anderen Ende des Raumes. »Die müssen herausgefunden haben, wie wir das mit dem Überspielen von Aufnahmen machen.«

»Löst den Alarm aus«, befiehlt Paps. »Alle Mann auf ihre Positionen. Ihr wisst, was ihr zu tun habt. Claude, kommst du irgendwie an die Originalbilder?«

Claude hämmert auf seine Tastatur ein. Schüttelt den Kopf.

»Sie tun das, was wir getan haben«, erklärt er mir. »Sie blenden Aufnahmen leerer Stollen ein.«

»Sie bringen sich in Stellung«, sagt Paps ruhig. »Aber sie werden trotzdem auf unsere Forderungen eingehen. Eine Eskalation der Situation können sie sich nicht leisten.«

»Und wenn sie es darauf ankommen lassen?«

Im Raum bricht Hektik aus. Mann, was haben die denn erwartet? Dass sich eine ganze Geheimarmee widerstandslos an der Nase herumführen lässt? So, wie die Dinge aussehen, handelt es sich bei Paps' Forderungen nicht um Kleinigkeiten wie ein *Es tut mir leid, dass ich dein Spiel geklaut habe.*

»Was hast du vor?«, frage ich.

»*Dead.end* zu Ende zu bringen«, antwortet Paps.

MISSION SECHS.
DER RAT DER WEISEN.

12. Juli. Militärareal Praditsch. Stollen 5.
21.07 Uhr. **Greti.**

Der Knirps muss uns verraten und Alarm geschlagen haben. Gejagt von den Soldatensklaven der Überlebenden, erreichen unsere Figuren die Rinne, durch die ich beinahe abgestürzt wäre. Was in der Wirklichkeit unendlich schwierig war, ist im Spiel ganz einfach. Unsere Avatare klettern behände die Rinne hoch, doch von dort geht es nicht weiter. Erfolglos suchen wir einen Weg nach oben, hinauf zum Loch, aus dem die Wasserfontäne spritzt.

»Im Fels, wo das Wasser wohnt«, zitiert Sebi den Informanten. »Das bedeutet, wir müssen hinein ins Stollensystem.«

»Und zwar so schnell wie möglich«, fordert Carlos. »Die Zombies sind uns dicht auf den Fersen.«

Ich bin in Gedanken in der Höhle, wo mich Mo von hinten packt und mir seinen Fuß in die Kniekehle rammt.

»Greti, wo bleibst du?«, ruft Carlos.

Meine Figur steht allein auf dem Felsband. Ich verdränge den Gedanken an Mo, stürme den anderen hinterher und drücke mich hinter einem Vorhang aus Gischt hinein in das Dunkel, das nicht ganz so dunkel ist, wie ich es in Erinnerung hatte. Es fällt genug Licht ein, um die Umrisse von Carlos und Sebi zu erkennen.

»Hoffentlich ist die Fackel nicht zu nass«, murmelt Carlos.

Sebi hält ihm ein Streichholz hin. »Das letzte.«

Ein Zischen füllt den Raum, dann wird es hell.

Genau in dem Augenblick zwängt sich Tessa auf der anderen Seite in die Höhle.

Sebi zieht seine Waffe und richtet diese auf sie.

Sie hebt die Hände. »Waffenstillstand.«

»Hättest du wohl gerne!« Sebi rückt näher an Tessa heran.

»Die Sieben Weisen werden mit Sicherheit bewacht. Sogar wenn wir uns zusammentun, stehen unsere Chancen schlecht«, sagt sie, unbeeindruckt von Sebis Drohgebärde.

»Es kann nur ein Team gewinnen.« Sebi rückt Tessa näher, setzt ihr die Klinge auf die Brust. »Und dieses Team heißt *Black Lizzards.*«

»Du hast es wohl noch nicht kapiert.«

Sebis Arm mit der Waffe zuckt zurück. Gleich wird er mit aller Wucht vorwärtsschnellen und das Schwert wird Tessa durchbohren.

»Warte!«, rufe ich.

Im letzten Augenblick hält sich Sebi zurück. »Warum sollte ich? Schon vergessen, was Mo und sie dir angetan haben?« Und damit ich es auch wirklich nicht vergessen kann, haut er es mir nochmals um die Ohren. »Die haben dich verarscht. Die haben alle verarscht.«

»*Ich* habe euch verarscht«, sagt Tessa. »Mo nicht. Niemanden von euch.«

Sebi ist zu schnell. Weder Carlos noch ich schaffen es, ihn aufzuhalten. Er stößt zu, bevor wir ihn daran hindern können. Sein Schwert dringt in Tessa.

Niemanden von euch. Ich verstehe, was Tessa mir zu sagen versucht hat. Mo hat nicht gelogen. Auch Carlos hat das begriffen. Nur Sebi nicht.

»Was?«, schreit er uns an. »Was?«

DANACH.

4. September. Free World TV.
20.35 Uhr. Carlos.

Der Übergang vom Sturzflug in den freien Fall ist fließend. So, wie Halder aussieht, halb ungläubig, halb belustigt, ist jedes Wort ein Wort daneben.

Ich hab's nicht hinbekommen. Diese Geschichte ist zu irr für ein Land, das man mit Schokolade, Käse und Uhren verbindet. Wenn's hochkommt, noch mit Bankkonten von Steuerhinterziehern und etwas behäbigen und humorlosen Ureinwohnern. Geheimarmeen und Untergrundorganisationen traut man uns nicht zu. Der Einzige, der mir interessiert zuhört, ist der Kameramann. Ich konzentriere mich auf ihn und erzähl ihm das Ende. Dass vielleicht alles gut ausgegangen wäre, wenn wir nicht die Nerven verloren hätten. Und dass wir schlussendlich alle nur Spielfiguren sind. Auch im ganz realen Leben.

MISSION SECHS.
DER RAT DER WEISEN.

12. Juli. Militärareal Praditsch. Stollen 5.
21.11 Uhr. **Greti.**

»Kommt schon, Leute, es ist ein Spiel!« Sebi hebt in einer hilflosen Geste die Arme. »Das war doch nur ein Trick von Tessa.«

»Ja, wirklich cool, so ein Trick, bei dem die Überlebenschancen bei null liegen«, schnauzt ihn Carlos an. »Denkst du wirklich, die Frau ist so blöd? Sie wollte uns was sagen und ich will wissen, was.«

»Das hatten wir doch gerade.« Genervt fingert Sebi an der Computermaus herum. »Es gehört alles zum Spiel.«

»Du kannst das jetzt noch ein paar Mal wiederholen!«, brüllt Carlos. »Damit seh ich kein bisschen klarer.«

»Leute, bleiben wir sachlich«, bittet Sebi. »Die verschwundenen Spieler sind bei Zanetti. Sie sahen aus wie eine Klasse auf einem Schulausflug, nicht wie eine eingeschüchterte Gruppe von Geiseln. Weymann und Zanetti haben gesagt, wir sollen zocken. Also, wo ist das Problem?«

»*Cargo44* sind ausgeschieden«, meldet dieselbe Stimme, die schon das Ausscheiden von *Hades* verkündet hat. »Es bleiben *Galadriel* und die *Black Lizzards*.«

»Seht ihr!« Triumphierend schaut Sebi von mir zu Carlos und zurück zu mir. »Alles in Ordnung. Wir werden dieses Spiel gewinnen, aber nur, wenn wir endlich weiterzocken.«

Ich weiß, dass Sebi unbedingt gewinnen will, wahrscheinlich, weil er wieder einmal bei einigen Leuten in der Kreide steht und Geld braucht, doch seine blinde Sturheit bringt mich an den Anschlag. »Sucht den geheimen Gang«, sage ich. »Ich muss aufs Klo.«

»Ich auch«, erklärt Carlos.

Entgeistert schaut Sebi uns an. »Das … Das könnt ihr nicht bringen.«

»Doch«, antworten Carlos und ich gleichzeitig.

Sebi sieht mich mit einem Flehen in den Augen an. Er ist mein bester Freund, er hat mich noch nie im Stich gelassen. Ich sollte bei ihm bleiben und weiterspielen, aber ich kann nicht. Seit Tessa ihre Figur geopfert hat, bin ich sicher, dass bei *dead.end* etwas sehr, sehr schiefläuft. Ich unternehme einen letzten Versuch, Sebi auf meine Seite zu ziehen. Dabei gebe ich alle Vorsicht auf. Ich werde meine nächsten Schritte sowieso nicht geheim halten können.

»Cathy ist eine der Gefangenen. Ich dachte, du magst sie.«

Sebis Gesicht färbt sich tomatenrot bei der Erwähnung von Cathys Namen.

»Sie verschwand erst Stunden, nachdem ihre Figur ums Leben kam«, murmelt er.

»Weil sie für mich weiterspielte«, antworte ich. »Sie hatten gar keine Zeit, sie sich zu …«

Sebi lässt mich nicht ausreden. »Es ist wegen Mo, nicht wahr?«

»Nein«, erwidert Carlos scharf. »Es ist wegen Yuki und den anderen sechs verschwundenen Spielern. Denkst du wirklich, Yuki hätte sich einfach so weglocken lassen? Mo ist eine andere Geschichte. Der zieht sein eigenes Ding durch.«

Wenn er nicht gelogen hat, holt er Hilfe. Wenn ihn Weymanns Truppe nicht erwischt hat. Und wenn ihm die Polizei diese verrückte Geschichte mit dem Chip glaubt. Das sind viel zu viele WENNs.

»Es tut mir leid«, sage ich zu Sebi und folge Carlos aus der Zelle.

»Verdammt!«, flucht Sebi hinter uns. »Wartet auf mich. Ich brauche noch dreißig Sekunden.«

Er hämmert wie ein Besessener auf seine Tastatur ein und murmelt dabei etwas vor sich hin. Eine halbe Minute später steht er neben uns im Stollen.

»Spielen wir real weiter«, verkündet er laut und deutlich. »Wie Mission eins.« Er wendet sich an die nächste Kamera. »Das gilt auch, ihr Paragrafenkacker. Auf jeden Fall gibt es im Vertrag keine Klausel, die das Gegenteil besagt.«

IM INNERN VON DEAD.END.

12. Juli. Militärareal Praditsch.
Gebäudekomplex B. Überwachungszentrale.
Nebenraum. 21.20 Uhr.

Weymann steckt seine Hände in die Hosentaschen und schaut seinen Anwalt an. »Team *Black Lizzards* hat beschlossen, das Spiel real weiterzuspielen.«

Franzen lacht.

»Was ist daran so komisch?«

»Damit geschieht doch genau das, was *Scipio* an *dead.end* interessiert. Die Spieler unterscheiden nicht mehr zwischen Realität und virtueller Welt. Sie führen ihr Spiel in der Wirklichkeit weiter. Eigentlich solltest du den Preis für *dead.end* um fünf Millionen erhöhen und damit deine Unkosten decken.«

Weymann erkennt zwar die Ironie der Sache, doch darüber lachen wie sein Anwalt mag er nicht.

»Und jetzt?«, fragt er.

»Lass sie spielen. Informiere Matthew und Karel, dass wir soeben aus dem Spiel heraus den ersten realen Konflikt ausgelöst haben, und biete ihnen eine direkte Verbindung ins Geschehen an. Ich bin sicher, sie werden begeistert sein.«

Franzen hält Weymann das Dokument hin, das einer von Fricks Leuten geholt hat. »Keine Sorge. Unsere Leute werden es Zanetti wieder abnehmen, sobald die Geiseln in Sicherheit sind.«

Weymann wünscht sich Franzens Vertrauen in *die Truppe*, wie er sie nennt. An seinen Ansprüchen ist die Geheimarmee von Matthew und Karel gescheitert.

»Wir werden in wenigen Minuten wissen, wo sich Zanetti aufhält«, meldet sich Frick. »Die *Black Lizzards* werden uns gleich zu ihm führen.«

Wenn Weymann noch einen Beweis für die Untauglichkeit von *Scipio* braucht, hat Frick ihn soeben geliefert.

MISSION SECHS.
DER RAT DER WEISEN.

12. Juli. Militärareal Praditsch. Stollensystem.
21.20 Uhr. **Greti.**

Bei der Abzweigung aus Stollen 5 in den Hauptstollen versperren uns drei Sicherheitsleute den Weg.

»Wo geht ihr hin?«, wollen sie wissen.

»Klo«, antwortet Carlos. »Was dagegen?«

»Alle drei?«, fragt der Mann.

»Frauen«, schnaubt Carlos und sieht dabei mich an. »Können nie allein aufs Klo. Ist dir bestimmt auch schon aufgefallen.«

Der Mann findet Carlos' müden Witz genauso wenig lustig wie ich, aber er lässt uns passieren und nur darauf kommt es an.

Ich will links abbiegen, doch Carlos hält mich zurück.

»Ich muss wirklich«, flüstert er.

Sebis betretene Miene spricht Bände. Meine Männer müssen also beide zur Toilette. Ich denke an den doofen Spruch von Carlos und folge ihnen zu den sanitären Anlagen.

Vor den Damentoiletten steht Weber, der Wachmann, den wir neben Sandys Chip gefunden haben. Auch er fühlt sich dazu berufen, mich mit einem blöden Spruch zu empfangen. Als ich nicht reagiere, packt er mich am Arm, zieht mich zu sich heran und deckt mich mit einem gehässigen Redeschwall ein, in dem es darum geht, jemanden einfach in einem Stollen liegen zu lassen. Zwischen den einzelnen Triaden zischt er mir leise einzelne Wörter ins Ohr.

ICH … UND … HUBER … AUF … EURER … SEITE … VERTRAUEN … VERSTANDEN?

Ich habe keine Zeit, mir zu überlegen, ob Weber ein Freund oder Feind ist, gut oder böse, verstehe auch nicht ganz, was er mir damit sagen will, doch mein Gefühl sagt mir »Freund/gut«.

»Ich hab's kapiert«, keife ich ihn an. »Aber gefallen lassen muss ich mir so etwas nicht. Ich werde mich über Sie beschweren.«

Weber verzieht fast unmerklich seinen linken Mundwinkel. Ich verschwinde in der Toilette, wo Rahel Huber mit dem Rücken zu mir am Waschbecken steht und sich im Spiegel betrachtet. Sie wirkt mindestens zehn Jahre älter als bei unserer letzten Begegnung.

Ich stelle mich ans Becken neben sie, dreh den Hahn voll auf, benetze meine Hände und kühle damit mein Gesicht. Rahel Huber tut dasselbe.

»Tessa wartet da drin«, flüstert sie, ohne mich anzusehen. »Sie war sicher, dass du kommen würdest.«

»Ich habe Sebi und Carlos bei mir«, antworte ich leise. »Können Sie uns zu Ausgang K3 bringen?«

»Ich werde es versuchen«, antwortet sie gehetzt. »Ich … Ich habe von alldem nichts gewusst. Erst als …«

In der mittleren Kabine betätigt jemand die Spülung, die Tür geht auf und Tessa kommt mir entgegen. Ich will etwas sagen, doch genau jetzt lässt mich mein chaotisches Sprachzentrum im Stich, wahrscheinlich, weil zu viele Wörter auf einmal rauswollen und sich jetzt gegenseitig blockieren.

Wortlos gehen wir zur Tür. Draußen warten Carlos und Sebi auf mich. Carlos fallen beinahe die Augen aus dem Kopf, als er Tessa sieht.

»Ich habe den Auftrag, diese vier jungen Leute zu Ausgang K3 zu bringen«, sagt Rahel Huber in strengem Befehlston zu Weber. Nichts an ihr erinnert mehr an die unsichere, nervöse Frau im Waschraum. »Da ich mit dem Stollensystem zu wenig vertraut bin, bitte ich Sie, mich zu begleiten.«

»Kann das nicht jemand anderes?« Weber setzt eine Miene auf, als hätte man ihn eben strafversetzt. Der Mann hat vielleicht Nerven!

»Wenn Sie lieber in der Küche Kartoffeln schälen möchten …«

Schnell verneint Weber und eskortiert uns scheinbar widerwillig durch den Hauptstollen. Ich zähle mindestens zehn Sicherheitsleute bis auf die Höhe von Stollen 5. Selbst im kleinsten Nebenstollen stehen mindestens zwei Mann. Aber keiner hält uns auf.

Beim Einstieg in Stollen 17a bricht Rahel Huber in Panik aus. Kurz entschlossen klettert Carlos voraus, Weber hebt die Huber hoch und Carlos zieht sie in den engen Gang. Tessa verdreht die Augen und verschwindet durch den Spalt. Ich bin die Letzte. Als ich mich noch einmal umdrehe und zurückschaue, könnte sich schwören, dass wir beobachtet werden.

Von uns hat keiner an die Taschenlampe gedacht. Zum Glück gehört zu Webers Uniform eine dazu. Ihr Licht muss für alle reichen. Es ist nur schwach und immer wieder stolpert einer von uns. Rahel Huber schreit dabei jedes Mal auf. Ich fühle, wie Tessa ungeduldig wird.

»Sie ist Projektleiterin«, flüstere ich ihr zu. »Die machen so etwas nicht jeden Tag.«

»Ich auch nicht«, gibt Tessa zurück, viel weniger kalt, als ich es erwartet habe.

Vielleicht hat sie ja doch ein Herz, schießt es mir durch den Kopf. Ich bin froh, dass Menschen keine Gedanken lesen können, denn ich schäme mich für meine.

In der Höhle befiehlt Weber mir, die Taschenlampe zu halten. Dann müssen Tessa, Sebi und Carlos antraben. Mit einem Messer schneidet ihnen Weber in einer schnellen Bewegung die Haut am Nacken auf. Es ist klar, dass er das nicht zum ersten Mal macht.

»Sie haben die Spieler verschwinden lassen«, sage ich.

»Alle außer Mo. Den konnten unsere Leute einfach nur pflücken wie einen vom Baum gefallenen Apfel.« Er lacht heiser, wird aber gleich wieder ernst, als er Rahel Huber fragt, ob sie auch geimpft worden sei. Sie verneint. »Dann ich«, sagt er zu mir und drückt mir das Messer in die Hand. »Du hast ja mittlerweile etwas Übung.«

»Sie … Sie haben auch so ein Ding unter der Haut?«, fragt Sebi.

»Die Luxusausgabe.« Wieder lacht er und hält mir den Arm hin. »Sogar am richtigen Ort. Freiwillig. Aber jetzt muss der Sender raus. Einer von uns wird nachher mit den Chips nach draußen marschieren, um Weymann auf eine falsche Fährte zu locken.«

Carlos besteht darauf, die Taschenlampe zu halten. Ich setzte das Messer an der Stelle an, auf die Weber den Finger hält, weit oben, in einem Bereich, wo es für ihn nicht einfach wäre, selbst einen Schnitt anzubringen.

Webers Chip liegt tiefer als unserer. Ich zögere. Es ist etwas anderes, ob man das bei sich selbst macht oder einem Fremden. Erst als Weber mich dazu auffordert, endlich loszulegen, schneide ich in seine Haut.

Rahel Huber stöhnt leise und gerät ins Taumeln. Sebi fängt sie auf und hält sie fest.

»Projektleiterin«, murmelt Tessa verächtlich. »Können wir?«

»Ja«, antwortet Weber und hält der Huber die Chips hin. »Sie sollten sich nach einem neuen Chef umsehen. Und jetzt verschwinden Sie nach draußen, deponieren die Chips in einiger Entfernung von hier und verstecken sich irgendwo im Wald, bis die Sache vorbei ist.«

»Ich …«

»Hauen Sie ab!«, befiehlt Weber und zieht sich in den hinteren Bereich der Höhle zurück, in die Nähe jener Stelle, an der ich angegriffen wurde. Mir ist jetzt klar, warum. Ich wäre beinahe über Zanettis Versteck gestolpert.

»Haben Sie mir Ihren Fuß ins Knie gerammt?«, frage ich Weber.

»Ich verletze keine Frauen«, antwortet er mir. »Aber wenn du dich revanchieren möchtest, kannst du das in etwa fünf Minuten tun. Der Typ, der dich angegriffen hat, wartet auf uns.«

IM INNERN VON DEAD.END.

12. Juli. Militärareal Praditsch.
Überwachungszentrale. Nebenraum. 21.50 Uhr.

»Wir haben ihre Chips vor der Höhle gefunden«, meldet Frick. »Sie sind uns entwischt.«

»Gibt es Spuren?«, fragt Franzen.

»Meine Männer sagen, höchstens von einer Person. Könnten die von Huber sein.«

»Rahel Huber?« Franzen starrt den Sicherheitsverantwortlichen an. »Um die sollte sich doch unser Psychologe kümmern.«

Frick zuckt mit den Schultern. »Davon weiß ich nichts. Fest steht, dass sie vor etwas mehr als einer halben Stunde die Kontrolle beim Eingang passiert hat und dann gesehen wurde, wie sie mit den Kids in einem Stollen verschwand. Auf jeden Fall entspricht das Schuhsolenprofil vor der Höhle nicht demjenigen der Kids und die Schuhgröße deutet auf eine Frau. Sie könnte es sein.«

»Das darf doch nicht wahr sein!« Unwirsch knallt Franzen den für Weymann vorbereiteten Aktenkoffer auf den Tisch. »Findet sie! Sie darf nicht entwischen.«

»Wenn nur eine Person aus den Stollen ausgebrochen

ist, sind alle anderen noch drin«, meldet sich Weymann. »Ich denke, ich weiß auch, wo.«

»Ich glaub's nicht«, entfährt es Franzen, der fast gleichzeitig mit Weymann auf das Versteck von Zanetti gekommen ist.

Fricks betretener Gesichtsausdruck verrät ihn. Es ist offensichtlich, dass er der Einzige ist, der keine Ahnung hat, wo seine Leute suchen müssen.

»Zanetti hat sieben Geiseln. Wie der Rat der Sieben Weisen. Er hat sich dort einquartiert, wo die Sieben Weisen im Spiel versteckt sind.«

Auf einem der Monitore dringen Aline und Giulia von *Galadriel* in die Höhle ein. Sie werden Mission sechs in wenigen Minuten geschafft haben, nur kurz nach den *Black Lizzards,* die nach Weymanns Berechnungen mittlerweile auf Zanetti getroffen sind.

Er greift nach der Aktentasche, in der er das vorbereitete Dokument aufbewahrt, das Zanetti von ihm fordert.

»Ich möchte, dass du mich begleitest«, sagt er zu Franzen. »Und Sie, Frick, koordinieren weiterhin den Einsatz. Keine Risiken. Keine unüberlegten Aktionen. Unser Ziel ist, die Gefangenen unversehrt zurückzubringen.« Er sieht seinen Sicherheitsverantwortlichen eindringlich an. »Dasselbe gilt für Rahel Huber.«

»Bist du so weit?«, fragt Franzen.

»Ja.« Weymann umklammert den Griff seiner Tasche. »Wir nehmen die Abkürzung.«

Auf dem großen Monitor im Überwachungsraum stehen Aline und Giulia am Ende eines in den rohen Fels gehauenen Stollens. Aline nennt das Passwort, das der Informant den Spielern in der verlorenen Stadt gegeben hat. Im Gestein öffnet sich ein Durchgang.

Weymanns Handy klingelt. Er drückt die Empfangstaste und die Lautsprecherfunktion.

»Das nenne ich Timing.« Zanetti spricht mit der Ruhe des Überlegenen. »Spiel und Realität sind untrennbar miteinander verschmolzen. Ihr wisst, wo ihr mich findet. Überlegt euch gut, wie ihr Mission sieben spielen wollt.«

MOS MISSION.

12. Juli. Militärareal Praditsch.
Zone Ost. Hauptquartier Atlantis.
21.55 Uhr. **Mo.**

Claude verbannt mich aus der Schaltzentrale.

»Heiße Phase«, erklärt er und winkt einen Typen mit einem schreiend bunten T-Shirt und Rastalocken zu uns heran. »Bring ihn zu den anderen!«

Der Typ hält mir die Hand hin. »Nenn mich Bob.«

Bob lotst mich durch einen tropfenden Gang, als wären wir auf einer Touristentour und nicht umzingelt von einer Geheimarmee in einem Labyrinth, in dem uns jederzeit alles um den Kopf fliegen kann.

»Was passiert jetzt?«, frage ich.

»Ihr spielt den Anfang von *dead.end* fertig.«

»Ich dachte, der Rat der Sieben Weisen sei die letzte Station.«

Er lacht. »Das war die Aufwärmrunde. *Operation Countdown,* wie Weymann es nennt. Das Anfixen. Wenn du schon mal einen Raketenstart gesehen hast, solltest du wissen, dass das Ding am *Ende* des Countdowns abhebt.«

Ich hab vergessen, dass der Typ auch zu den Verschwörungstheoretikern gehört.

»Der Krieg hat also gerade erst begonnen«, sage ich.

Es sollte ein Scherz sein, kommt aber bei Bob nicht als solcher an.

»Nicht gerade erst. Er ist in vollem Gang.«

Ich kann es mir nicht verkneifen. »Der Cyberkrieg?«

»Du hast's kapiert, Mann.«

»Und ihr wollt die Türen zu den Köpfen der Spieler wieder schließen.«

»Eure Köpfe sind nur ein Nebenkriegsschauplatz. Es gibt andere, schlimmere.«

Nicht für mich. Nicht jetzt. Mir reicht die Scheiße, in der ich stecke. Und mir fällt was ein.

»Paps hat *dead.end* erfunden. Warum seid ihr nicht auf ihn los?«

Bob bleibt vor einer Stahltür stehen. »In der Version deines Vaters hätte sich deine Generation kritisch mit eurer Gegenwart und der nahen Zukunft auseinandergesetzt. Weymann hat das Spiel mithilfe von *Scipio* ins Gegenteil verkehrt.«

Ich muss den Typen mal an was erinnern. »Es ist nicht meine Generation, die Kriege führt.«

»Aber sie wird es sein.« Bob entriegelt die Tür. »Bereit?«

Ich war für nichts von all dem hier bereit. Also, was soll's?

»Nach dir.« Er schiebt mich in einen Raum, der ein bisschen aussieht wie der Backstage-Bereich einer Reggaeband. Läuft sogar die entsprechende Musik dazu. Nur sitzen da keine Musiker, sondern die verschwundenen Spieler.

»Alles locker, Leute?«, fragt er.

»Oi«, ruft Armin aus einem Sessel. Entspannt wie ein

zum Reggaeman Konvertierter. »Willkommen im Reich der Toten.«

Vielleicht fühlt er sich deshalb so zu Hause. Weil er im *Hades* gelandet ist. Ich komm mir eher vor wie auf einem Spaceship mit Kurs in unbekannte Galaxien. Unter Passagieren, die keinen Schimmer haben, wohin die Reise geht.

»Was macht der hier?«, fragt Oli. »Es sind sieben Weise, nicht acht.«

»Gastbesuch«, sagt Bob.

»Heimweh nach Daddy gehabt?« Oli schaut mich an, als hätte ich ihm die Show gestohlen. Ich bin sicher, der glaubte das sogar, als ich Sascha ins Messer lief.

Ich entdecke Yuki und setz mich zu ihr in die Ecke.

»Ist er wirklich dein Vater?«, flüstert sie.

Ich nicke, auch wenn wir *Perfect Strangers* sind, Wildfremde. Aber das mag ich ihr nicht erklären.

»Bist du sicher, dass das Ganze hier zum Spiel gehört?«

»Ja«, lüge ich. »Mach dir keine Sorgen.«

Ich bin kein guter Lügner. Misstrauisch sieht mich Yuki an. Ich wende meinen Blick ab. Irgendwann werde ich das Echo aus der Vergangenheit los. Irgendwann. Falls ich die Gegenwart überlebe, in der gerade Tessa durch die Tür kommt. Hinter ihr der Latin Lover, der Nerd und Greti. Ich steh auf. Will mir eine dunkle Ecke suchen, in die ich mich verkriechen kann. Yuki hält mich zurück.

»Bleib!«, sagt sie.

Wie denn? Wie erkläre ich Greti, dass ich keine Hilfe geholt habe und sie meinem Vater und irgendeiner durchgeknallten Privatarmee direkt in die Falle gelaufen ist?

IM INNERN VON DEAD.END.
DER RAT DER WEISEN.

12. Juli. Militärareal Praditsch.
Zone Ost. Hauptquartier Atlantis. 22.18 Uhr.

Weymann spart sich sämtliche Begrüßungsfloskeln. »Ich will die Geiseln sehen.«

»Mit dem Trüppchen, das vor ein paar Minuten eingetroffen ist, sind es ein paar mehr geworden«, sagt Zanetti. Er gibt Claude ein Zeichen und auf dem großen Monitor erscheinen die gefangenen Jugendlichen. »Wie du siehst, sind alle wohlauf. Auch deine Tochter.«

Auge in Auge mit seinem Gegenspieler, wechselt Weymann zum Du. »Genau wie dein Sohn.«

»Da gibt es einen kleinen Unterschied. Mein Sohn ist wirklich mein Sohn.«

Weymanns Gesicht ist eine reglose Maske.

»Hast du diese Geschichte mit der falschen Tochter eingefädelt?«, fragt Zanetti. »Um Mo in die Geschichte reinzuziehen?«

»Können wir zur Sache kommen?« Weymann legt die Aktentasche auf den Tisch.

Zanetti lässt sie liegen. »Die sieben Spieler, die wir uns geschnappt haben, halten unseren Privatkrieg für ein

Spiel, auch die Sache mit dem Chip, den wir ihnen entfernt haben«, sagt er.

»Auf äußerst brutale Art«, gibt Weymann zurück.

»Das Blut stammt nicht von den Spielern. Wir haben ihnen dein Überwachungsgerät schmerzlos aus dem Nacken entfernt.« Müde reibt sich Zanetti die Augen. Er hat sich diesen Moment anders vorgestellt. Die erhoffte Genugtuung stellt sich nicht ein, auch wenn er die erste Runde seines Kampfs gewonnen hat. Es wird weitere Runden geben. Der Preis ist ein hoher. Mo wird ihn bezahlen. »Lass diese jungen Leute aus dem Spiel, Edgar«, bittet er. »Ich weiß, sie sind eine leichte Beute, aber das haben sie nicht verdient.«

»Die Jagd ist längst im Gang«, antwortet Weymann. »Ich bin nicht derjenige, der sie ausgelöst hat. Und du bist nicht derjenige, der sie beenden wird. Erst recht nicht mit dieser Aktion. Es ist Krieg, Hanspeter. Spiele wie *dead.end* gibt es bereits. Der Ortungschip ist eine Light-Version. Wir wissen beide, was Chips heute schon können und welches Potenzial in ihnen steckt, sobald die Menschen sie sich freiwillig implantieren lassen. Ich bin nur in ein lukratives Geschäft eingestiegen, ich habe es nicht erfunden.«

»Das sagen alle, die sich auf schmutzige Geschäfte einlassen.« Zanetti schaut Weymann direkt in die Augen. »Du hattest eine Wahl. Du hättest Nein sagen und *Scipio* den Behörden melden können.«

»*Scipio* hätte jemand anderen gefunden.«

»Dann hättest du wenigstens die Gruppe aufhalten können, die sich zu uns durchgeschlagen hat, statt sie als

Versuchskaninchen für deine Auftraggeber losziehen zu lassen.« Zanetti greift nach der Aktentasche. »Noch ist niemand zu Schaden gekommen. Sieh zu, dass es so bleibt!«

»Das wird schwierig werden.« Franzen, der im Gang draußen gewartet hat, tritt durch die Tür. »Ihr Sohn weiß zu viel, Zanetti. Und ich fürchte, auch die Kids, die sich ganz real durch die letzte Mission gespielt haben, ahnen mehr, als uns lieb sein kann. Wenn die Sache hier noch einigermaßen glimpflich ablaufen soll, tun Sie ab sofort, was wir Ihnen befehlen.« Er streckt seine Hand nach der Aktentasche aus. »Die hätte ich gerne zurück. Zusammen mit dem Beweismaterial gegen *Cupid Arcade* und *Scipio*.«

»Und ich hätte gerne den Weltfrieden«, antwortet Zanetti. »Leider bekommen wir nicht alle, was wir uns wünschen.«

»Wir schon«, sagt Franzen und stellt sich neben Weymann. »Geben Sie den Befehl, sämtliche Daten zu vernichten, die Sie über uns gesammelt haben, und denken Sie gar nicht erst daran, Kopien zurückzuhalten.« Er lächelt kalt. »Vielleicht sollten Sie sich die neuesten Aufnahmen Ihrer jungen Gäste ansehen.«

Auf Zanettis Stirn bilden sich Schweißtropfen. Er schaltet auf die Kamera aus Raum 9. Sie ist direkt auf Mo gerichtet, der zwischen zwei bewaffneten *Scipio*-Söldnern sitzt. Über seine Wange zieht sich ein roter Blutfaden.

»Wir haben übernommen«, erklärt Franzen ruhig. »Die Gefangenen sind in unserer Obhut. Die wenigen Ihrer Männer, die nicht geflohen sind, haben wir in unserer Gewalt. Niemandem wird etwas geschehen, wenn Sie das tun, was wir von Ihnen verlangen.«

MISSION SIEBEN.
ÜBERLEBEN UND STERBEN.

12. Juli. Militärareal Praditsch.
Zone Ost. Hauptquartier Atlantis.
22.25 Uhr. **Greti.**

Mo sitzt zusammengesunken auf einem Sessel, bewacht von zwei der Sicherheitsleute, die den Raum gestürmt haben. Einer der beiden, ein bulliger Typ, hat ihm ins Gesicht geschlagen und dann hämisch verkündet, damit wären sie quitt. Mo scheint verstanden zu haben, was er damit gemeint hat. Ich verstehe gar nichts, doch den meisten meiner Mitspieler scheint die Show zu gefallen, die sie geboten bekommen.

»Ruhe!«, brüllt Frick. »Es ist alles vorbei. *Galadriel* hat den Auftrag ausgeführt und den Rat der Sieben Weisen befreit.«

»Bedeutet das, *Galadriel* bekommt die Preissumme?«, platzt es aus Sebi.

»Erfasst, du Genie!« Frick grinst. »Aber heute ist dein Glückstag. Du und dein kleiner Kampftrupp erhaltet für eure gewagte Mission einen Spezialpreis.«

Die versteckte Drohung wirkt. Sebi stellt keine Frage nach der Art des Preises. Dafür meldet sich Armin.

»Und der da?« Er zeigt auf Mo.

»Der bekommt eine Sonderbehandlung.«

Armin setzt dasselbe Grinsen auf wie Frick.

»Die sieben Gefangenen zur Tür!«, kommandiert Frick. »Der Rest bleibt hier.«

Mit dem *Rest* meint er Mo, Tessa, Carlos, Sebi und mich.

»Spezialpreis«, murmelt Carlos.

Die Angst hat mich im Griff. Ich versuche, ihr mit Vernunft zu begegnen. Mo, Tessa und ich waren auf der Pressekonferenz. Wir sind auf den Fotos. Die Journalisten werden nach uns fragen. Frick und seine Männer können uns nicht einfach verschwinden lassen.

»Abmarsch!«, befiehlt Frick seinen Männern, die mit den gefangenen Spielern beim Ausgang stehen.

Yuki bleibt stehen. »Was …«

Frick gibt ihr keine Chance, die Frage zu stellen. Einer seiner Männer legt ihr die Hand auf den Rücken und schiebt sie aus dem Raum. Wir sind allein mit Frick und Mos zwei Bewachern.

»Und jetzt?«, fragt Sebi.

»Jetzt will ich meinen Vater sprechen«, sagt Tessa laut und deutlich. »Sofort.«

»Was?«, flüstert Carlos.

»Ich rede von Weymann.« Tessa wendet sich an Frick. »Ich will ihn sprechen.«

»Sonst noch jemand, der mit Papi reden will?« Frick geht auf Mo zu, legt ihm die Hand ans Kinn und zwingt ihn, zu ihm hochzusehen.

»Lass ihn!«, sagt Tessa.

Ich weiß nicht, ob es Kaltblütigkeit oder Mut ist, der sie antreibt, doch egal, was es ist, es zieht Carlos mit.

»Hast du nicht gehört?«, sagt er zu Frick. »Sie will ihren Vater sprechen. Der Loser da offensichtlich nicht. Also nimm deine Finger von dem Typen und bring uns zu Weymann.«

»Nicht nötig. Ich bin hier.«

Sogar diesen höhlenartigen Raum betritt Weymann wie eine Bühne, diesmal nicht von einem Wachmann begleitet, sondern einem Anzugträger mit Kurzfrisur und Designerbrille.

»Um Zanetti junior kümmern wir uns später.« Er wirft einen kurzen Blick auf Mo. »Bringt ihn zu seinem Vater.«

Die zwei Männer, die Mo bewacht haben, ziehen ihn hoch und führen ihn ab wie einen Verbrecher.

»Er bleibt hier!«, sagt Tessa.

»Du überschätzt deine Macht.«

Der Mann im Anzug nimmt Tessa beiseite und redet leise auf sie ein.

»Das soll er mir selbst sagen.«

»Sag's ihr!«, fordert der Mann Weymann auf. »Sag ihr, dass sie nicht deine Tochter ist.«

»Das brauche ich ihr nicht zu sagen«, antwortet Weymann. »Sie weiß es.«

»Dann sind wir uns ja einig«, sagt Tessa. »Ich habe dich benutzt, du mich. Ich wollte *dead.end* spielen, du hast uns ins Spiel genommen. Damit bist du für alles, was uns geschieht, verantwortlich. Pfeif deine Männer zurück. Mit Mo.«

»Später«, sagt Weymann. »Setzt euch doch. Wir haben etwas zu besprechen.«

Das *Etwas* ist eine neue Klausel im Vertrag, die uns zum Schweigen verpflichtet, noch härter als die anderen Klauseln. Als Anreiz wirkt eine Summe, bei der Sebi die Kinnlade nach unten klappt. Drohungen gibt es keine direkten, doch sie hängen unausgesprochen in der Luft. Ich frage mich, was wir für diese Summe wissen könnten oder sollten. Weymann wird es uns nicht sagen. Mo auch nicht, wenn die Söldner mit ihm fertig sind.

Carlos schaut Weymann ungerührt an. »Ich unterschreibe erst, wenn Mo wieder hier ist«, erklärt er.

»Ich auch«, schließt sich Tessa an.

»Ich auch«, sage ich.

»Ich auch«, echot Sebi als Letzter.

»Mo bespricht diese Sache mit seinem Vater.« Weymann schaut Tessa an, während er das sagt. »Danach könnt ihr ihn zurückhaben.«

12. Juli. Militärareal Praditsch. Zone Ost. Hauptquartier Atlantis. 22.35 Uhr. **Mo.**

Die Kommandozentrale wird von zwei Söldnern bewacht. Sie öffnen der Bulldogge und dem Drahtigen, die mich durch den Gang schleppen, die Tür. Einer der beiden hebt seine Waffe, zielt auf mich, grinst mich an und sagt: »Peng.«

Mir knicken die Knie weg. Wie ein Kartoffelsack hänge ich im Griff meiner Bewacher und ringe nach Luft. Paps kommt auf mich zugerannt. Streckt den Arm nach mir aus. Ich will zurückweichen, doch ich stecke zwischen meinen beiden Bewachern fest, was Paps nicht davon abhält, mir seine Hand auf die Schulter zu legen. Genau wie Weymann in der Kantine. Wäre mir nicht schon kotzübel, könnte mir jetzt schlecht werden.

»Lasst uns allein!«, befiehlt Paps.

So was funktioniert bei denen nicht. Sie drücken ihre Finger noch etwas tiefer in meine Oberarme.

»Euer Boss hat mir zugesichert, dass ich ihn allein sprechen kann.«

Die Bulldogge redet ins Mikro. Ein paar Sekunden später sind die beiden draußen. Paps versucht es noch einmal mit der Umarmungsmasche. Ich taumle rückwärts von ihm weg.

»Wir haben nicht viel Zeit, Mo«, sagt er.

Ich schon. Ein ganzes Leben lang im Fadenkreuz irgendeiner Scheiß-Privatarmee, weil ich zu viel weiß, während Paps sich im Untergrund einbunkert und die Welt zu retten versucht. Ich hasse ihn.

»Hör zu!«, flüstert er. »Das Spiel ist noch nicht zu Ende.«

Gratulation zur Ankunft in der Wirklichkeit, wo der Albtraum eben erst begonnen hat.

»Im Spiel sind die Sieben Weisen dort, wo das Wasser wohnt. Diesen Ort gibt es, Mo. Es ist ein Wasserreservoir direkt über uns. In ungefähr zwanzig Minuten wird es in die Luft gehen und den ganzen östlichen Teil fluten. *Galadriel* hat das herausgefunden. Im Spiel ist dieser Schritt getan. In der Wirklichkeit noch nicht.«

Ich lache. Es klingt ziemlich irr.

»Mo! Das ist mein Ernst. Die Geiseln sind auf dem Weg in Sicherheit, die meisten meiner Männer sind geflohen, bevor Weymanns Armee hier einmarschiert ist. Es läuft alles nach Plan.«

Plan? Ich atme keuchend ein und klammere mich an einen Tisch.

»Der Plan sieht vor, den Ort nach erfolgter Mission zu überschwemmen, damit nichts zurückbleibt, das uns verraten könnte. Das Einzige, das nicht einkalkuliert war, ist, dass du und deine Freunde nicht mit den anderen Spielern zurückgebracht werdet. Wenn wir nicht rechtzeitig rauskommen, sterben wir.«

Ich will nicht sterben. Nicht jetzt und nicht in diesem

Krieg. In mir drin explodiert was. Ich geh auf Paps los. Nagele ihn an die Wand.

»Blas die Sache ab!«, schreie ich ihn an.

Das ruft die Typen vor der Tür auf den Plan. Sie stürmen die Bude.

»Haut ab!« Ich schreie immer noch. »Bringt meine Freunde in Sicherheit. Hier wird gleich alles geflutet.«

»Womit?«, fragt die Bulldogge.

»Wasser! Aus dem Reservoir«, antwortet Paps ruhig. »Über uns ist eine Sprengladung mit einem Zeitzünder angebracht.«

Der Drahtige schnappt sich Paps und schleift ihn mit. »Alarmiert die Truppe«, ruft er seinen Kollegen zu. »Und bringt den Jungen zu den anderen.«

Nein! Wir müssen raus! Ich stürz mich auf die Bulldogge. Er ist vorbereitet und macht mich fertig. Zieht meinen Arm nach hinten und drückt ihn hoch. Schiebt mich zurück in diesen verdammten Reggaeraum. Dort brülle ich weiter. Dass alle raus müssen. Sofort. Der Söldner presst seine Hand auf meinen Mund und klemmt mir die Luft ab.

»Wo ist Zanetti senior?«, fragt Weymann.

»Bomben entschärfen gegangen.«

Der Mann hat zu viele Action-Filme gesehen.

»Der Rat der Sieben Weisen«, flüstert Weymann. »Ihr Aufenthaltsort müsste direkt über diesem Raum sein.«

»Wir haben nicht mehr viel Zeit«, sagt die Bulldogge. »Müssen weitere Dinge geklärt werden oder können wir verschwinden?«

»Alles klar«, antwortet Franzen. »Gehen wir.«

Der Typ lässt mich los. Ich stolpere. Genau auf Frick zu. Der bekommt das in den falschen Hals. Mutiert zu Rambo. Schießt auf mich zu, bereit, mich zu erledigen. Vielleicht will er mir auch einfach nur wehtun oder er führt die Sippenhaft wieder ein. Der Sohn für den Vater. Wie auch immer. Gleich prallt er mit Hochgeschwindigkeit in mich rein.

Tessa wirft sich ihm in den Weg. Tut das, was ich bei Sascha gemacht habe. Ich komm nicht mal dazu, etwas zu schreien, das sie davon abhält. Frick fegt sie beiseite. Sie schlägt gegen den rauen Fels und fällt zu Boden wie eine zerbrochene Puppe. Ich bin sicher, dass sie tot ist. Nicht, weil ich darüber nachdenke oder sie irgendwie besonders daliegt. Ist einfach ein Gefühl. Ganz kurz, vielleicht nicht mal eine Sekunde lang, aber es reißt mich mit wie eine riesige Welle. Ich stürze mich auf Frick. Gleichzeitig mit Carlos.

Woher Carlos das Messer hat, weiß ich nicht.

Ich seh es kommen. Wie damals bei Sascha.

Blut, da ist Blut. Überall Blut.

Aber es tut nicht weh. Die Klinge ist an mir vorbei. Steckt in Frick, der am Boden liegt.

Carlos kniet neben Tessa. Heult wie ein Tier. Ich kann mich nicht bewegen. Fühl Pisse meine Beine runterrinnen. Stoß Greti weg. Warte darauf, dass es knallt und eine Wasserflut all das ausradiert.

DANACH.

4. September. Free World TV.
20.45 Uhr. **Carlos.**

Was ich erzähle:

Von der Sprengladung, die zu früh hochging, den Ausgang aus dem Raum verschüttete und Franzen unter sich begrub, aber uns nicht flutete. Von der Suche nach Zanetti und dem Söldner, die wir beide nach einigen Stunden fanden. Den Söldner tot, Mos Vater schwer verletzt. Weymann versuchte alles, ihn am Leben zu halten. Er kämpfte wie ein Wahnsinniger und bat die ganze Zeit um Vergebung. Am Ende, als Mos Vater merkte, dass er es nicht schaffen würde, redeten die zwei miteinander und wir erfuhren die ganze Geschichte. Weymann versprach, sämtliche Bedingungen zu erfüllen, die ihm Zanetti gestellt hatte. Bis auf eine. Beide Männer wollten einen Schlussstrich ziehen. Und so kam es zum Schwur. *Dead.end* blieb im Berg. Weil Mos Vater es so wollte.

Er starb kurz nach dem Schwur. Mo, der ihn keinen Moment allein gelassen hatte, klappte zusammen. Nicht laut heulend wie ich. Er kippte einfach zur Seite und blieb liegen. Greti hat ihn festgehalten, so wie ich Tessa festgehalten habe. Aber beide waren zu weit weg. Tessa schon fast jenseits des Lebens, Mo in einer Welt, in die niemand von uns vordringen konnte. Ich glaube, wir sind alle irgendwie gestorben da drinnen. Zwei Tage lang. Als die Suchtrupps uns fanden, stießen sie auf einen Haufen Zombies.

Das ist die Wahrheit. Die ganze Geschichte.

Was ich nicht erzähle:

Dass ich Frick umgebracht habe. Wir hatten genügend Zeit, ihn in einem Schacht verschwinden zu lassen. Deshalb sind es vier Tote. Mos Vater, der Anwalt, der Söldner und Rahel Huber, die offiziell auf dem Gelände abstürzte und inoffiziell wohl von *Scipio* beseitigt wurde.

Tessa liegt seit Fricks Angriff im Koma. Weymann bezahlt ihren Aufenthalt in der Klinik. Ich besuche sie, so oft ich kann. Yuki und Sebi sind weg. Yuki irgendwo, Sebi in einem Internat. Er will keinen von uns sehen.

Mick Halder sitzt in seinem Sessel und redet in die Kamera, ohne Notizzettel und so echt, wie er am Anfang gewesen ist, als er noch nicht Kult war. Ich habe keine Ahnung, was er sagt, ich höre nicht mehr zu. Ich weiß nicht, wer zusieht und auf wessen Abschussliste ich nach der Sendung geraten werde.

Als das Scheinwerferlicht ausgegangen ist, will Mick mit mir reden. Ich nicht mit ihm. Es ist alles gesagt, was es zu sagen gab. Ich stehe auf und gehe.

»Es existieren keine Beweise für das, was du gesagt hast!«, ruft er hinter mir her.

Natürlich nicht. *Scipio* und *Atlantis* hinterließen keine Spuren und Weymann ist abgetaucht.

Im grellrot bemalten Flur des Studios fängt mich der Kameramann ab und drückt mir etwas in die Hand. »Falls du Hilfe brauchst oder kämpfen willst«, sagt er.

Ich umklammere die kleine Karte und öffne sie erst, als ich im Bus sitze.

Atlantis steht da drauf. Plus eine Mailadresse. Und ganz klein gedruckt: *Mailadresse merken und Karte vernichten*. Mehr nicht.

7. September.
Irgendeine Klinik in einer Schweizer Großstadt.
Mo.

Der Psychodoc führt mich in einen Raum. Schiebt eine DVD in den Player. Wahrscheinlich hat der Typ endlich kapiert, dass ich niemals reden werde, und sich entschieden, mich mit Unterhaltung zu berieseln.

Ich seh Carlos. Im Fernsehen. Hör ihm zu. Als er fertig ist, tut es höllisch weh. Ich beginn zu flennen und kann nicht aufhören. Kotz dem Doc das Zimmer voll. Flenne. Lieg auf einem Bett. Flenne. Manchmal ist Tag und manchmal Nacht. Ich bekomm noch mehr Medikamente. Damit mein Flennen aufhört und die betäubte Paranoia nicht aufwecken kann.

Irgendwann ist Mam da. Mit Steve. Ich glaub, ich erklär ihnen, dass ich nie wieder in einen Wald gehen werde, und jetzt heult Mam los, weil ich endlich was gesagt habe. Später kommt Carlos. Richtig. Nicht im Fernsehen. Er bringt Greti mit. Als Carlos geht, bleibt sie. Sie redet nicht viel. Aber sie hält mich fest. So lange ich will, sagt sie.

14. September.
Irgendeine Klinik in einer Schweizer Kleinstadt.
Carlos.

Ich erzähle Tessa, dass ich die Sache in Ordnung gebracht habe. So weit man so was in Ordnung bringen kann. Und dann erzähle ich ihr von *Atlantis*.

Vor ein paar Tagen habe ich eine Mail an die Adresse geschickt, die der Kameramann mir gegeben hat. Gestern habe ich jemanden von *Atlantis* getroffen.

Ich weiß jetzt, dass der Brief, den wir vor dem Spiel bekamen, von ihnen war. Und ich weiß, warum die mir im Studio den Stecker nicht rausgezogen haben. Weymann ist auf einem Reuetrip, sucht Absolution wie ich. Er hat mich reden lassen. Seither ist er verschwunden. *Scipio* hat einen neuen Geschäftspartner gefunden. *Atlantis* bleibt dran.

Ich habe beschlossen, mich ihnen anzuschließen.

»Ich werde Untergrundkämpfer«, sage ich. »Wie Mos Vater.«

Auf Tessas Monitor verändert sich die Herzfrequenz. Ich glaube, sie hat mich verstanden.

Von Alice Gabathuler u. a. ebenfalls erschienen:

Blackout
Schlechte Karten
Mordsangst
Das Projekt
Starkstrom
Freerunning

Die Autorin dankt der Schweizer
Kulturstiftung Pro Helvetia
für die Unterstützung dieses Projekts.

Gabathuler, Alice:
dead.end.com
ISBN 978 3 522 20064 6

Gesamtausstattung: Isabel Thalmann,
Buch und Grafik, Zürich,
unter Verwendung von Fotomotiven von
plainpicture/Richard Jenkins
Schrift: Minion und Magda Clean
Satz: KCS GmbH, Buchholz/Hamburg
Reproduktion: immedia23, Stuttgart
Druck und Bindung: CPI – Ebner & Spiegel, Ulm

5 4 3 2 1° 11 12 13 14

www.thienemann.de
www.alicegabathuler.ch